Ich wünsche dir ganz doll viel Freude mit
dieser Geschichte und hoffe, dass du sie genauso gern liest,
wie ich sie gern geschrieben habe.

Alles Liebe, Stephanie

LebensGut
Verlag

Für Markus, der für mich der lebende Beweis ist, dass es die schönen, maskulinen und trotzdem so wahnsinnig liebevoll romantischen Helden in Liebesromanen wirklich gibt und sie nicht nur ein kindlich naiver Mädchentraum sind.

Für Lewin, der mir mehr als einmal bewiesen hat, dass es möglich ist, sich seinem ärgsten Feind, der eigenen Angst, entgegenzustellen, mir aber auch zeigt, wie schwer es ist, die eigenen Muster endgültig zu durchbrechen.

Für alle Künstler*innen und Menschen auf dieser Welt, die immer wieder an sich und ihren Fähigkeiten zweifeln und nicht sehen können, was für ein wunderbares, einzigartig leuchtendes Geschenk sie sind. Scheint so hell ihr könnt.

lebensgut_verlag

LebensGut Verlag

LebensgutVerlag

Hier unsere Seelenpost abonnieren:
https://lebensgut-verlag.de/seelenpost/

Bibliografische Information der Deutschen Nationalbibliothek:
Die Deutsche Nationalbibliothek verzeichnet diese Publikation
in der Deutschen Nationalbibliografie; detaillierte bibliografische
Daten sind im Internet über dnb.dnb.de abrufbar.

1. Auflage 2024

Lektorat: Verena Wagner
Covermalerei: Stephanie Marie Steinhardt
Gestaltung und Satz: Miriam Hase
Bildnachweis: Adobe Stock: #176355676 KozyrevaElena,
Depositphotos: #186633326 kozyrevaelena, #91032138 aarrows,
#550887076 Mariabo2015, #134183890 kurmanstock.gmail.com,
#84998506 roomoftunes, #656563782 paseven,
www.freepik.com: #9669879, #18966476

Print: ISBN 978-3-948885-36-6
E-Book: ISBN 978-3-948885-37-3

www.lebensgut-verlag.de

Das rote Vogelmädchen

Stephanie Marie Steinhardt

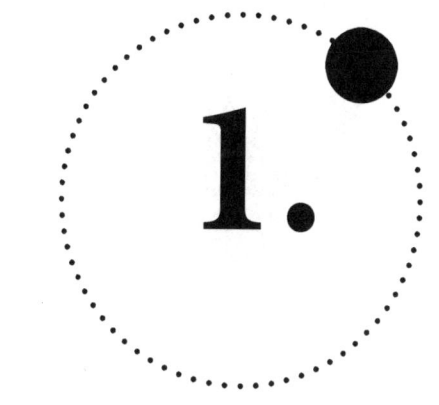

Dezember

Jacob war gerade erst aufgewacht, als er das schmale Regal über seinem Bett abtastete. Seine Hand fand sofort, was er suchte und griff nach der kleinen Blechdose. Bene, seine Freundin, hatte sie ihm am Abend zuvor überreicht, mit der Aussicht auf 23 weitere Schatzkisten, als Countdown für ihr erstes gemeinsames Weihnachtsfest.

Er drehte die Dose im fahlen Winterlicht seines Zimmers; sie schien alt, die Farbe war an einigen Stellen schon abgeblättert, doch das Bild darauf konnte er noch gut erkennen. Es zeigte unter einer gold schimmernden Eins die Abbildung eines Shiva. Sie zu öffnen war allerdings überraschend schwer. Jacob musste einiges an Kraft aufbringen, um den Deckel zu lüften. Als dieser endlich aufsprang, fiel ihm dadurch aber nicht nur ein zusammengefalteter Zettel entgegen, sondern auch – eine Ladung Zimt.

„Unglaublich!", fluchte er lachend. Bene konnte sogar Chaos anrichten, ohne dabei selbst anwesend zu sein. Er manövrierte den meisten Teil des duftenden Gewürz zurück in die kleine Box und öffnete kopfschüttelnd, aber voller Vorfreude ihren Brief.

***

11. Oktober

Ich bin richtig stolz auf mich. Die Küche sieht noch super aus, obwohl ich seit über eineinhalb Stunden darin zugange bin. Als habe ich zehn Arme und würde funktionieren wie ein Uhrwerk. Ich will Jacob so gern bei ihm zu Hause mit einem leckeren Abendessen überraschen, anlässlich 39 Tage unserer Beziehung. Ja, ich zähle noch die Tage und ja, 39 ist keine runde Zahl. Ich weiß, aber warum nicht? Ich habe mich für etwas Indisches entschieden. Viel Gemüse, leckere Soße, alles fein. Es stehen sogar Kerzen auf dem Tisch. Richtig gut getimt habe ich das und voll im Griff. Ist doch immer schön, wenn man sich selbst noch überraschen kann. Und damit nicht genug. Beim Kochen ist der klägliche Rest Zimt aus Jacobs Gewürzregal endgültig zur Neige gegangen. Vorausschauend, wie ich bin, habe ich beim Einkaufen bereits Zimt im Nachfüllpäckchen eingesteckt. Für alle Fälle.

Ein Hoch auf so viel Klarheit in der Küche. Doch das neu Befüllen gestaltet sich schwieriger als gedacht. In der Küche findet sich keine Schere; also Ziehen, Zerren, Wurschteln. Das muss doch gehen! Aber nein, natürlich, wie kann es anders sein, just in dem Augenblick als Jacob nach Hause kommt und die Küche betritt, platzt mir die Tüte auf und zerschmettert mit einem gezielten Poff mein gesamtes Werk. Sowohl ich als auch ein größerer Teil von Jacobs Küche ist plötzlich mit einem braunen Zimtschleier überzogen. Ich könnte heulen vor Wut und würde am liebsten im schwarz-weiß gekachelten Fliesenboden versinken.

Mein Gesicht, meine Klamotten, wirklich alles ist voller Zimt. Unfassbar! Und Jacob? Der hat Mühe, sich das Lachen zu verkneifen. Er nimmt mir die mehr oder weniger leere Tüte aus der Hand und küsst mich, trotz Zimt. „Ich glaube, da hilft jetzt nur eine Dusche." „Aber was wird aus dem Essen?", frage ich in kindlicher Verzweiflung. „Das können wir uns später nochmal warm machen", antwortet er und entfernt mich sogleich aus diesem pulvrigen Küchenalptraum.

Der schmale Silberstreif, den ich gesehen habe, die Möglichkeit, dass die Begriffe Sauberkeit, Ordnung und Bene sich doch noch in ein und derselben Gattung zusammenfinden können, ist erloschen.

Aber aus einem Desaster kann auch etwas sehr Schönes entstehen und so habe ich an diesem Abend Glück, denn Jacob lässt mich nicht allein im Badezimmer.

***

Jacob faltete den Zettel sorgfältig zusammen und legte ihn zurück in die kleine Dose. Er schmunzelte zufrieden bei dem Gedanken an diesen gemeinsamen Abend und ärgerte sich ein bisschen, dass Bene heute schon so viel früher als er hatte aufstehen müssen. Wahrscheinlich saß sie inzwischen schon im Zug auf dem Weg zu ihrem Termin beim Kunden. Wie viel schöner wäre es, wenn sie jetzt bei ihm sein würde. Er nahm sein Telefon und schickte eine Nachricht.

Jacob: Schläfst du gern in einem Meer aus Zimtpulver?

Bene: Wieso? Warst du etwa ungeschickt beim Öffnen der kleinen Box? Da hast du's. Das ist nicht so einfach.

Jacob: Haha...Ich wusste ja nicht, dass Zimt drin ist...im Gegensatz zu dir und dem Gewürzbeutel damals. Aber egal, danke für die schöne Erinnerung daran. Trotz des Zimtunfalls war das ein wunderschöner Abend. Köstlich, wie eigentlich jeder Moment mit dir.

Bene: Oh wie schön, gern geschehen! Freu dich auf jede Menge mehr davon...

Jacob: Nur echt blöd, dass du mich jetzt mit dieser Erinnerung allein lässt. Das müssen wir für die nächsten Tage unbedingt anders planen.

Bene: Müssen wir nicht, ich bin nämlich auf dem Weg zu dir!

Jacob: Wirklich? Wieso, ist etwas passiert?

Dezember

Jacob saß am Tisch des Hotelzimmers und wartete darauf, dass Bene sich fertig machte. Sie waren beide noch am Vorabend nach Halle gereist, für ein Projekt, an dem sie zusammenarbeiten würden. Er dachte zurück an den gestrigen Tag, der dadurch deutlich hektischer und ereignisreicher verlaufen war, als erwartet. Allerdings, mit Bene an seiner Seite, so viel wusste er inzwischen, musste er immer auf Überraschungen vorbereitet sein. Er hatte sich also nur kurz gewundert, als sie gestern Morgen wieder vor seiner Tür stand. Ganz aufgeregt war sie in seine Wohnung gestürzt. Sie hatte ihren rot karierten Mantel getragen, einen langen grünen Schal, der bis zu den Knien reichte, dazu ihr buntes Tuch und eine passende Mütze, die schräg auf dem Kopf saß. Mit der rechten Hand hatte sie ihre pinke Reisetasche und eine volle Tüte von seinem Lieblingsbäcker umklammert und in der linken Hand ein schon halb aufgegessenes Croissant gehalten.

Wie immer war ihm aufgefallen, dass dessen lose Blätterteigfragmente sich nicht nur an ihrer vollen Unterlippe, sondern auch auf Schal und Pullover niedergelassen hatten. Sie war einfach perfekt unperfekt, hatte er gedacht und sie in den Arm genommen. Doch der Genuss dieses Augenblicks war nur von kurzer Dauer gewesen, da es auch für ihn geheißen hatte, schnell ein paar Sachen packen für ihre Fahrt hierher.

Jacob schob seine Gedanken beiseite, denn vor ihm lag Dose Nummer Zwei, die Bene ihm auf dem Weg ins Badezimmer übergeben hatte. Gespannt betrachtete er sie und überlegte, was sich darin verbergen würde. Sie war jedenfalls genauso bunt wie Bene selbst. Neben einer großen Zwei und einem Elefanten, der auf einer Kugel balancierte, entzifferte Jacob noch die Worte „Circus Lila". Aus Erfahrung klug, öffnete er die Blechdose dieses Mal vorsichtiger, aber es lagen nur eine Eintrittskarte, ein Miniatur-Elefant und mehrere zusammengefaltete Blätter darin, also nichts, was krümelte oder kleckerte.

***

13. Juli

Als ich morgens an Jacobs Büro vorbei gehe, stolpert er direkt aus der Tür. Hat er etwa auf mich gewartet? Das kann nicht sein, oder? Ich will mir eigentlich nur schnell einen Tee machen, doch schwupps, bin ich in ein Gespräch verwickelt. Jacob erzählt von einem Freund, der in einer Theatergruppe spielt und ich höre mich sagen, dass ich Theater ganz toll finde, woraufhin er fragt: „Ach wirklich?" Möglicherweise folgt daraufhin ein sehr übermotiviertes Nicken von meiner Seite, was dazu führt, dass er mir keine zehn Sekunden später anbietet, ihn zur abendlichen Vorführung der Gruppe im Stadtpark zu begleiten.

Wird das etwa ein Date??? Uaaaahhhh...wie cool, ich mache in Gedanken direkt Vorwärts- und Rückwärts-Saltos, die er mir natürlich nicht ansehen soll. Dieses innerliche Gehüpfe und die Anstrengung dabei nach außen vollkommen relaxt zu wirken, behindert zwar meine Aufnahmefähigkeit; ich schaffe es aber Jacobs weiteren Ausführungen zu lauschen. Gott sei Dank, denn sonst verpasse ich noch etwas, zum Beispiel die drei Sätze später folgende Ernüchterung. Jacob erzählt nämlich, sein Freund hätte Sorge, dass sie ohne Publikum würden spielen müssen. Irgendwas sei mit den Plakaten schiefgelaufen und nun weiß wohl nur eine Hand voll Leute, dass sie heute im Stadtpark auftreten, weswegen ihn sein Freund angefleht hat zu kommen und weitere Leute mitzubringen. Achso, achso, mein innerer Saltospringer huscht beschämt in Richtung Seitenbank und hofft, dass niemand seinen Überschwang bemerkt hat. Und ich hoffe, dass mir meine Enttäuschung nicht ins Gesicht rutscht, denn offensichtlich geht es Jacob vor allem darum, die Plätze vor der Bühne zu füllen und weniger darum, mich zu treffen.

Wer weiß, wen er da noch alles mit anschleppt. Ich bin kurz davor zu behaupten, Theater doch nicht soooo toll zu finden. Da allerdings mein schmollender Saltospringer seine sportliche Karriere bereits an den Nagel gehängt hat, ist niemand mehr da, um zurückzurudern und so verabreden wir, dass mich Jacob gegen 17.30 Uhr von zuhause abholt.

Die darauffolgenden Stunden bin ich damit beschäftigt, meine Aufregung zu verdrängen. Gebetsmühlenartig spreche ich mir vor, dass Jacob nur Publikum für seinen Freund braucht und es nicht um ein Date geht. Das hilft für eine Weile, doch als Jacob an meiner Tür klingelt, ist es mit der Ruhe vorbei. Ich stopfe mir den Rest meiner Marmeladenschnitte in den Mund und werde direkt kurzatmig. Über meiner Oberlippe bilden sich kleine Schweißperlen. Furchtbar. Egal, zumindest mein geblümtes Flatterkleid verrät nicht sofort, dass ich auch überall sonst ins Schwitzen komme. Knaller. Echt.

Ich öffne die Tür – weißes T-Shirt, dunkelgraue Jeans, rote Chucks. Simpler könnte sein Outfit kaum sein und trotzdem belegt Jacob damit auf einer Skala von 1-10 locker eine 20. Die Natur ist manchmal wirklich ungerecht, verteilt absolute Fülle hier und woanders fehlte es dann. Ich selbst bin nicht unzufrieden mit mir, aber ich halte mich eher für eine Acht, vielleicht mal eine Neun an besonders guten Tagen, Jacob hingegen...

Während mir diese Gedanken wie windschnittige Pfeile durch den Kopf schießen, starrt Jacob mich unverwandt an. Ich habe das ungute Gefühl, dass ihm erst jetzt bewusst wird, dass wir hier nicht zusammen *vorm Kaffeeautomaten oder in der Agenturküche stehen, sondern wir uns privat verabredet haben.*

Er fängt sich aber zum Glück schnell, räuspert sich und meint nur: „Können wir los?"

Ich schlucke angestrengt, bevor ich antworten kann, nicht aus romantischen Gründen, weil mir der Hals trocken wird, sondern weil ich noch zu tun habe mit dem Brot in meinem Mund. Das ich vor allem gegessen habe, damit mir nicht später unsexy der Magen knurrt. Jetzt stehe ich da, mit halbvollen Backen; in Sachen Verführung direkt zum Start einmal links am Ziel vorbei.

Egal, runter damit und als ich wieder sprechen kann, sage ich betont lässig: „Ja, klar!", schnappe mir meine Tasche und schließe die Tür hinter mir.

Die Theatergruppe ist – mmmh, wie beschreibt man das? Sie ist eher eine Art Zirkus-Improvisations-Kreis in abgefahrenen Kostümen. Sie spielen sowohl Mensch als auch Tier und führen auf diese Weise klassische Zirkus-Kunststücke vor, immer wieder unterbrochen von Theaterszenen, in denen wild gestikulierend etwas vorgetragen wird. Ich sag mal so, ist mal was anderes...

Dass allerdings mit den Plakaten etwas schiefgelaufen sein soll, bringe ich nicht zusammen. Was auch immer es gewesen ist, es hat die Besucherzahl nicht negativ beeinflusst. Die Stadtparkwiese ist voller Himmel und Menschen. Ich hab angenommen, wir müssten uns möglichst ausufernd mit Picknickdecke platzieren, um Quadratmeter zu füllen, doch das ist unnötig. Vielmehr sehen wir uns mit der Herausforderung konfrontiert, überhaupt ein Stück Wiese zu ergattern. Die vorhandenen Stuhlreihen sind alle besetzt und so bleiben für uns nur ein paar größere Bälle, die eher Teil der Aufführung zu sein scheinen, aber auf denen auch andere schon Platz genommen haben. Auf meinem Ball prangt der Aufdruck eines Elefanten und ein bisschen fühle ich mich selbst wie einer. Es ist unerwartet aufwändig, auf so einem Ding zu sitzen. Ich balanciere also schaukelnd vor mich hin und versuche der Performance meine vol-

le Aufmerksamkeit zu schenken. Nicht so leicht, wie ich feststelle, denn mein Augen wandern immer wieder zu Jacob und manchmal spüre ich seine Blicke auf mir. In diesen Momenten linst sofort mein innerer Saltospringer um die Ecke, bleibt aber zum Glück vorsichtig und stürzt nicht wieder vorschnell in Richtung Trampolin.

Es ist ein wirklich bunter Abend. Wir lachen viel über das, was sich da vor unseren Augen abspielt, aber auch über die Geschichten, von denen Jacob mir erzählt. Dinge, die er schon mit seinem Theater-Freund erlebt hat. Ich erzähle ihm von meiner Zeit an der Uni, und am Ende laufen wir, auf einer etwas größeren Runde als nötig, durch den Park zurück.

Jacob liefert mich zu Hause ab. Ich bedanke mich für den schönen Abend und erwähne, dass ja nun doch zum Glück genügend Publikum anwesend war. Wenn ich es nicht besser wüsste, würde ich sagen, dass er ein bisschen nervös auf diese Bemerkung reagiert.

Er wischt diesen Verdacht aber sofort beiseite, indem er antwortet: „Hach ja, mein Kumpel ist eine Dramaqueen. Daran habe ich nicht gedacht, als er mich panisch anrief und von leeren Plätzen sprach. Ich hoffe, das hat dich nicht gestört."

„Nein, gar nicht!", antworte ich und das zaubert ihm ein wunderschönes Lächeln aufs Gesicht.

Himmel, ist der Mann hübsch. Kaum auszuhalten, weshalb ich ihm ein hastiges „Tschüss" zuwerfe und wie ein geölter Blitz im Hauseingang verschwinde. Gerade noch rechtzeitig, bevor sich ein Moment entwickeln kann, der vielleicht zu etwas hätte führen können. Dabei fliege ich natürlich halb über eins der Fahrräder, die im Flur rumstehen. Als ich mich wieder mit festem Bodenkontakt unter den Füßen zur Tür umdrehe, steht Jacob noch davor. Er sieht verdutzt aus, wahrscheinlich wegen meines abrupten Abgangs, murmelt etwas vor sich hin und geht schließlich davon.

Nun liege ich hier, rekapituliere seine Worte, seine Blicke, jede noch so kleine Geste und könnte mir in den Hintern beißen. Denn jetzt, wo ich *das alles sortiert habe, frage ich mich, was wohl geschehen wäre, wenn ich nicht wie ein feiges Hühnchen die Flucht ergriffen hätte.*

***

Ein seliges Lächeln huschte über Jacobs Lippen, als er das Geschriebene zusammenfaltete und in die Dose zurücklegte. Obwohl der Abend nicht wie von ihm erhofft ausgegangen war, hatte er nur gute Erinnerungen daran. Und wow, eine 20! Er schmunzelte geschmeichelt in sich hinein, genau in der Sekunde als Bene aus dem Badezimmer trat. Sie sah sofort, dass ihm ihre Worte gefallen hatten. Spürte, wie er sie musterte, während sie ihre benutzte Wäsche in die pinke Reisetasche stopfte.

„Ein Königreich für deine Gedanken", neckte sie ihn.

Jacob trat zu ihr, umfasste ihre Hüften und beugte sich hinunter. Er küsste sie am Ohr und flüsterte: „Acht oder Neun? Das ist ja wohl ein schlechter Scherz. Ich toppe dich und sage, selbst eine 30 würde nicht annähernd widerspiegeln, was ich in dir sehe."

„Oh, du Angeber, übertreib nicht so maßlos, sonst kann ich dir gar nichts glauben." Bene strahlte, stupste ihm aber trotzdem gegen die Brust.

Jacob schlang seine Arme noch fester um ihre Mitte und fragte amüsiert: „Soll ich dir verraten, warum ich damals wie angewurzelt vor dir stand, als du mir die Tür aufgemacht hast?"

„Ich bin ganz Ohr!", antwortete Bene. „Darüber hast du dich ja bislang ausgeschwiegen." Sie blickte ihm neugierig entgegen.

„Wie so oft hattest du gerade etwas gegessen und wie so oft hattest du ein kleines Überbleibsel davon an deiner Wange. Ein bisschen Kirschmarmelade oder ähnliches."

„Himbeere, wahrscheinlich. Meine Lieblingssorte."

„Ein etwas helleres Pink also." Er strich ihr leicht über besagte Stelle.

„Wie auch immer. Jedenfalls sah ich so etwas nicht zum ersten Mal an dir. Auch im Büro hatte ich dich schon öfter mit einem Krümel am

Mund, am Kinn, an der Wange gesehen und es kostete mich jedes Mal viel Energie der Versuchung zu widerstehen, ihn nicht wegzuwischen und dich dabei sanft zu berühren. In dieser Situation vor deiner Tür aber wurde mir bewusst, dass wir allein waren und niemand uns hätte sehen können. Das war echt schwer."

„Wärst du deinem Impuls gefolgt, hätten wir einige Runden überspringen können."

„Das stimmt, aber in Sachen Schikanen einbauen, bist du auch Expertin. Schließlich hast du an diesem Abend beim Abschied selbst einen Rückzieher gemacht. Und das war nicht das letzte Mal."

„Touché!" Sie drückte sich an ihn und schmiegte ihren Kopf an seine Brust.

„Wann genau geht unser Termin los?", fragte Jacob.

Bene schaute zur Uhr an der Wand.

„In einer guten Stunde müssen wir da sein. Ich bin so froh, dass Kai mich von dem anderen Projekt befreit hat und ich stattdessen jetzt mit dir ein Designkonzept für die Oper in Halle entwickeln darf. Wie verrückt. Gestern dachte ich noch, ich muss zu diesem Kongress über Ab- und Überlaufsysteme und nun bin ich hier. Ich hatte schon im Gefühl, dass das mit den Pumpen nicht meins sein würde. Doch um sicher zu gehen, hatte ich mein Glückstuch eingepackt. Und, siehe da, zehn Minuten später kam der Anruf. Hotelzimmer, Zugtickets,... dass das alles so gut geklappt hat, in der Kürze. Herrlich."

„Das liegt allein an dir." Jacob nahm ihr buntes Tuch von der Stuhllehne, ließ den weichen Stoff durch seine Hand gleiten und legte es sanft auf ihren Schultern ab.

Er wollte Bene damit gerade noch näher an sich heranziehen, als es aus ihrer Hosentasche piepste. Bene holte ihr Telefon hervor, warf einen Blick auf das Display und lächelte Jacob verzückt an. „Uhhhh, das wird ja immer besser. Der Chefdramaturg fragt, ob wir eine halbe Stunde früher kommen wollen, dann würde er uns die Werkstätten zeigen. Ich flipp aus. Bühnenbilder, Kostüme, Requisiten, Räume voller Schätze und Geschichten, die nur darauf warten, von mir entdeckt zu werden. Oh Jacob! Das wird ein tolles Projekt und ich habe das Gefühl, dass dort auch die Lösung für Mission Margot verborgen sein könnte."

„Na dann los. Beeilung, Beeilung." Jacob zog sich seine Jacke an.

Bene quiekte vor Vergnügen und schlüpfte in ihre schwarzen Schnürstiefel, ohne sie zuzubinden.

Er beobachtete sie dabei und half ihr in den Mantel.

„Ich liebe es, wenn du vor Begeisterung überläufst, aber was meinst du mit Mission Margot?"

Bene schloss ihren Mantel, drehte sich zu ihm um und gab ihm einen Kuss: „Das erzähle ich dir unterwegs. Komm!"

Dezember

Bene lag noch im Bett des kleinen Hotelzimmers und hielt etwas in ihrer Hand verborgen. Sie schaute zu Jacob am Tisch hinüber, der die Wünsche und Anforderungen studierte, die sie gestern im Meeting bei der Oper zusammengetragen hatten. Er stöberte durch ältere Programmhefte und es schien, als ob er in diesem eher künstlerischen Projekt schon jetzt voll aufging. Nach dem traumhaften Tag gestern war das aber auch kein Wunder. Sie hatten nicht nur die verwunschenen Werkstätten durchstreifen dürfen, man hatte sie sogar zur Abendaufführung der Oper „Ein Sommernachtstraum" eingeladen.

Bene hatte nicht unbedingt einen Hang zum Operngesang, doch die Welt der Bühne, des Theaters, ihre Geschichten und die Kostüme zogen sie schon immer in ihren Bann. Alles, was sie sah und hörte, fühlte sie in einer Intensität, als würde sie am eigenen Leibe durchleben, was dort vor sich ging.

Doch nicht nur das. Sie hatte Recht behalten, nach fast einem Jahr der Suche konnte sie endlich Mission Margot abschließen. Zumindest hoffte sie es. Ob Margot es auch so empfinden würde, erfuhr sie erst morgen, wenn sie wieder zu Hause waren.

Margot war eine ihrer Nachbarinnen. Sie wohnte im Haus gegenüber auf gleicher Höhe und ihr Alter lag mit Sicherheit schon weit jenseits der 70. Bene liebte es, sie zu beobachten, wenn sie Ballettübungen machte, um nicht „vollständig einzurosten" – ihre Worte, nicht die Benes. Denn immer, wenn Bene sie betrachtete, fragte sie sich, ob sie selbst jemals so gelenkig gewesen war. Falls ja, konnte sie sich nicht mehr daran erinnern.

Margot tanzte aber nicht nur durch ihr Wohnzimmer, sondern kümmerte sich auch ein wenig um die Blumen im Vorgarten des großen Mietshauses, und bei dieser Gelegenheit war sie mit Bene im Herbst vor einem Jahr zum ersten Mal ins Gespräch gekommen. Auslöser war eine kleine Schaufel gewesen, die Margot aus Versehen durch den Zaun auf die Straße hatte rutschen lassen; in eben jenem Moment, als Bene vom Einkaufen zurückkam.

Bene hatte ihr die Schaufel gereicht, und nach etwa einer halben Stunde lehnten ihre Einkaufstüten vergessen an der Hauswand, während sich Bene und Margot prächtig unterhielten.

Margot schwärmte von ihrer Jugend am Theater und erzählte, dass sie schon als Kind getanzt hatte. Aus der großen Karriere als Primaballerina war aber nichts geworden. Was die alte Dame nicht im Geringsten störte, denn sie hatte ein buntes Leben mit ihrem nun schon verstorbenen Mann draußen in der weiten Welt verbracht.

Ihr Mann war ständig unterwegs gewesen und Margot hatte ihn auf all seinen Reisen begleitet. Sie hatte, so glaubte Bene, zumindest einmal die ganze Welt gesehen.

Ihre Liebe zum Theater war Margot dabei immer geblieben und so kam es, dass sie und Bene hin und wieder gemeinsam ihrer Leidenschaft für Geschichten nachgingen und ein Stück besuchten.

„Woran denkst du?"

Bene hob den Kopf. Sie hatte nicht bemerkt, dass Jacobs Laptop inzwischen zugeklappt war.

Er betrachtete sie liebevoll und legte sich zu ihr aufs Bett.

Bene kuschelte sich an ihn und antwortete nachdenklich: „An die liebe Margot. Ich hoffe so sehr, dass ihr gefällt, was ich gefunden habe."

„Davon bin ich überzeugt", erwiderte Jacob, während er ihr sanft über den Rücken strich.

„Bist du sicher? Vielleicht findet sie es albern oder fühlt sich am Ende sogar verletzt." Sie blickte zweifelnd zu ihm auf.

„Niemals könntest du sie damit verletzen. Hast du überhaupt jemals mit einem deiner Fundstücke falsch gelegen?"

Bene überlegte: „Nein, ich glaube nicht."

„Siehst du, mach dir keine Sorgen. Du hast ein besonderes Gespür für diese Dinge. Und wo wir gerade davon sprechen, wo ist eigentlich mein Kistchen Nummer Drei? Ich bin schon ganz wild darauf zu erfahren, was du sonst noch so alles von mir gedacht hast."

Sie lächelte verwegen und sagte: „Mmmmh, mal überlegen. Dose Nummer Drei ist ganz in deiner Nähe, doch heute musst du sie selbst finden."

„Bekomme ich Tipps oder muss ich das gesamte Zimmer auf den Kopf stellen?"

„Du musst dazu nicht mal das Bett verlassen."

„Ah, du versuchst es mir besonders schwer zu machen. Wie soll ich mich auf die Suche nach einer kleinen Metallbox konzentrieren, wenn ich dich dabei von oben bis unten unter die Lupe nehmen muss?"

„Ach, das bekommst du schon hin. Da habe ich volles Vertrauen in dich", ermunterte sie ihn fröhlich.

„Auf deine Verantwortung." Mit diesen Worten schlug Jacob schwungvoll ihre Decke zurück. Er warf sich lachend auf sie und durchsuchte sie blitzschnell. Bene kicherte und kullerte mit Jacob hin und her, bis er wenige Augenblicke später triumphierend eine Metalldose nach oben hielt. „Hab sie!"

Er rollte sich zufrieden zurück auf seine Seite des Bettes und ließ Bene damit frei. Die stand sogleich auf und klemmte sich ein frisches Handtuch unter den Arm. „Ich lass dich mit meinen Gedanken allein und geh Duschen."

Dazu gab Jacob lediglich einen zustimmenden Laut von sich, da er bereits vollkommen fasziniert das glänzende Stück in seiner Hand bestaunte. Es überraschte ihn immer wieder, welch Kostbarkeiten Bene hervorzuzaubern vermochte. Diese hier war so winzig und entzückend, genau wie seine Freundin selbst. Die Unterseite war dunkelblau und der Deckel blau/weiß gestreift. In der Mitte schillerte eine goldene Drei. Jacob hob den Deckel vorsichtig ab und fand neben einem gefalteten Papier eine Picasso-Briefmarke.

***

22. Mai
Heute ist er wieder als echter Picasso unterwegs. Das Wetter ist sommerlich mild und so trägt er nur ein blau/weiß gestreiftes Shirt und eine Jeans. Seit drei Wochen nun arbeite ich bei Star van Tiek, aber mit ihm habe ich leider noch nichts zu tun. Obwohl, wahrscheinlich ist es besser so. Ich weiß nicht, ob ich auch nur einen klaren Gedanken fassen, geschweige denn Worte in sinnvoller Weise aneinanderreihen könnte, wenn ich direkt vor ihm stünde.

Zum Glück bin ich in der Einarbeitungsphase und damit in anderen Büros unterwegs, weit entfernt von seinem. Dennoch habe ich bereits eine seiner Gewohnheiten entdeckt. So bestellt er sich jeden Morgen, im Bistro gegenüber, einen Kaffee direkt am Tresen. Ohne Zucker, mit einem kleinen Schluck Milch. Auch heute. Es ist nicht so, als laure ich ihm auf, wir bewegen uns schließlich in einem freien Land und auch ich trinke morgens gern etwas Heißes, aber, naja, ich würde lügen, wenn ich behaupte, ich wäre nicht peinlichst genau darauf bedacht, gegen viertel nach Acht Stellung zu beziehen, weil Picasso meist um 8.30 Uhr die Szene betritt.

Als ich ihn heute Morgen erblicke, ist mein Herz schon längst hintenübergefallen und meine Knie nur noch ein Schatten ihrer selbst. Zum Glück sitze ich auf einem festen Polster, schön weit hinten im Bistro, so dass ich unbemerkt zu ihm hinüber spähen kann. Obwohl er wie immer das Gleiche bestellt, scheint er neu zu überlegen und verhaspelt sich sogar dabei. Dieser Hauch einer Unsicherheit macht den schönen Mann nur noch attraktiver. Vor allem kann ich aufgrund seiner Überlegungen den himmlischen Anblick, den er auch von hinten bietet, noch deutlich länger genießen.

***

Jacob ließ das Papier sinken. Picasso, schön wär's, dachte er und schaute an sich hinab. Er musste müde lächeln, denn er trug auch heute ein gestreiftes Shirt. Behutsam faltete er das Blatt zusammen, um es sicher zu verstauen. Er strich sanft über die glatte Oberfläche der kleinen Dose in seiner Hand. Sie waren offensichtlich beide im Dunkeln umhergetappt.

Jeden Morgen, wenn er im Bistro an die Angebotstafel geschaut hatte, war sein Blick zur verspiegelten Zierleiste daneben gewandert und damit direkt im Gesicht seines roten Vogelmädchens gelandet. So hatte er Bene getauft, bevor er ihren Namen kannte.

Seit er sie zum ersten Mal gesehen hatte, umschloss ihn ein Gefühl der Vertrautheit. Sie wirkte einerseits so schimmernd und farbenfroh auf ihn, dass er glaubte, alles, was sie berührte, würde in Regenbogenfarben erstrahlen oder zumindest glitzern. Andererseits umgab sie auch etwas Geheimnisvolles, wie eine Art Schleier, in den sich nur Menschen hüllen, die auf der Suche nach etwas sind, was sie noch gar nicht kennen oder die etwas elementar Wichtiges verloren haben. Etwas, das ihnen unwiederbringlich scheint.

Dieser Kontrast, gepaart mit ihrem Gesicht, das er nicht schöner hätte malen können, brachte ihn aus dem Konzept. Er vergaß, wo er war und was er dort wollte, verlor sich einzig und allein in ihr. Damals hatte er nur sie gesehen, ihren Kopf in die Hände gestützt. Sie hatte etwas fixiert, doch was es war, wusste er nicht. Hatte sie in seine Richtung geschaut? War es eine in sich versunkene Träumerei oder der Typ hinter dem Tresen? Es hätte alles sein können. Dass ihr entrückter

Ausdruck nur ihm gegolten hatte, war ihm damals überhaupt nicht in den Sinn gekommen.

Wie falsch wir doch oft liegen, mit dem was wir sehen, dachte er. Unser Blick ist so verstellt durch unsere eigene Gedankenwelt, dass wir überhaupt nicht bemerken, was tatsächlich vor sich geht. Es ist fast so, als ob die Unschärfe unserer Wahrnehmung proportional zunimmt zur Bedeutung, die eine klare Sicht auf die Dinge hätte. Je wichtiger es ist, dass wir objektiv sehen und einfach annehmen was ist, desto verfälschter wird unsere Bewertung über die Dinge, die um uns herum geschehen. Er fragte sich unwillkürlich, was er noch alles nicht sah, gesehen hatte oder vollkommen falsch verstand.

Dezember

Bene konnte nicht mehr länger abwarten, obwohl es in Strömen regnete. Sie trat vom Fenster zurück, schnappte sich Jacobs Parka und rannte die Treppen im Hausflur hinunter.

Just in diesem Augenblick trat Jacob mit einer Kanne Tee aus ihrer Küche und hörte nur noch die Tür hinter Bene ins Schloss fallen. Er überlegte kurz, was zu diesem überstürzten Aufbruch geführt hatte, bemerkte aber gleich, dass die lila Schachtel für Margot auf dem Wohnzimmertisch fehlte.

Er schaute auf die Straße hinunter und sah wie Bene mit Kapuze auf dem Kopf und Gummistiefeln an den Füßen zum Wohnhaus gegenüber eilte. Sie lehnte sich gegen dessen schwere Holztür und verschwand einige Sekunden später darin.

„Ist etwas passiert? Bei diesem Wetter geht man doch nicht vor die Tür." Margot musterte Benes nasse, viel zu große Jacke und ließ sie eintreten.

Erst jetzt, als Bene Margots forschenden Blick auf sich spürte, wurde sie sich ihrer Aufmachung bewusst und war plötzlich nicht mehr so sicher, ob ihr Benehmen nicht doch etwas übertrieben und unangemessen war. Schließlich wollte sie ihr nur ein kleines Geschenk überreichen. Doch bei so viel Aufhebens wie sie gerade machte, musste Margot jetzt wer weiß was vermuten.

„Nein, es ist nichts passiert. Ich wollte dir nur etwas geben." Bene dachte an den gemeinsamen Theaterbesuch mit Margot im letzten Dezember. Sie waren in einer Ballettaufführung des Nussknackers gewesen. Dort hatte Margot ihr erzählt, dass sie als Kind eine Kuscheltiermaus besaß, die ihr lieb und teuer gewesen war. Sie hatte sie Mäusekönig genannt wegen des Nussknackers und wegen ihrer so royalen Haltung. Doch dann verschwand diese Maus von einem Tag auf den anderen. Niemand hatte sie gesehen oder konnte sich ihr Verschwinden erklären. Die damals 9-jährige Margot war lange todunglücklich gewesen und kein neues Spielzeug hatte ihr die geliebte Maus ersetzen können. Obwohl Margot am Ende ihrer Erzählung gelacht und die Erinnerung daran genauso schnell losgelassen hatte, wie sie gekommen war, konnte Bene den Kummer der kleinen Margot spüren. Diesen Kummer, so hoffte Bene, würde sie ein wenig lindern können.

Sie holte tief Luft und hielt Margot eine Schachtel mit rosa Schleife entgegen.

„Was ist das?", fragte Margot überrascht.

Bene trat von einem Fuß auf den anderen. „Nur eine Kleinigkeit. Es fiel mir in den Werkstätten der Oper von Halle in die Hände und ich musste dabei an dich denken. Sie machen dort gerade ein paar Umbauarbeiten und trennen sich deswegen von einigen Requisiten."

Margot zog an der seidigen Schleife und hob vorsichtig den Deckel ab. Das Innenleben der Box hatte Bene mit Seidenpapier umwickelt, eigentlich nur zum Schutz. Doch im Moment sorgte diese Schicht für zusätzliche Spannung; weit mehr als Bene ertragen konnte. Würde es Margot gefallen? Sie hielt den Atem an, als Margot das Seidenpapier auseinanderfaltete und eine kleine runde Spieluhr zum Vorschein kam. Die Spieluhr war bemalt mit Mäusen, die im Gleichschritt marschierten und als Margot an deren Kurbel drehte, ertönten einige Zeilen von Tschaikowskis Nussknacker-Melodie.

Die zarte Musik schwebte durch den Raum und als sie vollkommen verhallt war, standen sie sich immer noch gegenüber, den Blick fest auf das Zauberstück zwischen ihnen gerichtet. Sie verharrten minutenlang in absoluter Stille.

Bene wagte es nur langsam aufzuschauen, als Margot nach einer kleinen Ewigkeit ihre Hand ergriff. Doch was sie bei dieser Berührung spürte, war einen Augenblick später freudige Gewissheit. Ihre Sorge, Margot könnte das Geschenk als albern oder gar verletzend empfinden, war verflogen. Denn alles, was sie in den Augen ihrer wunderbaren Freundin sah, war ein kindliches Funkeln. Ein Funkeln, das wie kleine Schiffe auf einem Meer von Sprachlosigkeit und purer Freude umher segelte.

„Danke!", flüsterte Margot ihr zu und nahm sie in die Arme. Bene durchfuhr eine Welle der Wärme und Erleichterung. Dies geschah immer, wenn sie mit einem ihrer Fundstücke eine Lücke schließen konnte, derer sich ihr Gegenüber manchmal gar nicht bewusst war.

So lang sich Bene zurück erinnern konnte, tauchte sie ein in die Geschichten anderer, lauschte ihren Erzählungen und nahm deutlich wahr, wenn ein Verlust eine Wunde hinterlassen hatte, selbst wenn diese zunächst unscheinbar wirken mochte. Und schon sehr lange sammelte sie kleine Schätze und Kostbarkeiten, die von anderen aussortiert oder verloren wurden. Sie hatte die Gabe verwaisten Dingen neues Leben einzuhauchen, indem sie diese mit neuen Besitzern verband. Sie setzte damit etwas zusammen, was manchmal schon vor einem halben oder fast einem ganzen Leben auseinandergefallen war.

„Ich muss wieder rüber", sagte Bene leise über Margots Schulter hinweg.

„Ich habe Jacob gar nicht Bescheid gegeben, wo ich hingehe, sondern bin einfach losgerannt. Er wollte uns gerade Tee kochen und fragt sich sicher, wo ich stecke."

Margot löste ihre Umarmung. „Selbstverständlich, geh nur. Ich möchte nicht, dass er sich Sorgen macht." Dabei drückte sie Bene noch einmal zärtlich die Hand, bevor diese sich umdrehte und ging.

So schnell wie Bene auf dem Hinweg zu Margot die Straße überquert hatte, so langsam lief sie jetzt zurück. Sie blieb einen Moment auf dem Bürgersteig vor Margots Haus stehen, blickte in den Himmel hinauf und spürte, wie der kühle Regen ihre Anspannung davon spülte. Jedes Mal, wenn sie eine solche Situation erlebte, war sie selig vor Glück und doch flackerte immer wieder die große Frage in ihr auf, ob es auch in ihrem eigenen Leben, in ihrem Herz, Brüche und Schnitte gab, die geflickt werden sollten.

Sie wusste es nicht. Mehrmals atmete sie tief ein und aus, bis ein vorbei rauschendes Auto ihre bangen Gedanken vertrieb. Sie schaute hinauf zu ihrer Wohnung und sah Jacob lächelnd am Fenster stehen. Dieses Lächeln umschloss sie sofort wie eine weiche Decke.

Sie zog seine Jacke fester um sich, hüpfte über zwei große Pfützen und als sie an ihrer Haustür ankam, brummte schon der Türsummer, so dass sie direkt hineinschlüpfen konnte.

„Und hat ihr die Spieluhr gefallen?" Jacob wartete mit einem Handtuch in der Wohnungstür.

„Sie hatte Tränen in den Augen. Also, denke ich, dass ich richtig lag. Hach, Jacob, das war ganz wunderbar." Bene ging an ihm vorbei hinein, hängte seinen Parka zurück an den Haken und ließ die Gummistiefel von ihren nackten Füßen fallen.

Jacob musste schmunzeln bei diesem Anblick. Er trat auf Bene zu und legte ihr das Handtuch um das tropfnasse Haar.

„Das ist schön, obwohl es mich natürlich nicht im Geringsten überrascht." Er streichelte ihr über die feuchte Wange und gab ihr einen Kuss, bevor sie gemeinsam ins Wohnzimmer gingen.

Bene kuschelte sich mit einer Decke in ihre angestammte Sofaecke und nahm sich eine der dampfenden Tassen vom Tisch.

Sie schwiegen für einen Moment und Bene genoss die Wärme des Tees in ihren Händen.

„Hast du dein viertes Türchen schon geöffnet?", fragte sie nach einer Weile.

„Noch nicht so ganz. Damit wollte ich gern auf dich warten. Eigentlich wollte ich dich sogar darum bitten, es mir vorzulesen. Ich habe das Gefühl, dass es für mich noch schöner ist, deine geschriebenen Worte von dir gesprochen zu hören."

„Dein Wunsch sei mir Befehl", antwortete Bene und stellte ihre Tasse zurück.

Jacob reichte ihr die kleine Dose, auf der eine Frau mit buntem Sonnenschirm auf einer Mauer saß, die ihre Beine baumeln ließ. Er hatte sie schon geöffnet und wusste was sich darin befand; ein ausgeschnittenes Bild eines komplett tätowierten Bikers und ein winziger Fuchs aus Holz. Doch den Brief dazu, hatte er noch nicht gelesen. Genüsslich lehnte er sich zurück und schloss die Augen.

Bene betrachtete kurz sein markantes Profil, konzentrierte sich dann aber auf die Zeilen vor sich.

***

15. Juli
Sommerfest in der Agentur. Ich habe mir mein Lieblingskleid angezogen. Ein beinahe bodenlanges weißes Vintage-Kleid, dessen Oberteil sich sanft an mich schmiegt und dessen Rock weit wallend um meine Beine schwingt. Meine Schultern sind nur ein wenig vom seidigen Stoff bedeckt und den obersten der Perlmutt-Knöpfe, die vorn einmal längs von oben nach unten das Kleid geschlossen halten, habe ich geöffnet. Das ist nicht etwa aufreizend, sondern ermöglicht meinem kleinen Fuchsanhänger freie Sicht. Der hängt an einer zarten Silberkette und schaut sich vergnügt die illustre Gesellschaft an.

Jacob schnaubte. „Nicht aufreizend? Das Kleid hat mir alles abverlangt."

„Ach, sei nicht albern", winkte Bene ab. „Das Kleid ist wirklich schön, aber doch mehr als sittsam."

Jacob beugte sich zu ihr hinüber, fixierte ihre Augen und zog dann mit dem Zeigefinger den Ausschnitt ihres Pullovers ein kleines Stück nach unten.

„Dein ach so sittsames Kleid offenbarte diesen winzigen Leberfleck hier, unterhalb deines rechten Schlüsselbeins." Er küsste genau diese Stelle.

„Und bei mancher deiner typisch hastigen Bewegungen rutschte der rechte Ärmel etwas zur Seite und ließ einen schmalen Streifen deines BH-Trägers sichtbar werden." Jacob bewegte den Ausschnitt ihres Pullovers so weit zur Seite, bis ihre Schulter offen lag und küsste auch die.

„Und obwohl der Rock deines Kleides weit und weich um deine Beine fiel", er nahm die Hand vom Ausschnitt ihres Pullovers und fuhr ihren Oberschenkel entlang, „so ließ doch sein Oberteil keine Frage darüber offen, wie schön deine Hüften geformt sind und welche Kurve dein Rücken in Richtung Po beschreibt." Langsam glitten seine Finger unter den Saum ihres Pullovers und über besagte Rundung an ihrer Rückseite. Benes Herz wurde ganz weit und weich. Sie schloss ihre Augen und kostete in ihren Gedanken jedes seiner Worte. Alles, was Jacob sprach, schien mit einem Hauch Puderzucker überzogen zu sein. Und gerade als Bene sich komplett nach hinten fallen lassen wollte, küsste Jacob sie auf die Nasenspitze und fragte leise: „Liest du weiter?".

Bene öffnete ihre Augen und gab ein verwirrtes Geräusch von sich. „Ich dachte zwar, die Sache läuft jetzt in eine andere Richtung, aber wie du willst." Sie richtete sich wieder auf und fuhr fort.

Ich trage nur wenig Makeup, denn das Wetter ist heiß und lässt nicht viel an Cremes und Schminke zu. Um meinem Outfit dennoch eine extravagante Note zu verleihen und um in der Hitze nicht dahin zu schmelzen, habe ich meinen wunderhübschen Sonnenschirm aus buntem Stoff dabei. Mit ihm in der Hand fühle ich mich immer ein bisschen wie eine Figur aus einem Jane Austen Roman. Romantik ist also hoffentlich vorprogrammiert. Es ist die erste größere Veranstaltung, die ich in der Agentur miterlebe und daher bin ich freudig gespannt, wie es wohl werden wird. Am meisten hoffe ich allerdings auf neue Entwicklungen in Sachen Jacob.

Bene schaute von ihrem Blatt auf und zu Jacob hinüber. Der hatte die Augen wieder geschlossen und wirkte sehr zufrieden.

Nach meinem hastigen Abgang an unserem gemeinsamen Theaterabend ist das die perfekte Möglichkeit, sich näher zu kommen. Und Jacob macht es mir leicht. Er hat sich nämlich dazu bereit erklärt, einen der drei Aktionsstände mit zu betreuen. Es gibt also nicht nur Essen und Getränke, sondern die Agentur sorgt auch für Entertainment. Man kann Bogenschießen, riesige Seifenblasen machen oder sich ein Henna-Tattoo malen lassen. So ein Henna-Tattoo will ich schon lang mal ausprobieren und das Bedürfnis nach einem solchen wird unermesslich groß, als ich sehe, dass Jacob am Zug ist, die Menschen um mich herum mit schönen Mustern zu schmücken. Ich schleiche eine Weile unschlüssig durch die Gegend. Doch nachdem mir meine Kollegin Tanja stolz ihren bemalten Arm entgegenstreckt und augenzwinkernd meint, ich solle das unbedingt auch machen, stelle ich mich geduldig in die Reihe.

Ich beobachte Jacob, wie er konzentriert Schlangenlinien auf Hände und Arme zeichnet. Dabei gilt meine Aufmerksamkeit weniger dem gemalten Muster als vielmehr seinen wunderschönen Händen, mit den schlanken, aber doch kräftigen Fingern. Hände, von denen ich so gern innig berührt werden will.

Bei diesem Satz legte Jacob seinen Arm um Benes Schultern und zog sie zu sich heran. Sie schmiegte sich an ihn und las weiter.

Bevor allerdings meine Gedanken in unbefestigtes Gelände vordringen können, versuche ich mich mit dem Musterbuch in meiner Hand abzulenken. Ich blättere die Motive durch, um mich für eine der vielen Schnörkeleien zu entscheiden. Als ich meine Wahl treffe, muss ich allerdings feststellen, dass ich scheinbar eine bislang unentdeckte, leicht sadistische Ader habe. Denn ich entscheide mich für ein Muster, dass ganz unschuldig mit kleinen Punkten auf den Fingern und dem Handrücken beginnt, sich dann aber mit zwei geschwungen Linien über den Arm bis hoch zur Schulter fortsetzt.

„Das war wirklich eine herausfordernde Wahl, nicht nur für dich und vor allem bei den ganzen Leuten, die um uns herumstanden", fiel Jacob ihr ins Wort.

Als ich ihm meinen Musterwunsch präsentiere, sieht Jacob mir in die Augen, schluckt und bittet mich dann Platz zu nehmen. Hat Jacob bei den anderen von unten nach oben gearbeitet, also so, dass seine Hand immer über der Hand des Bemalten schweben muss, damit er nichts verschmiert, so wählt er für mich die umgekehrte Richtung. Er malt von oben nach unten, von mir zu sich. Das ermöglicht es ihm, seine Hand hin und wieder auf meiner abzulegen und was am schön-schlimmsten ist, er streicht mit seiner Hand einmal komplett meinen Arm entlang, beim Zeichnen der ersten schwungvollen Linie von meiner Schulter bis hinunter zu meinem Handgelenk. Nicht etwa schnell und hastig, sondern langsam und ruhig, um sich nicht zu vermalen. Mich überfährt schon bei seiner ersten Berührung an meiner mehr oder weniger nackten Schulter eine Gänsehaut, die sich deutlich auf meinem Arm zeigt. Alle meine Härchen stehen hoch wie kampferprobte Zinnsoldaten, bereit für alles, was da kommen wird. Und als ob Gänsehaut ansteckend sei, sehe ich plötzlich auch auf Jacobs Armen eine leichte Gänsehaut entstehen. Mein Herz beginnt wie wild zu schlagen und ich frage mich, ob dies bedeutet, was ich mir schon lang erhoffe.

***

„Du hast es also doch gesehen?", fragte Jacob überrascht und setzte sich auf. „Und ich dachte, dir war mein Erschauern völlig entgangen."

Bene legte den Zettel in die Dose und antwortete kleinlaut: „Nein, das war mir nicht entgangen. Ich habe schließlich zu diesem Zeitpunkt jede deiner Regungen bis zum kleinsten Wimpernschlag in mich aufgesogen und analysiert. Da war mir das natürlich aufgefallen."

„Warum hat es dann so lang gedauert, bis du mich erhört hast? Beim Sommerfest bist du mir danach ausgewichen. Ich dachte, du wärst dir unsicher, also erst mal wegen mir, aber eben auch, weil ich nicht wusste, ob du meine Zeichen überhaupt lesen kannst."

„Ich weiß, der Grund war..." Sie stoppte mitten im Satz und hielt einen Atemzug lang inne „...nein, den Grund dafür erfährst du später. Wir haben noch 20 Tage voller Tagebucheinträge vor uns."

Bene sprang plötzlich wie aus dem Nichts vom Sofa hoch und stapfte zielsicher in Richtung Flur. „Auf, auf Schönster. Es gibt noch viel zu tun."

„Was meinst du damit? Ich dachte wir machen uns heute einen gemütlichen Tag auf dem Sofa", entgegnete Jacob perplex, obwohl er an die Geistesblitze und Wendemanöver Benes bereits gewöhnt war.

„Das machen wir schon noch. Aber jetzt folge mir erst einmal und staune." Mit diesen Worten verschwand Bene aus dem Zimmer.

5.

Dezember

Jacob war gestern nicht überrascht gewesen, als er zum ersten Mal die Dachbodenkammer über Benes Wohnung betreten hatte. Dafür kannte er sie inzwischen gut genug. Überall hatten sich unzählige Kisten aufgetürmt, die meisten beschriftet mit dem Wort „Weihnachten". Obwohl in seinen Augen Benes Wohnung bereits einem traumhaft verwunschenen Märchenland glich, hatte sie verkündet all ihre Räume zusätzlich in Festtagsstimmung versetzen zu wollen. Doch schnell kamen sie damit nicht voran. Sie hatten die Kisten in Benes Wohnzimmer getragen, weil Bene vor dem Schmücken alles einer genauen Bestandsaufnahme unterziehen wollte. Und bei jeder neuen Kiste, die sie öffnete, purzelten nicht nur wundersamste Kugeln und ausgefallenste Anhänger auf den fliederfarbenen Teppich, sie hatte auch zu jedem einzelnen Stück eine Geschichte parat. Nicht nur die Geschichten, wie sie zu diesen Anhängern gekommen war, sondern auch die Anhänger selbst kamen miteinander ins Gespräch.

Da unterhielt sich ein kleines Schwein mit Lichterkette um den Hals gehängt mit einer Gans, die ein Körbchen mit Äpfeln bei sich trug. Die beiden tauschten sich darüber aus, dass jetzt wieder eine sehr aufregende Jahreszeit für sie ins Haus stand, die möglicherweise tödlich für beide enden würde.

Frau Gans in Benes rechter Hand war sich der Gewogenheit ihrer Besitzer sicher, so dass sie keine Angst hatte, dass sie selbst als Behälter für die Äpfel in ihrem Korb würde herhalten müssen. Das Schwein in ihrer Linken war eher von pessimistischem Naturell, trotz Lichterkranz am Hals, und hatte große Sorgen. Doch zum Glück konnte die Gans das Lichterschweinchen nach einer Weile beruhigen. Die Gans hatte dem Schwein sogar einen Platz in ihrer Nähe angeboten, so dass es unter dem gänslichen Schutz nichts mehr zu fürchten brauchte.

Jacob liebte Bene nun schon seit einer halben Ewigkeit, so dass es sich anfühlte, als hätte er nie etwas anderes getan. Doch sie zum ersten Mal zwischen all ihren Weihnachtsschätzen sitzen zu sehen, war vollkommen neu für ihn. Er beobachtete sie staunend und hing an jedem ihrer Worte. Worte die fröhlich, manchmal auch traurig oder sorgenvoll aus ihrem wunderschönen Mund hüpften, oft mit verstellter Stimme.

Einige ihrer Figuren schienen sehr alt – ihnen fehlten Gliedmaße und die äußere Hülle war ordentlich angeschlagen. Natürlich hatte Bene gerade zu diesen verletzten Kreaturen eine besondere Verbindung. Aus diesem Grund war Jacob am gestrigen Nachmittag in seine eigene Wohnung geradelt, um Kleber, Farben, Pinsel und Lack zu holen.

Jacob dabei zu beobachten, wie er ihren alten Figuren zu neuem Glanz verhalf, machte Bene unheimlich dankbar und froh. Bis in die Nacht hinein hatte er winzig schöne Miniaturmuster auf Röcke und Hosen gemalt und kleine Näschen und rote Bäckchen auf angeschlagene Engelsköpfe gezeichnet.

Auf diese wunderbar einträchtige Weise hatten sie nicht nur einen zauberhaften Samstag verbracht, sondern nun auch den halben Sonntag. Doch langsam wurde das Bild klarer und die Aufgaben überschaubarer.

Bene, die jedes Jahr eine neue Weihnachtsvision in ihrer Wohnung umsetzte, hatte inzwischen einen genauen Dekorationsplan im Kopf.

Ihr alter klappriger Kronleuchter über dem Esstisch war mit roten Schleifen geschmückt und an seinen Armen hingen unzählige alte Holz- und Glasanhänger. Jeder anders, jeder besonders. Sämtliche Gardinenstangen in Wohn- und Schlafzimmer waren mit bunten Kugeln in unterschiedlicher Höhe behangen und eine Unmenge an Lichterketten hangelte sich durch ihre kleine Zweiraumwohnung.

Ins Küchenfenster hatte sie einen großen Kranz aus Ästen gehängt, der lediglich mit ein paar Holzäpfeln geschmückt war. Im Fensterbrett darunter stand eine ganze Reihe unterschiedlich großer cremefarbener Kerzen und dazwischen immer wieder kleine Engel, auf deren Krönchen Jacob neuen Goldlack aufgetragen hatte. An Türklinken hingen antike Hampelmänner im schwarz/weißen oder auch kunterbuntem Harlekin-Kostüm.

Wunderschöne Spieluhren waren in einem der zwei Wohnzimmerfenster aufgestellt. Sie erinnerten an längst vergangene Zeiten und versprühten den Zauber traumhaft verschneiter Weihnachtsfeste.

Als die leeren Kisten wieder im Dachboden verstaut waren, es draußen langsam dunkel wurde und die Lichterwelt in der farbenfroh geschmückten Wohnung voll zur Geltung kam, stellte Bene einen Teller mit Lebkuchen auf den grünen Tisch vor ihrem Sofa und ließ sich seufzend in die weichen Kissen fallen. Jacob kam mit zwei Tassen Punsch ins Zimmer und setzte sich zu ihr. Sie lehnte ihren Kopf an seine Schulter und so bestaunten sie ihr Werk.

„Jetzt hast du dir Türchen Nummer Fünf verdient", sagte Bene und reichte ihm einen der Pfefferkuchen.

„Ich glaube es war noch nie so schön, meine Wohnung zu schmücken und weihnachtssicher zu machen. Danke!" Sie gab Jacob einen Kuss und der legte seinen Arm um sie.

„Ich habe dir zu danken. Du hast mir gestern und heute meine kindliche Sicht auf Weihnachten zurückgegeben. Ich hätte nicht gedacht, dass dieses Gefühl noch in mir steckt."

Bene holte Blechdose Nummer fünf aus der Tasche ihrer Strickjacke und hielt sie Jacob hin. Die kugelrunden Augen eines pausbackigen Mondes blickten ihm freundlich entgegen. Er öffnete die ansonsten nachtblaue Dose und fand darin neben dem Briefchen einen kleinen Anstecker mit der Aufschrift: „Miss you more." Der sah aus wie ein Relikt aus den späten 80ern.

Bene hatte es sich nach der kurzen Übergabe bequem gemacht und ihren Kopf samt einem Kissen auf Jacobs Schoß abgelegt. Er strich ihr das Haar glatt und faltete vorsichtig den Brief auseinander. Leise, wie um Bene nicht zu stören, begann er zu lesen.

***

14. September
Ich leide.

Jacob muss zu einem eintägigen Workshop einer unserer Kunden fahren und deren Hauptsitz ist 400 Kilometer weit entfernt. Damit ist Jacob nicht nur den ganzen Tag nicht in der Agentur, sondern auch über Nacht nicht in der Stadt. Das ist beinah lächerlich furchtbar. Zwei Wochen ist unsere Romanze jetzt alt und seitdem haben wir uns wirklich jeden Tag gesehen. In der letzten Woche hat er sogar jede Nacht bei mir geschlafen. Dadurch fühle ich mich, wie auf kaltem Entzug. Ein Tag, mein Gott. Jetzt stell dich nicht so an, aber nein, es ist echt schrecklich.

Jacob hat zum Glück eins seiner Shirts bei mir vergessen, so ist mir wenigstens etwas von ihm geblieben. Obwohl das nur ein schwacher Trost ist, halte ich es mir am Abend wie ein verzweifelter Teenager unter die Nase und höre schmalzige Love Songs, um meine Stimmung auch wirklich kontrolliert in Richtung Keller zu ziehen.

Als Jacob mich anruft, sagt er zwar, er würde mich vermissen, aber ich bin mir nicht sicher, dass er auch nur halb so viel leidet wie ich, wegen 24 getrennten Stunden. Doch er verspricht mir, am nächsten morgen früh zu starten, um mittags wieder in der Agentur zu sein. Mittags! Das dauert noch ewig. Ich bin schon seit 5 Uhr wieder wach, liege eingewi-

ckelt in sein großes Shirt auf dem Sofa und kann nicht mehr einschlafen. Ich bin zu hibbelig und aufgeregt, fühle mich, wie Monate zuvor, als ich frisch in der Agentur anfing und jeden Moment Angst hatte, Jacob über den Weg zu laufen und dabei irgendetwas Blödes zu tun oder zu sagen oder was auch immer.

Punkt 6.30 Uhr sitze ich fix und fertig an meinem Küchentisch und bin damit ganze zwei Stunden zu früh dran – eine absolute Seltenheit. Zielloses Scrollen in meinem Telefon bringt leider nicht die gewünschte Ablenkung und so ziehe ich mir schließlich Jacke und Schuhe an. Ich sollte zur Arbeit laufen, anstatt das Rad oder die Bahn zu nehmen, damit würde ich etwas Zeit totschlagen und käme möglicherweise nicht als Allererste im Büro an. Als ich die Treppe im Hausflur nach unten gehe, brummt mein Telefon. Ich greife in meine Handtasche und versuche das Ding aus ihren Untiefen herauszufummeln. Mit dem Blick in meine übervolle Tasche gerichtet, herumwühlend und innerlich meine eigene Unordnung verfluchend, gehe ich auf die Haustür zu und als ich sie öffne, fliegt mir Jacob entgegen. Er hat offensichtlich außen drangelehnt, mit seinem Telefon am Ohr und nicht damit gerechnet, dass jemand zu so früher Stunde die Tür aufreißt. Meine Freude ist unbeschreiblich und wir fallen uns in die Arme. Jacob schiebt mich direkt wieder nach drinnen und taumelt küssend mit mir die Treppe hinauf. Hat er mich etwa genauso vermisst, wie ich ihn? Er flüstert mir ins Ohr, dass er um 3 Uhr nachts zum Bahnhof aufgebrochen war, um in den nächstbesten Zug zu steigen, damit er noch die Morgenstunden mit mir verbringen kann und die sind einfach nur rosarot schön.

***

Jacob legte den Zettel in Dose Nummer Fünf zurück und Bene öffnete ihre Augen.

Er schaute sie an. „Ich kam mir ähnlich bescheuert vor, weil ich dich so unglaublich vermisst hab. Dann habe ich dich bei unserem Videocall am Abend auf dem Sofa sitzen sehen, mit meinem Shirt in den Händen und mir danach von The National den Song „I need my girl" auf Dauerschleife eingestellt. Das war der Todesstoß. Obwohl ich auch eins deiner Schlafshirts einstecken hatte, doch das war kein Ersatz."

„Etwa das schwarze mit Snoopy vorne drauf?"

„Ja, genau. Wieso?"

„Das suche ich schon seit Wochen und konnte mir nicht erklären, wo ich das wieder hingeschleppt hatte."

„Ich hatte nichts sagen wollen. Es war mir peinlich so ein Theater wegen nur einer Nacht zu machen."

„Nichts braucht dir peinlich sein vor mir. Es war definitiv eine Nacht zu viel." Bene gab Jacob einen Kuss. „Ich möchte keine einzige Nacht ohne dich verbringen."

Jacob drückte Bene ganz fest an sich.

„Mein Snoopy-Shirt will ich aber trotzdem zurück", nuschelte Bene in seinen Hals hinein.

„Keine Chance!", sprach er in resolutem Ton und gab ihr einen Kuss auf die Stirn.

„Was steht eigentlich morgen auf dem Programm?"

„Meinst du in deinem Adventskalender oder hier und jetzt?"

„Beides!", antwortete Jacob.

„Lass dich überraschen! Es ist jedenfalls Nikolaus...also putz lieber deine Schuhe."

Bei diesen Worten musste Jacob herzlich lachen und er begann Bene durchzukitzeln. Sie hatte ihn schon öfter dafür belächelt, dass seine Schuhe immer so sauber und ordentlich waren. Dabei konnte er absolut nicht nachvollziehen, wieso ihre Boots immer aussahen, als wäre sie gerade mitten durch ein matschiges Feld gelaufen. Schließlich wohnten sie beide in der Stadt und nicht auf dem Land. In solchen Situationen tippte sie ihm gern mit ihren eigenen Stiefeln auf seine Schuhspitzen. Ein Spaß, den sie auskostete, denn sie war immer erst zufrieden, wenn sich ihr gesamter Sohlenabdruck quer über mindestens einen seiner Schuhe zog. Kaum erledigt, rannte sie danach wie ein freches Kind vor ihm davon.

„Ich würde sagen, putz du lieber deine, nicht dass am Ende du ohne Schokolade dastehst." Bene lachte fröhlich aufgrund seiner Kitzelattacke, doch dann huschte Traurigkeit über ihr Gesicht. Jacob konnte sich diesen Umschwung nicht erklären und schaute sie verwirrt an.

„Hab ich was Falsches gesagt?"

„Nein, ich habe mich nur gerade an etwas erinnert."

„An was denn?"

„Erzähle ich dir später. Das ist keine Geschichte für einen Abend wie heute." Sie lächelte ihn an und kuschelte sich in seine Arme zurück. Jacob fragte nicht weiter nach. Er wusste, dass Bene ihr ganz eigenes Timing hatte und es keinen Sinn machte, sie zu drängen. Sie würde es ihm erzählen, sobald sie so weit war. Ganz sicher.

6.

Dezember

Jacob war früh aufgestanden und lief durch den Flur in Benes Wohnung. Dieser war nur schwach durch einen rot leuchtenden Stern erhellt, was aber genügte, um seine eigenen großen Schuhe neben Benes schwarzen Stiefeln stehen zu sehen. Seine Schuhe hatte Bene offensichtlich schon gefüllt. Er griff in seine Jackentasche und holte ein kleines, rot/weiß gepunktetes Geschenk hervor. Dies ließ er in Benes rechten Stiefel gleiten. Dann schaute er zu seinen Schuhen und sah neben einem Tannenzweig zwei große Pinsel darin. Doch nicht nur das, an diesem Ensemble hing ein Schild auf dem stand: „Male für mich!" Er schloss für einen Moment die Augen und atmete hörbar ein und aus. Dann begutachtete er seinen zweiten Schuh. In dem steckten eine Mandarine und eine alte Dose. Auf deren Deckel mühte sich ein Gewichtheber mit einer riesigen Hantel ab. Der Gewichtheber stemmte die Hantel nach oben in die Luft und der Schweiß tropfte dabei von seiner Stirn. Jacob konnte sich nicht vorstellen, von welcher Begegnung der Inhalt dieser kleinen Blechkiste erzählen würde. Doch bevor er sich der Sache zuwendete, wollte er sich erst einmal für die Arbeit fertig machen.

Als er wenig später bereit war, setzte er sich auf die Bank im Flur, knipste die Lampe neben sich an und öffnete Dose Nummer Sechs.

Darin lagen ein Zettel und ein Anzeigen-Design, das sie gemeinsam entworfen hatten für ein Projekt, bei dem sie zum ersten Mal zusammenarbeiten mussten. Keine einfache Zeit für ihn und seine Hormone.

***

13. Juni
Ich bin tief beeindruckt, obwohl möglicherweise trifft es verstört besser, von den unglaublichen Fähigkeiten meines Körpers und vor allem der Leistungsfähigkeit meines Gehirns in Stresssituationen. Echt Wahnsinn, wozu mein Körper und mein Geist in der Lage sind und damit meine ich nicht simples Multitasking, also gerade mal zwei, drei Dinge gleichzeitig denken oder tun, sondern Multitasking hoch 1000. Ich sitze gerade vollkommen erschöpft an meinem Schreibtisch im Büro und fühle mich wie erschlagen von den gefühlten drei Marathons, die ich gedanklich und irgendwie auch körperlich gelaufen bin. Doch spulen wir drei Stunden zurück.

Gegen 9.30 Uhr treten meine liebe Kollegin Tanja und meine direkte Vorgesetzte Sascha, obwohl wir das hier nicht so streng hierarchisch leben, an meinen Schreibtisch. Sie laden mich offiziell zum Teammeeting für die Kampagne eines Neukunden ein. Sie meinen, ich wäre soweit, in diesem Projekt eine kreative Rolle zu übernehmen. Ich freue mich natürlich unheimlich, denn so langsam habe ich genug vom über die Schulter Schauen und dem Erledigen von Aufgaben, die mir easy von der Hand gehen. Ich habe Lust mitzumachen beim Sammeln von Ideen und beim Ausarbeiten neuer Konzepte.

Als Sascha freundlich lächelnd kehrt macht, um zurück zu ihrem Büro zu schlendern, bleibt Tanja noch bei mir stehen und ist plötzlich super aufgedreht. Sie hüpft wie ein Flummi vor mir auf und ab und flüstert, sobald Sascha außer Hörweite ist: „Dein Schwarm Jacob ist für das Design-Team mit dabei, hiiiiiiiiiiiiiiiiiiiiiiiiiiiiii!" Das Ende ihres Satzes ist mehr eine Art schrilles Sirenengeräusch und verfehlt damit nicht seine Wirkung.

Ich bin sofort höchst alarmiert. Werde ich rot? Möglich, aber auch egal! Tanja hat mich schon vor drei Wochen beim Schmachten erwischt, seitdem sind wir befreundet. Immer wieder wirft sie mir Blicke zu, versucht mich anzustacheln ihn mal anzusprechen, doch bisher ist zum Glück alles unauffällig und ohne Peinlichkeiten für mich abgegangen. Wie das allerdings heute im Meeting laufen wird, ist unklar.

Ich habe mir so sehr gewünscht, endlich mit ihm ins Gespräch zu kommen und jetzt, wo der Moment endlich da ist, würde ich am liebsten schreiend aus dem Gebäude stürmen.

Super beknackt und zeigt mal wieder: Pass auf, was du dir wünschst! Wenn das nicht präzise formuliert ist, kann alles passieren. Dann wird aus einem entspannten Plausch am Kaffeeautomaten ein Meeting, bei dem noch fünf weitere Personen teilnehmen, unter anderem der Chef der Firma, und bei dem deine neue Lieblingskollegin dabei ist, die genau weiß, wie du zum mysteriös aufregenden Grafiker aus Büroebene 03, erste Tür links stehst. Ich kann nur beten, dass sie nicht vielsagend ihr Gesicht verzieht oder mir unterm Tisch wilde Zeichen gibt. Doch wie sich keine Dreiviertelstunde später herausstellt, ist nicht meine Kollegin Tanja das Problem, sondern natürlich – wie soll es auch anders sein – ich selbst.

Hier mal eine Kostprobe meines Gedankenirrsinns während des Meetingauftakts:

Oooooohhhhh mein Gott, da steht er und er sieht zu mir rüber, iiiiiiiiiihhhhhhh, ich falle in Ohnmacht... „Hallo ich bin Bene"... „Jacob, wie schön." ...seine Hände, wie herrlich die sich anfühlen, im nächsten Moment er nackt in meinem Bett, besagte Hand an meinem Oberschenkel, an meiner Brust....piep, piep, piep, Hilfe...konzentrier dich! Mein Chef... „Hach wie toll, dass ich dabei sein darf, das freut mich sehr." Jacob schaut mich an...uhhhh, er schaut mich an, lächelt er etwa?... „Mein Frühstück war toll heute Morgen" Frühstück? Was rede ich da?... „Mein Laptop, ja der ist hier." Seine Jeans ist eng...und seine Oberarme, Himmel! Kann dem Mann bitte jemand eine Jacke bringen? Schließlich kein

Hochsommer. Allerdings ist mir jetzt viel zu warm...Schweißperlen auf der Oberlippe, wegwischen...unauffällig bitte. Er hat schon wieder zu mir gesehen... „Oh ja, das wäre eine gute Idee. Welche Ideen ich habe?" „Ja also..." Jacob hinter mir, unter mir, auf mir, in mir...Bist du wohl still! Sag ein paar Ideen, dir wird doch etwas einfallen, sonst halten dich hier alle für eine hohle Nuss. „Etwas Leidenschaftliches wäre schön." Habe ich ihn gerade angeguckt? Ohhhh nein, wie peinlich, er schmunzelt und blickt nach unten...Bene!! Verliere jetzt nicht die Fassung. „Ja, etwas, dass mitreißt und die Zielgruppe anspricht"... „nicht nur Fakten, sondern Emotionen zeigen." Hohler geht es kaum, so viele Plattitüden hintereinander. Ich komme mir vor wie ein Politiker, bloß nix Konkretes. Doch es scheint zu genügen, um die Brainstorming-Fraktion, bestehend aus Tanja, Sascha, einem Typ namens Daniel und meinem Chef, neu anzufachen. Ich blicke zu Jacob, der schaut schnell weg, nach vorn zum Beamer. Wie spät ist es? Ahh cool, wir haben gerade mal fünf Minuten geschafft und damit noch zwei Stunden vor uns. Das mache ich doch mit links...aaahhhhh...ich sterbe.

Um 12 Uhr ist es endlich vorbei! Ich lebe doch noch und wenn ich Tanjas Worten Glauben schenken darf, habe ich mich sogar recht wacker geschlagen.

Ich selbst kann mich leider kaum an etwas erinnern. Nur an Bruchstücke, Sekunden, in denen ich mehrmals kurz davor war, mich vollständig zu blamieren.

Doch egal, ich kann mich beglückwünschen. So viele absolut konträre Dinge musste ich noch nie zuvor gleichzeitig denken und verarbeiten. Ich bin mir sicher, dass mein Gehirn in diesem Meeting mehr Areale simultan hat schießen lassen, als gesund ist.

Bei dem Gedanken, dass ich jetzt öfter mit Jacob zusammenarbeiten werde, möchte ich direkt die Segel streichen. Diese körperliche Höchstleistung kann ich unmöglich jeden Tag aufs Neue vollbringen. Tanjas Zuspruch nehme ich zwar gern an, doch ich selbst empfinde meine Performance bestenfalls als mittelmäßig, mit steiler Tendenz nach unten.

Wie soll ich unter diesen Umständen sinnvoll kreativ arbeiten? Und welchen Eindruck werde ich dabei auf ihn machen? Nach meinem Auftritt heute findet Jacob mich vielleicht lustig, wenn ich Glück habe, niedlich, aber weiblich oder gar anziehend...nein, das kann ich mir beim besten Willen nicht vorstellen. Ich bin erledigt!

***

Als Jacob den hinreißenden, aber auch sehr selbstkritischen Tagebucheintrag zu Ende gelesen hatte, stand er auf und hängte seine Jacke zurück auf einen der bunt bemalten Kleiderbügel im Flur. Er zog seine Schuhe aus und schlich leise zu Bene ins Schlafzimmer. Eigentlich hatte er heute eher im Büro sein wollen, um ein paar Dinge zu erledigen. Doch durch ihre Worte fühlte er sich wunderbar warm und lebendig. Die Bedeutung der Stundenzettel und Reisekostenabrechnungen auf seinem Schreibtisch verblasste, bis nichts mehr davon übrig war.

Dafür wurde es ihm zu einem dringenden Bedürfnis die Gedanken, die Bene damals bei ihrem ersten Projektmeeting hatte und die auch in ähnlicher Weise durch sein Gehirn geschossen waren, erneut aufleben zu lassen. Vor allem aber wollte er ihr beweisen, dass er sie natürlich lustig und niedlich fand, aber dass dies auf keinen Fall die ersten Adjektive waren, die ihm einfallen würden, wenn er sie beschreiben müsste. Und er wollte jetzt doch um nichts in der Welt ihre Reaktion verpassen, wenn sie seine Nikolaus-Überraschung auspackte.

7.

Dezember

Casablanca

Bene saß in ihrem Büro am Schreibtisch. Sie wischte nachdenklich mit ihrem Halstuch über die Oberfläche des goldenen Taschenspiegels in ihrer Hand. Jacob hatte ihr gestern dieses wunderschöne Stück in ihren Stiefel getan. Nicht nur, dass er ihr diesen Spiegel in einem Antiquitätengeschäft gekauft und damit etwas mit Geschichte für sie erstanden hatte, es waren von ihm auch die Worte „Spieglein, Spieglein" in goldener, schön geschwungener Schrift auf dessen Innenfläche geschrieben. Damit traf er bei ihr voll ins Schwarze. Wie oft haderte sie mit sich, redete sich ein, dass dieses nicht schön an ihr war oder jenes, dass sie vielleicht niedlich sei, aber wohl kaum mehr. All das hatte Jacob versucht mit unzähligen Worten und schönen Schmeicheleien sanft und für immer fortzuwischen.

Ihr sonniger Nikolausmorgen war allerdings nicht wolkenlos geblieben. Bene wurde das Gefühl nicht los, dass ihr Geschenk, die Pinsel mit ihrer Aufforderung zum Malen, einen ganz anderen Effekt auf Jacob hatten als der Spiegel auf sie. Während sie zwischen Bad und Flur hin und her gehuscht war, um sich für die Arbeit fertig zu machen, hatte sie ihn geknickt auf dem Sofa sitzen sehen. Er hatte vor sich hingestarrt und die Pinsel nachdenklich in seiner Hand gedreht. Bedankt hatte er sich bei ihr, aber es war offensichtlich, dass ihr Geschenk in ihm etwas aufschreckte, das er lieber unter Verschluss hielt.

In den vergangenen drei Monaten hatten sie die meiste Zeit in ihrer Wohnung verbracht. Doch an den seltenen Tagen, die sie bei ihm übernachtete, stand sie immer staunend vor seinen wunderschön gemalten Bildern. Es waren zum einen größere Alltagsszenen und Portraits in Acryl und zum anderen eher kleinere Zeichnungen mit Kohle von Figuren und Stillleben. Jacob freute sich über Benes Begeisterung, obwohl er selbst seine Bilder als bedeutungslos abtat.

Bei ihrem ersten Besuch in seiner Wohnung hatte es eins von Jacobs Bildern ihr besonders angetan. Es zeigte eine Situation an einem heißen Sommertag. Eine Mutter mit dunkelblauem Blümchenkleid stand mit ihrem Kind an einer Straße, bereit sie zu überqueren. Das Kind, ein Mädchen mit langen schwarzen Haaren, hatte ein Eis in der Hand und einen bunten orangefarbenen Dino auf ihrem T-Shirt. Die Mutter sah prüfend die Straße entlang, so als ob sie nach Autos Ausschau hielt. Das Mädchen blickte beseelt auf die bunt bestreuselte Waffeltüte in ihrer Hand.

Bene hatte sich sofort in das Bild verliebt. Es hing nun schon seit einigen Wochen in ihrer Wohnung und sie erfreute sich jeden Tag an dessen Leichtigkeit und seiner Atmosphäre, die sie an längst vergangene, unbeschwerte Sommertage erinnerte.

Als Bene ihn das erste Mal gefragt hatte, ob er seine Bilder verkaufen würde, war seine Antwort eine wegwerfende Handbewegung gewesen. Er hatte gemeint, dass er keine Zeit habe, das selbst voranzutreiben, die Bilder eh alt wären und er nicht sicher war, ob er überhaupt neue malen würde. Auch sah er keine Möglichkeit bei einer Galerie unterzukommen. Da stellte man nur Künstler aus, die bereits etwas vorzuweisen hatten, und so jemand war er nicht. Er war Grafikdesigner, nicht mehr und nicht weniger. Jacob hatte diese Aussage zwar mit einem Lächeln über die Lippen gebracht, aber für Bene bestand keinerlei Zweifel daran, dass dieser Umstand ihn sehr viel mehr schmerzte, als er zugeben wollte.

Bene war seitdem wild entschlossen, ihn dabei zu unterstützen seine Kunst nach außen zu tragen. Doch das gestaltete sich schwerer als gedacht. Die Pinsel im Stiefel waren nicht der erste Wink mit dem Zaunpfahl gewesen. Aber gut, so schnell ließ sich Bene nicht entmutigen. Im Gegenteil, seine Reaktion stachelte sie nur noch mehr an. Bei diesem Gedanken legte sie sich das Ende ihres Tuches schwungvoll über die Schulter, der Spiegel glänzte schließlich genug, und verließ ihr Büro. Zeit für Übergabe von Kiste Nummer Sieben.

Jacob starrte auf die Zeichnungen in seinem Bildschirm und fuhr sich frustriert mit den Händen durch sein zerwühltes Haar. Was machte er hier eigentlich? Er zeichnete seit Tagen die gleichen hässlichen Bauteile und versuchte sie in eine attraktive Reihenfolge zu bringen. Das war gar nicht so leicht, denn wenn ein Teil allein schon unschön aussah, machten es viele davon nicht besser. Der Produktkatalog sollte in zwei Tagen zur Abnahme beim Kunden sein und dann direkt in den Druck gehen. Doch bis dahin musste er noch 20 Seiten gestalten und weitere Illustrationen anfertigen. Ein Teil unspannender als das andere. Doch er wollte das Thema vom Tisch haben, auch um sich dann der Oper widmen zu können. Dieses Projekt war eine Wohltat in all der Tristesse.

Grafikdesign, hatte er früher angenommen, sei aufregend und bunt, aber die Realität sah anders aus. Broschüren, Logos und Kataloge für Baufirmen und mittelständische Unternehmen standen auf der Tagesordnung. Ja, da jauchzt das Künstlerherz! Ach was redete er da. Er war kein Künstler.

Nur wenn er an Bene dachte, hatte er plötzlich bunte Farben im Kopf, sah sich wieder die wunderbar cremigen Pasten auf seiner Palette zu neuen Farbtönen vermischen. Farbtöne, die so fruchtig frisch aussahen, dass man sie am liebsten kosten würde. Stopp! Ich bin fertig damit. Ich habe Bene. Das ist genug Glück für ein Leben, ermahnte er sich.

In diesem Moment klopfte es an seiner Tür und Bene steckte ihren Kopf herein. „Störe ich?"

„Rette mich!", antwortete er flehend „Wenn ich noch mehr Schrauben und Verbinder zeichnen muss, drehe ich durch."

„Wie viele Illustrationen sind es denn noch?"

„Zu viele. Aber ich will mich nicht beschweren. Kommst du, um mich aufzumuntern oder wegen etwas anderem? Für die Oper habe ich gerade noch keinen Kopf."

„Nein, mit der Oper beginnen wir wie geplant am Donnerstag. Ich habe sowieso noch anderen Kram auf dem Tisch. Aber es ist 13 Uhr und ich wollte dich gern zu einer kurzen Mittagsrunde einladen. So wie du aussiehst, kannst du eine Pause gut vertragen."

„Das klingt nach Erlösung, aber nicht allzu lang, sonst werde ich mit diesem Zeug hier nie fertig."

Als sie wenige Minuten später nebeneinander auf der Straße standen, atmete Jacob tief ein und aus.

„Das tut wirklich gut. Danke!"

„Wie lange willst du das noch machen?", fragte Bene und schaute ihn prüfend von der Seite an.

„Was meinst du?"

„Ich meine diese Art von Projekten."

„Wahrscheinlich so lange bis ich keine Miete mehr zahlen muss und es Essen umsonst gibt. Mit irgendwas muss ich mein Geld verdienen."

„Du könntest mit deinen Bildern Geld verdienen."

„Ach Bene, das Thema hatten wir schon. Ich bin damit durch. Das funktioniert nicht so wie du denkst und außerdem, das ist kein Gesprächsstoff für eine schnelle Mittagspause."

„Ok, aber es ist wirklich nicht leicht mit anzusehen, wie du dich für so einen Quatsch hergibst, wo doch so viel mehr in dir steckt."

„Bene...Mittagessen. Links oder rechts lang?", entgegnete er, sichtlich genervt von diesem Thema.

„Schon gut. Lass uns rüber zum Colonne gehen. Ich glaube die haben heute eine warme Suppe im Angebot."

Bene hakte sich bei Jacob unter und sie gingen die wenigen Meter bis zum Bistro schweigend nebeneinander. Bene schob die Gedanken zu Jacobs Bildern noch ein bisschen im Kopf herum, entschied dann aber, es vorerst auf sich beruhen zu lassen. Wenn die Zeit reif war, würde ihr schon etwas einfallen.

Im Bistro angekommen, bestellte Bene direkt am Tresen zwei Gemüsesuppen, einen Kaffee für Jacob und für sich selbst eine heiße Zitrone. Sie setzten sich auf das gemütliche Sofa neben dem Kamin und schauten für einige Augenblicke dem regen Treiben um sich herum zu.

Jacob überlegte, ob er zu harsch zu Bene war. Er wusste, dass sie es gut meinte, aber er wusste auch, dass es für sein Dilemma keine wirkliche Lösung gab.

Gerade als er diesen Gedanken zu Ende gedacht hatte, spürte er, wie Bene seine Hand nahm und versöhnlich drückte. Es wirkte wie ein stummes Einverständnis. Ein Zeichen dafür, dass sie nicht weiter in ihn dringen würde. Zumindest nicht jetzt. So verharrten sie für einen Moment, bis Bene anfing in ihrer Manteltasche herumzunesteln. Sie suchte offenbar etwas und wurde kurz darauf fündig.

„Hier für dich", sagte sie lächelnd und hielt ihm eine Blechbox hin, auf der das Wort „Casablanca" quer über einem Sonnenaufgang geschrieben stand.

„Oh wie schön." Jacob nahm das hübsche Stück freudig entgegen. „Ich dachte schon, du hast es heute vergessen."

„Wie kommst du darauf?"

„Ich weiß nicht, vielleicht weil du am Morgen nichts gesagt hast."

„Alles braucht sein Timing. Heute früh schien es mir nicht passend."

„Hier im vollen Bistro zwischen Suppe und Kaffee ist es besser?"

„Ich finde schon. Nun mach auf. Die Suppe ist sowieso noch zu heiß."

Jacob öffnete die Dose und fand darin nur einen Zettel.

***

07. Juni

Die Sonne steht hoch am Himmel und ich mit Tanja nach unserer Mittagspause vor dem Eingang der Agentur. Dort herrscht ein großer Menschenauflauf. Das Wetter ist so schön, dass es gefühlt das gesamte Personal gleichzeitig aus den Büros geworfen hat.

Ich beobachte das Getümmel auf dem Vorplatz und Tanja erzählt mir gerade etwas von ihrem gestrigen Kinoabend, als ich wie aus dem Nichts und ohne jede Vorwarnung auf Jacobs Augen treffe. Ich habe gar nicht bemerkt, dass er draußen ist.

Er steht etwas abseits, ganz unaufgeregt mit einer Gruppe von Leuten, die ich schon öfter gesehen habe, aber noch nicht persönlich kenne. Er ist etwa 20 Meter entfernt, doch sein Blick so intensiv, dass ich kaum wage zu atmen. Ganz leicht hat er seinen Kopf zur Seite geneigt. Der Rest seines Gesichts zeigt keine Regung. Kein nickendes Hallo, kein Lächeln, nichts. Er schaut mich einfach nur an. Ganz direkt, ohne Umschweife und ohne Ausflüchte. Dieser Moment der Stille währt nicht lang, aber er ist in seiner Klarheit und Einfachheit wie eine Offenbarung.

Ich spüre, dass er mich sieht. Mich, Bene, so wie ich bin.

Es ist das erste Mal, dass wir uns direkt in die Augen schauen. Das erfüllt mich mit großem Glück, denn nicht allzu oft habe ich das Gefühl, wirklich gesehen zu werden. Und das ausgerechnet von ihm. Im Film würden jetzt Geigen spielen. Seine volle Aufmerksamkeit erzeugt aber auch ein plötzliches Unbehagen, das mich wegschauen lässt.

Ich schneide das zarte, frisch gesponnene Band direkt wieder entzwei, weil ich nicht sicher bin, ob ich ihm so viel von mir zeigen will. Denn was, wenn ihm nicht gefällt, was er dann sieht?

***

Jacob legte den Zettel auf den Tisch und schaute zu Bene hinüber. Sie hatte ihm den Rücken zugewandt und blickte aus dem großen Fenster hinaus auf die Straße, so als wollte sie nicht sehen, wie sich sein Gesicht beim Lesen verändern würde. Er legte seine Hand an ihre Wange und drehte ihren Kopf langsam zu sich herum, so weit bis sie ihm in die Augen schaute. Ganz still wurde es in ihrer Welt.

Er strich ihr sanft über ihre Unterlippe.

„Bene, was ich damals sah, war schon zum Sterben schön und je mehr du mir von dir preisgibst, umso schöner wirst du für mich. Ich möchte alles sehen, vor allem die Dinge, die du vor mir zu verbergen versuchst."

Sie lächelte ihn an und rutschte ein bisschen verlegen unter seinem Blick hin und her, als er weitersprach.

„Du überraschst mich immer wieder. Du bist wirklich ein Wesen voller Kontraste. Wenn ich dir sagen würde, klar, nimm meine Bilder und versuche sie zu verkaufen, würdest du dich höchstwahrscheinlich nicht davor scheuen, jeden einzelnen Galeristen dieser Stadt zu belagern. Auch in Meetings bist du nie um eine Antwort verlegen, aber wenn es um dich allein geht, fühle ich mich, als würde ich ein zartes Fresco freilegen müssen, über das jemand einfach schonungslos mehrere Liter Putz gestrichen hat. Doch ich habe viel Geduld, wenn es um Kunst geht."

Wenn es nicht meine eigene ist, fügte er still für sich hinzu, aber das tat hier nichts zur Sache.

„Das hast du schön gesagt. Ein Wesen voller Kontraste, ein zartes Fresco. Das wäre ich wirklich gern."

„Das bist du! Und glaube mir, nicht ich habe dich gesehen damals vor der Agentur. Du hast dort ganz tief in mich hineingeblickt. Ich fühlte mich dir vollkommen ausgeliefert und befürchtete, du würdest all die Gedanken sehen können, die mir durch den Kopf schwirrten und die waren deutlich profaner und unromantischer, als du denkst."

Er nahm Bene in die Arme und sie lachte bei seinen Worten. „Ach komm, du bist Künstler. Du kennst doch gar keine profanen Gedanken."

„Ich bin vor allem ein Mann", gab Jacob schmunzelnd zurück „Und du meine Schöne, bist so viel zauberhafter, als du glaubst und genau das vergöttere ich an dir. Also sag ich es dir lieber nicht zu oft."

„Ach, das dauert noch eine Weile, bis ich dir das abnehmen kann. Also nur zu."

Sie gab ihm einen Kuss.

„Aber mal etwas anderes. Klappt das bei dir morgen Abend?"

„Ich hoffe es. Kommt darauf an, wie schnell ich mit den letzten Illustrationen vorankomme. Also lass uns schnell essen und zurück ins Büro gehen, dann wird das schon. Verrätst du mir, was du vorhast?"

„Noch nicht. Morgen früh vielleicht", sagte Bene lächelnd und widmete sich ihrer Suppe.

8. Dezember

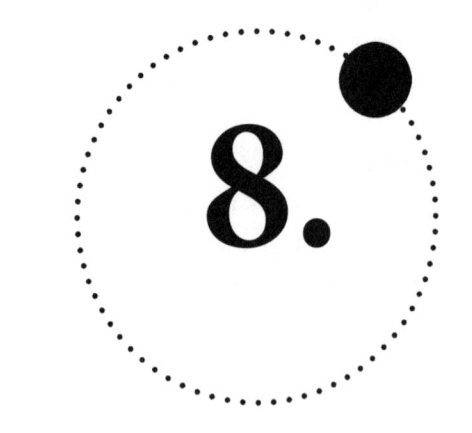

Bene begutachtete den Zettel in ihrer Hand und prüfte nochmals den Inhalt, den sie gerade fein säuberlich aus ihrem Tagebuch für Türchen Nummer Acht übertragen hatte.

***

15. Juni
Können Schmetterlinge Samba tanzen und dabei Schlittschuh laufen? Die, die in meinem Bauch seit Wochen für ein buntes Durcheinander sorgen, bestimmt. Doch ich habe Glück. *Bei unserem heutigen, zweiten Projekt-Meeting, dieses Mal im kleinen Team, also nur Jacob, Tanja, ich, habe ich die geflügelten Chaosschwestern in meinem Inneren erstaunlich gut im Griff. Es geht um die Kampagne für ein neues, nachhaltig produziertes Lifestyle Getränk.*

Wir starten mit einer Brainstorming-Runde und sammeln Begriffe, die uns zum Produkt in den Sinn kommen. Das läuft gut an und nach einer halben Stunde ist die Mindmap bereits ziemlich voll. Da fällt Tanja etwas ein und sie verlässt den Raum. Ob das wirklich so wichtig ist oder sie nur eine Auszeit am Kaffeeautomaten nimmt, um uns allein zu lassen, kann ich nicht sagen. Allerdings hat sie mir vorher schon etwas Derartiges angedroht, und dass obwohl ich natürlich darum gebeten habe, solche Manöver zu unterlassen. Als ich mit Jacob zurückbleibe, freue ich mich aber doch, denn bisher sind wir nie wirklich allein gewesen.

Wir werfen uns weiterhin die Brainstorming-Bälle zu und überlegen, was wir mit einem Getränk dieser Art verbinden und in welchen Situationen wir es genießen würden. Plötzlich klingelt Jacobs Telefon – ich brauche einen Moment, denn es ist kein gewöhnlicher Klingelton, sondern – das ist doch die Melodie von „Weak and Powerless", platzt es aus mir heraus und Jacob schaut mich verblüfft an.

„Du kennst den Song?"

„Ich liebe ihn", antworte ich aufgeregt. „Den habe ich schon ewig nicht mehr gehört."

Während ich mich über die Melodie freue und darüber, dass wir offenbar den gleichen Musikgeschmack teilen, betrachtet mich Jacob eindringlich. Sein anfänglich überraschtes Lächeln über meine Kenntnisse des Alternativ-Genres ist schnell verflogen. Er mustert mich, während sein Telefon vor sich hin klingelt. Ich habe das Gefühl, dass seine Augen mein gesamtes Gesicht, jede Einzelheit erforschen und kommt er etwa näher?

Oh Gott! Ich habe keine Ahnung, wo ich hinschauen, geschweige denn, wie ich mich verhalten soll. Ich spüre mal wieder klar und deutlich, dass ich solchen Situationen nicht gewachsen bin und werde immer unruhiger. Zumal hinter dem Song, der aus Jacobs Telefon bimmelt, ja ein Anrufer steckt. Das scheint ihn nicht im Geringsten zu interessieren. Um die Situation zu entschärfen – das ist ja nun wirklich nicht der richtige Ort für eine Annäherung – frage ich: „Willst du nicht rangehen?" Doch der Anrufer wählt genau diesen Moment, um aufzugeben. Himmel! Egal, meine Frage scheint die Stimmung genügend ruiniert und Jacob aus seinem Trance-ähnlichen Zustand geweckt zu haben.

„Was, wieso? Nein. Das war nicht so wichtig." Er blickt auf das Telefon in seiner Hand. „Ich rufe später zurück."

Er schaltet das Telefon auf stumm, räuspert sich und rückt seinen Stuhl zurecht. Oh Bene, du alte Streikbrecherin, warum kannst du nicht die Dinge sich einfach mal entwickeln lassen?

***

Bene schmunzelte, als sie den Zettel zusammenfaltete und in eine Dose steckte, auf der neben einer schwarzen Acht eine gelbe Raupe über den Deckel schlich. Die sollte an das Plattencover von A Perfect Circle, die Band des Klingelton-Songs, erinnern. Sie freute sich schon darauf, ihm diese nach ihrem Ausflug zu überreichen.

Apropos Ausflug. Sie sah zur Uhr in ihrer Küche. Es war bereits kurz nach fünf. Wenn sie Jacob pünktlich um 17.30 Uhr an der Agentur abholen wollte, musste sie sich beeilen. Jacob war zuversichtlich gewesen, dass er bis zu ihrer Verabredung am frühen Abend den Großteil seiner Arbeit geschafft haben würde.

Entgegen der Ankündigung beim gestrigen Mittagessen hatte sie ihm bis jetzt nicht verraten, wohin sie ihn ausführen wollte. Er würde es ohnehin gleich sehen. Sie zog sich warme Wollsocken an, bevor sie in ihre Stiefel schlüpfte und dann gut eingepackt im karierten Mantel das Haus verließ.

20 Minuten später hatte sie ihr Rad angeschlossen und stand auf dem Vorplatz der Agentur. Sie wählte Jacobs Nummer.

„Bist du so weit?"

„Ja, zum Glück. Ich bin schon auf dem Weg nach unten."

Als Bene ihr Telefon zurück in die Tasche gesteckt hatte, stand Jacob schon hinter ihr, hob sie in die Luft und wirbelte sie freudestrahlend mit sich herum.

„Hach, bin ich froh, dass ich durch bin. Ein Krampf. Egal, wo soll's hingehen? Ich bin zu allen Schandtaten bereit."

So gelöst und strahlend hatte sie Jacob seit Tagen nicht gesehen. Sie hielt daher kurz inne. Was für ein Mann, dachte sie, als sie sich Jacobs

Schal schnappte und ihn mit den Worten: „Folgen Sie mir, Mister Universe", ein kleines Stück hinter sich herzog.

Jacob lachte und schlang seinen Arm um ihre Hüfte, so dass sie schließlich wohlig ineinander verhakt die Straße entlang in Richtung Stadtzentrum schlenderten, dabei natürlich strikt Benes Kommandos folgend.

Nach einem kurzen Fußweg waren sie bereits am Ort des vorabendlichen Vergnügens angekommen: Die Eisbahn auf dem Marktplatz. Bene steuerte zielsicher auf das Kassenhäuschen zu und der Mann darin kam sofort nach draußen gelaufen. Er umarmte Bene und beide hielten sich für einen Moment ganz fest.

„Das ist Ludwig!", sagte Bene zu Jacob, als sie den älteren Mann wieder losließ.

„Und das ist Jacob, mein Freund."

Jacob gab dem Mann lächelnd die Hand.

Ludwig strahlte zurück, wandte sich nach der Begrüßung aber sofort wieder Bene zu.

„Ich hatte dich viel früher erwartet. Heute ist schon der 8. Dezember. Du bist scheinbar anderweitig beschäftigt." Ludwig zwinkerte Jacob zu und drückte Bene nochmals an sich.

„Ich weiß, entschuldige. Die ersten Dezembertage waren so voll. Ich arbeite doch seit einigen Monaten in einer anderen Agentur, dort stehen gerade viele neue Projekte an und ich wollte dir unbedingt Jacob vorstellen. Der hatte aber erst heute Nachmittag Zeit."

„Du hast eine andere Arbeit? Davon wusste ich nichts. Naja, Hauptsache ihr seid jetzt da. Habt ihr eigene Schlittschuhe dabei oder braucht ihr welche?"

„Wir bräuchten welche", sagte Bene und lief direkt in den Bereich hinter dem Kassenhäuschen.

„Du weißt ja, wo alles liegt. Bedient euch einfach."

Jacob und Bene suchten sich Schlittschuhe aus und setzten sich auf eine der Bänke, die um die Eisbahn standen.

„Ihr scheint euch gut zu kennen!", stellte Jacob fest, während er seine Schuhe wechselte.

„Ja, Ludwig und ich haben schon viel zusammen erlebt. Er ist der Vater eines Mädchens, mit dem ich zur Schule ging. Sie steckt übrigens hinter der traurigen Nikolausgeschichte, an die ich mich letztens erinnert habe. Weißt du noch?"

„Ja, sicher. Aber du musst sie mir nicht erzählen, wenn du nicht magst." Jacob schaute zu Bene auf und sah, wie sie die Eisfläche fixierte.

„Doch, ich möchte es gern. Die Geschichte ist ein Grund, warum ich dich hierher gebracht habe."

Jacob spürte, wie Bene einen tiefen Atemzug nahm und umschloss daher ihre Hand mit seiner, als sie zu erzählen begann.

„Luzi und ich waren befreundet, nicht immer die besten Freunde, aber wir unternahmen hin und wieder etwas miteinander. Luzi sponn sich öfter Geschichten zusammen und dehnte die Wahrheit nach ihren Wünschen aus. Das hatte ich als Kind nicht verstanden und diese Eigenheit nicht besonders gemocht. Heute weiß ich, dass sie sich nur eine Welt zusammengebaut hatte, weil es zwischen Ludwig und ihrer Mutter immer schwierig gewesen war. Kurz nach ihrem elften Geburtstag stand deren Scheidung im Raum. Die beiden waren so beschäftigt mit ihrer Ehe, dass sich kaum jemand um Luzi kümmerte. Das ging so weit, dass die beiden vor dem Nikolausabend zusammen wegfuhren, in einem verzweifelten Versuch ihre Beziehung zu retten."

Bene schaute Jacob entschuldigend an.

„Als Luzi morgens aufwachte, waren nicht nur ihre geputzten Stiefel leer, sondern auch ihre Eltern fort. Sie hatten nur einen Zettel dagelassen und sich darin kurz und knapp abgemeldet. Luzi musste sich selbst für die Schule fertig machen, war allein und hatte nichts zum Nikolaus bekommen."

„Ok, jetzt verstehe ich deine Reaktion auf meinen Scherz", sagte Jacob und strich dabei über ihre Hand. Doch die Geschichte war offensichtlich noch nicht zu Ende.

„Ludwig und Luzis Mutter trennten sich trotzdem eine Weile später und er gründete bald darauf eine neue Familie. Das war zwar nicht einfach für Luzi, aber letztlich besser für alle Beteiligten. Luzis Mutter entspannte sich und die Beziehung zwischen ihr und Ludwig wurde auch wieder deutlich besser."

Jacob bemerkte, wie sich Benes Körper verspannte, als sie weitersprach: „Aber weißt du, das Schicksal schlägt mitunter unerträglich fiese Haken. Luzi war einige Jahre später nach einem Abend bei Freunden im Dunkeln nach Hause gelaufen und wurde von einem Auto überfahren. Einfach so, aus heiterem Himmel. Eine Sekunde unaufmerksam und zack, alles vorbei."

Jacob erschrak. Mit solch einem tragischen Ausgang hatte er nicht gerechnet. Er blickte hinüber zu Ludwig.

„Das muss ein Tiefschlag für ihre Mutter und ihn gewesen sein", erwiderte er leise.

„Absolut. Nach ihrem Tod war Ludwig oft bei uns, bei meinen Eltern und mir zu Besuch. Er sprach mit mir über Luzi, über die Zeit, in der er ihr keine Aufmerksamkeit gegeben hatte. Tja, wie geht man um mit einem solchen Verlust?"

Bene blickte hinunter auf ihre Hand, die immer noch von Jacobs Fingern umschlossen war.

„Ich schenkte Ludwig zwei Jahre nach Luzis Tod eine alte Schneekugel, in der ein Mädchen Schlittschuh lief. Luzi hatte es geliebt, mit ihrem Vater auf dem zugefrorenen See im Park ihre Kreise zu drehen. Das hatten sie jedes Jahr gemacht, auch noch nach der Scheidung. Und diese kleine Schneekugel brachte Ludwig auf die Idee jedes Jahr im Dezember eine Pause von seinem Job einzulegen und die Eisbahn hier zu betreiben. Das macht er für sie. Das 12. Jahr ist er jetzt schon hier. Es ist seine Art Luzi zu gedenken und dass er dabei Familien und seinen anderen beiden Kindern eine Freude bereiten kann, macht es natürlich umso schöner. Es hat ihn verändert. Ich glaube, es hat ihn wieder ein klein bisschen heil gemacht."

Bene schenkte Jacob ein sanftes Lächeln und legte dann ihren Kopf auf seiner Schulter ab. Er küsste sie auf die Stirn, weil er nicht genau wusste, wie er auf ihre Geschichte reagieren sollte. Das war schwere Kost für einen fröhlichen Abend. Bene spürte das und malte mit ihren Fingerspitzen kleine Kreise auf die zarte Haut an der Innenseite seines Handgelenks.

„Das alles ist lange her", sagte sie, „aber ich wollte es dir dennoch erzählen. Ludwig musste wirklich durch ein tiefes Tal, aber seine jetzige Frau, seine beiden jüngeren Kinder und das hier", sie zeigte auf die Eisfläche, „haben ihm geholfen trotz allem wieder Freude in sein Leben einzulassen." Sie drehte ihren Kopf in Ludwigs Richtung. „Schau, es ist ok."

Sie blickten beide zum Kassenhäuschen hinüber und sahen, wie Ludwig mit gerade angekommenen Besuchern scherzte. Er wirkte zufrieden, zumindest in diesem Augenblick.

„Ohne dich hätte er die Eisbahn nicht", bemerkte Jacob.

„Ach, das weiß ich nicht. Es war seine Idee." Bene beugte sich hinunter, um ihre Schlittschuhe fest zu schnüren.

„Aber du hast ihm durch die Schneekugel den Anstoß dazu gegeben."

„Möglich. Die Kugel stand früher sogar hinter der Scheibe da." Bene zeigte kurz mit dem Finger auf einen Platz neben der Kasse, bevor sie sich wieder ihren Schuhen widmete. „Doch jetzt steht sie da schon lang nicht mehr."

Lag da Enttäuschung in ihrer Stimme? Jacob konnte ihre Worte nicht richtig deuten.

„Du bist wirklich wunderbar", sagte er daher mit Nachdruck und stand auf.

Bene schaute zu ihm hoch. Sie wirkte erleichtert, so als wäre sie froh, diese Geschichte mit ihm geteilt zu haben. Jacob hielt ihr eine Hand entgegen und zog sie schließlich in seine Arme.

„Du bist so wunderbar für mich", murmelte er und küsste sie. Sie hielten sich für einen Moment lang fest, bis sie Ludwig vom Eingang der Eisbahn rufen hörten: „Seid ihr endlich soweit?"

Sie schauten zu ihm und lächelten. Doch bevor sie sich endgültig voneinander lösten, beugte Jacob sich zu Bene hinunter und flüsterte in ihr Ohr „Schnall dich an. Dich mache ich jetzt zu meiner Eisprinzessin."

Sie musste lachen. Zum Glück.

„Na, jetzt nimmst du den Mund aber ganz schön voll. Kannst du dich überhaupt richtig auf den Beinen halten?" Bene sah ihn herausfordernd an.

„Selbstverständlich!", entgegnete Jacob. „Während des Studiums war ich sogar ein Semester lang Teil des Uni-Sport Eishockey-Teams."

„Im Ernst?! Ich entdecke ja ganz neue Seiten an dir."

„Es gibt so Einiges, was du noch nicht von mir weißt."

„Du machst mich neugierig."

„Das war mein Plan, aber nun los. Lass uns ein paar Runden drehen, bevor wir hier erfrieren." Er schob Bene vor sich her in Richtung Eisfläche, als plötzlich aus den Lautsprechern eine Schlagerhymne dröhnte. Bene verdrehte die Augen.

„Das muss ich Ludwig wirklich noch beibringen. Seine Musikauswahl ist echt ein Desaster."

Sie schaute sich zu Jacob um. „Vielleicht solltest du ihm mal eine Playlist von dir zukommen lassen."

„Ich glaube nicht, dass ich mit meiner Songauswahl den Geschmack der Massen treffe", erwiderte Jacob fröhlich.

„Das stimmt. Aber du triffst damit voll meinen." Mit diesen Worten glitt sie hinaus aufs Eis.

9. Dezember

Jacob stand vor dem leeren Kühlschrank in Benes Küche. Es war wohl doch keine so gute Idee gewesen, den dringend notwendigen Einkauf auf heute zu verschieben. Gestern Abend allerdings hatten sie es schlicht nicht mehr geschafft in den Supermarkt zu gehen, weil sie länger als erwartet an der Eisbahn geblieben waren. Bene hatte am Ende ganz beseelt noch etliche Runden allein gedreht, während Jacob sich mit Ludwig unterhielt. Ihr beider Gespräch beschäftigte ihn noch immer.

„Es sieht schlecht aus an der Frühstücksfront", rief er in Richtung Badezimmer. „Ich befürchte wir müssen ohne aus dem Haus."

Bene betrat ebenfalls die Küche und schaute in den gähnend leeren Brotkasten.

„Das kommt gar nicht in Frage. Lass uns schnell zum Bäcker an der Ecke gehen und im Laden gegenüber ein bisschen Obst und Gemüse besorgen. Außerdem ist heute unser offizieller Projektstart für die Oper, da möchte ich nicht ausgehungert im Büro hocken."

Jacob konsultierte seine Uhr. „Na dann schnell, aber du bist ja noch nicht mal angezogen." Er sah an Bene herab, die außer einem kurzen Schlafshirt und einem zarten Unterhöschen nichts anhatte.

„Normalerweise stört dich das nicht, aber gut ich packe mich sofort warm ein", entgegnete Bene schmunzelnd und war gerade dabei, die Küche wieder zu verlassen, als Jacob sie zurückhielt.

„Eine Minute kann ja nicht schaden." Er küsste Bene und wollte gerade mit der Hand unter ihr Schlaf-Shirt schlüpfen, als ihm gewahr wurde, was er da tat.

„Wieso kann ich meine Finger nicht von dir lassen? Das ist doch liebeskrank!", stellte er fest und ließ von ihr ab.

„Los Bene, wir haben Termine!", sagte er mehr streng zu sich als zu ihr.

Bene musste kichern. „Was bist du denn so gestresst? Ich meine, wir zwei haben heute allein ein Projektmeeting. Es ist nicht so, als hätten wir ein Treffen in großer Runde. Wir können theoretisch schon auf dem Weg zum Bäcker damit beginnen."

„Stimmt, das hab ich komplett vergessen! Tanja und Daniel sind ja gar nicht da."

„Korrekt! Das heißt, genau genommen könnten wir den Bäcker nach hinten schieben und direkt hier mit unserem Meeting starten." Sie küsste ihn am Hals und fuhr mit ihren Händen seinen Rücken hinauf.

„Ob Kai sich das gut überlegt hat, uns beide als Hauptverantwortliche für das Projekt einzuteilen? Wenn das so weiter geht, sind wir in einer Woche keinen Schritt weiter." Jacob spürte seine soeben aufgebrachte Selbstbeherrschung direkt wieder schwinden.

„Das hat er sich total super überlegt, denn wenn ich entspannt bin, kommen mir die besten Ideen."

„Na wenn das so ist, muss ich mich natürlich höchstpersönlich darum bemühen, dass du unter den Bedingungen arbeiten kannst, die deine Kreativität am meisten beflügeln." Kaum hatte er diese Worte ausgesprochen, umfasste er ihr Handgelenk und zog sie mit sich zurück ins Schlafzimmer.

Eine halbe Stunde später lagen sie nebeneinander im Bett und schauten an die Decke.

„Und, hast du schon eine Idee?", fragte Jacob.

„Nein, aber mein Magen knurrt." Sie lachten.

„OK, dann jetzt los. Zweiter Versuch."

Jacob sprang auf und zog sich in Windeseile an.

Bene tat es ihm nach und keine zehn Minuten später kaute Bene an einem Croissant und gestikulierte wild vor sich hin.

„Theater, Magie, Shakespeare, der absolute Überfluss und dagegen die technisierte, reduzierte Welt unserer Neuzeit, kahle Bühnen. Gegensätze treffen aufeinander. Alte Stoffe in aktuellen Bezug gesetzt, alles wird transformiert und Altes neu erlebbar gemacht. Licht, Bühne, Musik. Die Kontraste, die Kultur, die Kunst muss zum Ausdruck kommen. Oper, nicht nur für Menschen jenseits der 60. Wir müssen auf jeden Fall ein Design entwickeln, das beides hat. Den reduzierten Style unserer Zeit, jung lebendig und das Prunkvolle der alten Meister von Oper und Theater."

„Klingt gut. Dazu werde ich mir nachher gleich ein paar Skizzen machen und ein bisschen Bildrecherche betreiben. Vielleicht können wir mit Fotos und strahlenden Vollton-Farbflächen arbeiten."

„Lass uns das ausprobieren!"

Bene war zufrieden mit den ersten kreativen Impulsen und steuerte Jacob, der immer wieder seine Uhr fokussierte, in den kleinen Laden bei ihr um die Ecke. Dort versorgten sie sich mit ein paar vitaminreichen Nahrungsmitteln und liefen dann im Stechschritt zurück in ihre Wohnung.

Nachdem er die ersten Ideen in seinem Laptop festgehalten hatte und ein paar Skizzen zu zeichnen begann, entspannte Jacob sich wieder etwas und konnte aushalten, dass sie noch immer nicht auf dem Weg zur Arbeit waren.

Seit er mit Bene einen gemeinsamen Alltag lebte, bemerkte er, wie fest sein eigenes Leben inzwischen strukturiert war und wie schwer es ihm fiel, von diesen Gewohnheiten abzuweichen. Früher wäre er nie erst nach 9 Uhr im Büro gewesen und das, obwohl es ihnen durchaus erlaubt war, erst gegen 10 Uhr einzutrudeln. Von den Kreativen erwartete keiner, dass sie um 8 Uhr auf der Matte standen. Und dennoch, für Jacob war das nicht leicht. Aber er mochte das Überraschende und Unvorhergesehene an Bene so sehr, dass er sich immer öfter von ihr mitreißen ließ. Sie brachte Farbe in sein Leben, was allerdings auch dazu führte, dass er wieder Lust aufs Malen bekam. Dieses Bedürfnis versuchte er, so gut es ging, zu unterdrücken. Dass Bene ihm Pinsel in die Schuhe stellte und ihn bei jeder Gelegenheit auf seine Bilder ansprach, machte das umso schwerer. Ihr konnte er von dieser Entwicklung auf keinen Fall erzählen. Denn das Malen war für ihn Himmel und Hölle zugleich. Er liebte es so sehr, dass es weh tat. Er wusste, wenn er wieder damit beginnen würde, gäbe es kein Zurück mehr. Je häufiger er malte, desto mehr wollte er es tun und desto schlimmer und enger wurde sein Alltag für ihn.

Wenn er das Malen allerdings wegschob, so wie die letzten Jahre, sich also auf seinen Job konzentrierte, schaltete er natürlich einen großen Teil seines Herzens aus, aber dadurch war er wenigstens nicht ständig damit konfrontiert, dass er beruflich gesehen in einem Leben feststeckte, das ihn weder ausfüllte noch glücklich machte. Er versuchte sich an den kleinen Dingen zu erfreuen. Daran, wenn Unternehmen nach etwas Ausgefallenem verlangten oder zumindest ein formschönes Produkt vorzuweisen hatten. Kleine Lichtblicke waren das, an denen er sich austobte. Er lieferte zwar oftmals zu viel des Guten, denn so ausgefallen sollte es dann doch nicht sein, aber er konnte seiner Kreativität in diesen Projekten zumindest ein bisschen freien Lauf lassen.

Gleiches Potential sah er im Opernprojekt, weswegen er so erpicht darauf war, in die Agentur zu fahren und endlich loszulegen. Er durfte seine Grenzen nicht zu weit öffnen und musste versuchen, die Kreativität, die Bene in ihm entfachte, wohl portioniert in ihr gemeinsames Projekt fließen zu lassen. Doch Bene hatte die Handbremse angezogen, erledigte noch schnell dieses, das und jenes. Was ihm Zeit zum Nachdenken gab und das war nicht gut. Denn dann formten sich Bilder in seinem Kopf. Bilder, die gemalt werden wollten, aber doch am Ende wieder niemand haben mochte und das war auf Dauer einfach nicht auszuhalten.

Jacob wurde immer ungehaltener, aber das schien Bene nicht zu stören. Sie fing plötzlich an ihre Wäsche zu falten. Unglaublich. Doch bevor er auch nur schnauben konnte, schob sie ihm Blechdose Nummer Neun unter die Nase.

„Wenn du die fertig gelesen hast, bin ich startklar. Deal?"

„Deal!", antwortete Jacob und gab sich geschlagen. Die kleine Box lenkte ihn wenigstens ab.

Er war sofort fasziniert von ihrem schönen Aussehen. Sie wirkte edel, wie von einer Königin. Purpur der Deckel, goldene Verzierungen an den Seiten und als er sie öffnete, lag auf einem Bett aus dunkelblauem Samt ein kleiner Brief, der mit einem roten Siegel verschlossen war. Das Siegel zeigte ein „J", umschlungen von winzigen Rosen.

Bene war für ihn wirklich ein Wunder. Es schien, als würde alles, was durch ihre Hände ging, danach schöner sein als zuvor. Er beobachtete sie für einen Moment selig und versöhnt. Schon wie sie nur mit ihrer Wäsche hantierte, beeindruckte ihn. Selbst ihre Kleidungsstücke – und auch einige von seinen – legte sie so liebevoll zusammen, als wären es lebendige Wesen, denen man Respekt und Achtung zu zollen hatte. Sie tat dies, obwohl sie kaum eine Gelegenheit ausließ, um sich voll zu krümeln oder zu bekleckern. Wahrscheinlich war es ihre Art diese Schusseligkeiten wieder gut zu machen.

Jemanden wie sie hatte er noch nie zuvor kennengelernt und ihm wurde wieder deutlich bewusst, wie verliebt er war. Daher brach er neugierig das Siegel auf und klappte den Brief auseinander. Er überflog die ersten Zeilen und wusste sofort, worum es sich handelte. Es war einer ihrer Chatverläufe während eines Meetings. Einen Tag, nachdem sie sich zum ersten Mal geküsst hatten.

***

03. September, 10.15 Uhr

Jacob: „Wo warst du heute Morgen? Ich habe auf dich gewartet, weil ich dich gern nochmal allein sprechen wollte, bevor wir hier mit allen ewig zusammen sitzen müssen."

Bene: „Es tut mir leid. Das war auch mein Plan, aber dann habe ich total verschlafen. Ich bin froh, dass ich überhaupt noch halbwegs pünktlich ankam."

Jacob: „Wecker nicht gestellt?"

Bene: „Doch, aber ich war aufgewühlt nach unserem Treffen gestern Abend. Mir spukte so viel im Kopf herum und daher konnte ich ewig nicht einschlafen."

Jacob: „Ich hoffe sehr, es waren keine negativen Gedanken."

Bene: „Nein, im Gegenteil. Ich sag es mal mit Julias Worten: Ihr küsst recht nach der Kunst."

Jacob: „Julia aus der Personalabteilung?"

Bene: „Natürlich nicht, was hast du mit der zu schaffen? Ich meine Shakespeares Julia."

Jacob: „Gar nichts, deswegen frag ich ja. Und wieso Shakespeare?"

Bene: „12. Klasse, Theater AG. Ich war die Julia der Zweitbesetzung und hatte mich wahnsinnig über diesen Satz amüsiert."

Jacob: „Mein Kuss war also zum Lachen?"

Bene: „Nein, überhaupt nicht. Du willst mich doch falsch verstehen oder hast du heute eine besonders lange Leitung? Ich wollte damit sagen, dass ich noch nie zuvor einen so perfekten ersten Kuss erlebt habe. Oh Romeo, mein Romeo."

Ich schicke die Nachricht ab und schaue vorsichtig über meinen Laptop hinweg zu Jacob, der mir schräg gegenübersitzt. Er lächelt beim Lesen meiner Worte, blickt mir danach erst tief in die Augen und dann lang auf meine Lippen, bevor er wieder anfängt zu tippen.

Jacob: „Entschuldigen Sie mein dumm Geschwätz, oh liebste Julia, doch es ist Ihre Schuld. Meine Sinne sind von ihres Antlitz Glanz gar vollständig vernebelt und mein Mund möcht' nehmen sich, was er schon stundenlang erfleht.

Nochmal Jacob: „Wann ist das Meeting endlich vorbei? Das ist die reinste Folter."

Ich lache fast laut auf, als ich seine Nachrichten lese, und schaue ihn mitleidig an.

Bene: „In 45 Minuten machen wir eine Pause, das heißt, wenn Sascha die nicht wieder mit unzähligen Fragen füllt."

Jacob: „Hinfort mit ihr, so sag ich. So lang kann ich nicht warten."

***

Als Jacob den Nachrichtenverlauf zu Ende gelesen hatte, hing er für ein paar Minuten seinen Erinnerungen nach. Er hatte sie damals wenige Augenblicke später unter einem Vorwand gemeinsam aus der Besprechung gelotst und Bene direkt in den Serverraum nebenan gezerrt, sobald die Tür des Besprechungszimmers hinter ihnen ins Schloss gefallen war. Er fühlte sich damals tatsächlich ein bisschen wie ein Gejagter der Capulets und hätte sie am liebsten direkt an Ort und Stelle zu seiner Frau gemacht. Wie das klang. Doch es war wahr. Er konnte ihr einfach nicht widerstehen und so ging es ihm noch immer. Manchmal machte ihm das Angst, denn er spürte, sie hatte die Macht, das Beste und auch das Schlechteste aus ihm hervorzuholen. Genau wie seine Malerei.

„Bereit?" Bene sah ihn mit ihren großen Augen fragend an. Perfektes Timing, wie immer. Sie holte ihn aus seinen Gedanken.

„Schon lange!", antwortete er und stand auf. „Obwohl, noch nicht ganz!" Er beugte sich zu ihr und gab ihr einen langen Kuss, der hoffentlich auch dieses Mal Romeo alle Ehre machte.

10.
Dezember

Bene und Jacob starrten beide auf den Bildschirm seines Laptops und bewerteten ihre ersten Entwürfe. „Das ist schön, aber nicht der Kontrast, den ich im Kopf habe", sagte Bene und lehnte sich in ihrem Stuhl zurück.

„Ich weiß, was du meinst, irgendwie sind Foto und Farbe doch zu ähnlich in ihrer Wirkung. Es ist beides recht modern und auch typisch State of the Art gerade. Reißt mich noch nicht vom Hocker." Jacob fuhr sich bei diesen Worten über sein müdes Gesicht.

Bene gähnte. „Ich glaube wir müssen das mal sacken lassen. Uns kommt schon noch eine Idee, aber Zwang bringt da nichts.

Außerdem ist es schon spät. Ich finde, das reicht für heute. Lass uns ins Wochenende starten. Vielleicht fällt uns morgen aus heiterem Himmel etwas ein."

„Ja, Schluss für heute. Ich hab auch langsam Hunger." Jacob stand auf und sammelte die Tassen und Tellerchen zusammen, die sich in den letzten paar Stunden bei ihnen angehäuft hatten.

„Wollen wir uns was kochen oder auf dem Weg bei dem indischen Restaurant in der Brunnenstraße ein Curry bestellen?", fragte er.

„Indisch klingt gut. Ich möchte nicht, dass wir heute noch durch die Küche wirbeln und ich am Ende wieder versehentlich Zimt versprühe." Sie zwinkerte ihm zu. „Ich will direkt mit dir aufs Sofa plumpsen. Ein Traum." Sie gab Jacob einen Kuss, bevor sie zu ihrem Büro lief, um ihre Sachen zu holen.

Eine dreiviertel Stunde später saßen sie gemütlich auf Benes Couch. Die Füße auf dem kleinen Tisch vor ihnen abgelegt und jeder mit einer Packung Curry und Reis auf dem Bauch.

„So könnte es für immer bleiben", sagte Jacob, während er sich sein Essen schmecken ließ.

Bene lachte. „Ach komm. Ein bisschen Abwechslung und Action ist schon nett. Nicht immer das Gleiche."

„Natürlich nicht, aber mit dir hier auf dem Sofa zu sitzen, ich kann mir gerade nichts Besseres vorstellen." Er schob sich zufrieden eine Gabel voll Reis in den Mund.

„Das freut mich. Ich bin auch glücklich, aber ich kann nicht glauben, dass du keine anderen Wünsche hast. Ach ja, genau, das wollte ich sowieso mit dir besprechen." Bene setzte sich auf.

„Was, meine Wünsche?", fragte Jacob.

„Ja, denn zu einer zünftig zelebrierten Weihnachtszeit gehört auch ein Wunschzettel. Den wollte ich gern mit dir schreiben. Es ist immer gut, seine Wünsche zu kennen und in diesem Jahr interessieren mich vor allem deine." Bene hüpfte auf und besorgte Papier und Stift.

„Was, jetzt soll ich einen Wunschzettel für den Weihnachtsmann schreiben, als wäre ich wieder Fünf? Kann ich nicht erst einmal in Ruhe aufessen?"

„Selbstverständlich kannst du aufessen. Aber beim Kauen kannst du schon mal überlegen, was auf deinen Wunschzettel drauf soll." Bene grinste ihn an.

„Sprechen wir von echten Weihnachtswünschen, also Kategorie – neue Socken – oder eher von – einmal in meinem Leben möchte ich in Mexiko durch den Regenwald streifen und die Aqua azul und Misol Ha bestaunen?", fragte Jacob nach.

„Was sind Aqua azul und was?"

„Wasserfälle."

„Ah, spannend. Also mich persönlich würde beides brennend interessieren. Praktisch naheliegender Weihnachtswunsch und deine Träume."

„OK", antwortete Jacob knapp und widmete sich wieder der Nahrungsaufnahme. Er wirkte unbeteiligt, aber in seinem Kopf begann es zu rattern. Er spürte, dass sie schon wieder in gefährliche Gefilde unterwegs waren. Seine Träume. Bene schaffte es immer wieder ihn herauszufordern und das am liebsten völlig unerwartet von einer Minute auf die andere. Er atmete aus.

„Was atmest du denn so schwer? Wir sind doch nicht beim Bewerbungsgespräch. Du musst mich nicht von deiner Raffinesse überzeugen. Ich bin dir sowieso schon hoffnungslos verfallen. Selbst, wenn du mir jetzt erzählst, dass du gern mal mit einem Gangster-Rapper eine Nacht durchfeiern möchtest, würde das nichts ändern." Sie lachte und stupste ihn von der Seite an. „Obwohl, eigentlich fände ich das nicht so toll. Wer weiß, welche Mädels da am Start wären." Sie bewegte dabei ihren Kopf in sein Blickfeld, weil er immer noch mehr oder weniger teilnahmslos vor sich hin kaute.

„Bene, pass doch auf. Jetzt habe ich Soße auf der Hose", meckerte Jacob.

„Entschuldige. Das wollte ich nicht. Aber was bist du jetzt so genervt? Bis eben war doch alles gut." Bene schaute ihn verwirrt von der Seite an.

„Bis eben dachte ich auch, wir machen uns einen gemütlichen Abend. Doch jetzt sitze ich scheinbar auf dem Sofa einer Therapeutin."

„Das stimmt doch gar nicht. Ich bin keine Therapeutin. Einen harmlosen Wunschzettel wollte ich mit dir ausfüllen", verteidigte sie sich, wohl wissend, dass das natürlich nur die halbe Wahrheit war – denn natürlich hatte sie mehr im Sinn gehabt. Mist. Er kannte sie zu gut.

„Ach komm. Ich weiß, worauf du hinauswillst. Nach Mexiko, Socken und Co. soll ich am Ende aufschreiben, dass ich mit meinen Bildern mein Geld verdienen möchte, quasi als heilige Weihnachtsresolution. Aber das werde ich nicht." Er sagte das sehr ernst, entschieden, mit Nachdruck. Er stand auf und lief in Richtung Küche, um seine Hose vom matschigen Curry zu befreien.

Bene fühlte sich erwischt, wollte aber nicht klein beigeben. Dafür war sie selbst viel zu stur und wild entschlossen. Er musste doch malen! Da führte für sie kein Weg dran vorbei. Das musste sie ihm nur begreiflich machen.

Sie lief ihm hinterher. „Aber warum denn nicht? Du bist doch Maler, verdammt! Deine Bilder sind toll. Ich liebe das Bild, das du mir geschenkt hast, und die anderen auch. Wieso glaubst du nicht an dich? Willst du ewig den Kram für Kai machen? Dusslige Kataloge gestalten und dabei kreativ zu Grunde gehen?"

„Bene. Ich habe es dir schon gesagt. Ich bin mit dem Thema durch. Ich habe gemalt, niemand wollte das sehen. Ende. Nicht jeder, der gern malt, ist automatisch ein großer Künstler. Ich habe mich mit meinem Job arrangiert. Er ernährt mich, und gut."

„Du klingst, als wärst du 60. Weißt du, wie lang du den Quatsch noch machen musst? Es kann doch nicht dein Ziel sein, dass das jetzt auf ewig so bleibt."

„Warum nicht? Vielleicht ist genau das mein Ziel. Einfach meine Ruhe haben, mit einer Frau, die ich liebe, abends auf dem Sofa sitzen, einen Film schauen und fertig."

„Das glaub ich dir nicht. Na dann, herzlich willkommen im Rest deines Lebens. Ich kann mir das für mich nicht vorstellen."

„Dann gehen unsere Vorstellungen da vielleicht auseinander."

„Hör auf damit. Ich weiß genau, dass mehr in dir steckt. Du willst das bloß nicht zulassen. Warum?"

„Warum, warum. Bene. Der Tag war lang. Ich bin müde. Ich habe keinen Bock jetzt mit dir meine Lebensziele auszudiskutieren. Ich möchte mich jetzt nicht meinen inneren Dämonen stellen und versuchen zu ergründen, warum es mit der Malerei nicht klappt. Ich möchte mich einfach entspannen, aber wenn das hier mit dir nicht möglich ist, fahre ich vielleicht einfach nach Hause."

Jacob überraschte sich selbst mit seinen Worten und der Härte, die in ihnen mitschwang. Er fühlte, dass das genau das war, was er nicht wollte, wovor er Angst hatte. Bene war ihm so nah, dass sie nicht nur seinen inneren hirnlos schmachtenden Romantiker auf den Plan rief, durch sie bahnten sich auch alle anderen Seiten einen Weg an die Oberfläche. Seiten, die er nicht zeigen und vor allem auch selbst nicht sehen wollte. Demnach konnte er jetzt nur die Flucht ergreifen. Er wusste, dass sie nicht aufhören würde, bis sie alles von ihm ausgepackt hatte. Doch er wollte das nicht, wollte nicht, dass sie weiter in ihn drang. Er hatte gerade alles so schön im Griff gehabt. War glücklich mit ihr. Warum wollte sie so viel mehr von ihm. Genügte er ihr nicht?

„Weißt du, welches Gefühl du mir gerade vermittelst? Dass ich so nicht reiche. Dass es nicht spannend genug ist, wenn ich morgens in die Agentur gehe und am Abend mit dir nach Hause fahre. Dass du einen großen Künstler an deiner Seite willst, der schillert und scheint. Der weiß, wer er ist und was er kann. Das bin ich aber nicht. Werde ich wahrscheinlich nie sein. Also finde dich besser damit ab."

Er hatte sich bei diesen Worten bereits Schuhe und Jacke angezogen. Dann blickte er in Benes verblüfftes Gesicht. Wahrscheinlich tat er ihr Unrecht. Er wusste, dass sie nur sein Bestes wollte; obwohl, wusste er das wirklich?

„Du weißt, dass das nicht stimmt", flüsterte Bene getroffen.

Er wendete sich ab, griff seinen Rucksack und verließ schweigend ihre Wohnung.

Bene blieb zurück. Sie hatte diese letzten Sekunden seines Abgangs wie ein Zuschauer von außen erlebt. Sie war gar nicht Teil dieser Szene gewesen, oder doch? Sie fühlte sich, als hätte ihr jemand einen schönen bunten Luftballon zerstochen und wäre danach einfach abgehauen. Sie überlegte, was jetzt zu tun sei. Einerseits wollte sie ihm hinterher stürzen, ihn anschreien und schütteln. Ihn fragen, ob er eine Macke habe, ihr so einen Schwachsinn zu unterstellen. Anderseits meldete sich in ihr eine leise Stimme zu Wort, die flüsternd fragte: Was ist das, Bene? Warum drängst du ihn so? Warum soll er mehr sein, als er im Moment sein möchte? Warum genügt er dir so nicht?

„Weil er mehr kann und will!", blaffte sie.

Das mag sein, aber was er damit macht, liegt nicht in deinen Händen. Sollte er nicht selbst entscheiden dürfen, was genau er will und vor allem wann er es will?

Bene sah die beiden Curry-Pappbehälter, die nun verlassen im Wohnzimmer standen. Sie hatte ihn verletzt, hatte ihnen den Abend verdorben. Hatte ihn davongejagt. Sie wollte sich bei ihm entschuldigen, aber sie wusste, dass sie das nicht hinbekommen würde, ohne sich selbst wieder zu verteidigen und das Thema erneut aufzumachen. Sie wusste, dass sie in diesem Punkt Recht behalten wollen würde. Für sie war er ein begnadeter Maler. Doch wie sollte sie ihn unterstützen, ohne ihn zu übertölpeln und geistig zu entmündigen. Denn nichts anderes hatte sie gemacht. Sie zweifelte an seiner Wahrnehmung, an seinen Worten, an seinen Entscheidungen. Sie wusste es mal wieder viel besser als der Rest der Welt und hatte für alle einen schlauen Tipp parat. Sie war einfach unmöglich, ohne jeglichen Sinn für das Gegenüber, dessen Gefühle. Sie wollte nur mit ihren eigenen Ideen nach vorn preschen, die Probleme aller anderen lösen, und zwar auf der Stelle.

In diesem Augenblick, als sie einmal komplett alle Geschehnisse, Gesagtes und Gedachtes umgepflügt hatte und sie drauf und dran war, sich selbst und all ihre vielen Unzulänglichkeiten zu verdammen, meldete ihr Telefon den Eingang einer neuen Nachricht.

Jacob: Ich vermisse dich schon jetzt, aber ich möchte heute Nacht trotzdem allein sein und ein bisschen nachdenken. Vielleicht tue ich dir unrecht. Aber da du so genau zu wissen scheinst, was auf meinem Wunschzettel stehen soll, möchte ich morgen sehen, was auf deinem steht. Ich verfüge nämlich über deutlich weniger seherische Fähigkeiten als du. Schlaf gut.

Bene blickte von der Nachricht auf und sah Stift und Papier auf ihrem Wohnzimmertisch liegen. Und da war sie, die große Frage: Ja, Bene, was genau steht denn auf deinem Wunschzettel? Vielleicht schaust du zur Abwechslung mal auf dich.

Nachdenklich zog sie die oberste Schublade ihrer Kommode im Flur auf. Darin lag eine runde Dose mit einer Zehn auf dem Deckel, hinter deren Null ein Mädchen hervorlugte. Sie holte das hübsche Ding heraus und machte davon ein Foto mit ihrem Telefon. Danach nahm sie den Zettel heraus, strich ihn sanft glatt und fotografierte auch den. Sie wechselte in ihren Chatverlauf und sendete ihm die beiden Fotos, ohne ein weiteres Wort. Sie sah, dass die Fotos nicht durchgestellt wurden. Er hatte sein Telefon also offensichtlich nach seiner Nachricht abgeschaltet. Ihre Worte hingen nun zwischen hier und dort und mussten warten, bis Jacob wieder bereit war, sie anzunehmen.

***

14. Juni
Hab ich das vorhin richtig verstanden? Er hat sich mit Nathalia verabredet, oder nicht? Morgen Abend...Glas Wein...besprechen...das ist doch eindeutig, oder? Ich fasse es nicht. Nathalia ist auch noch nett und hübsch. Ich kann es ihm nicht verdenken, aber so sollte das nicht laufen. Scheiße, Scheiße, Scheiße! Warum habe ich das nie in Erwägung gezogen? Ich dachte, größenwahnsinnig wie ich scheinbar bin, es würde genügen in seiner Nähe zu sein, dass sich der Rest dann ganz von selbst ergeben würde. Bis jetzt hat es doch gar nicht schlecht ausgesehen. Tiefe Blicke vor der Agentur, auf dem Flur, Lächeln beim ersten Meeting gestern. Aber wahrscheinlich habe ich das alles falsch interpretiert. Wie naiv ist das denn auch und wie arrogant? Jacob sieht aus, als wäre er einer Modezeitschrift entsprungen, ist kreativ, witzig, ein bisschen geheimnisvoll verschlossen, aber trotzdem richtig nett. Natürlich hat er Verehrerinnen überall im Büro und wahrscheinlich auch außerhalb dieser heiligen Hallen hier.

Und ich Idiotin habe meinen alten Job gekündigt. Das ist doch irre. Für eine fixe Idee. Am Ende vielleicht nur für ihn und er? Er geht einfach mit einer anderen ins Bett. Sowas kann nur mir passieren.

Klar, der Job hier ist wirklich besser als mein alter, aber am Ende des Tages muss man ehrlich zu sich selbst sein. Würde Jacob hier nicht arbeiten, wäre ich nicht hier. Der Gedanke daran, diesen Job zu haben, und Jacob nicht, das grenzt ja schon an Selbstverstümmelung. Das kommt davon, wenn man sich nur um die Liebe kümmert und den Hormonen folgt. Ich bin doch nicht nur am Leben, um den richtigen Mann zu finden. Wie armselig ist das?

Andere haben große Visionen, arbeiten in Brasilien oder Afrika, helfen Menschen in Not, retten wilde Tiere, schützen unsere Weltmeere, züchten Pflanzen, die Plastik essen – oder war es CO_2? – egal, jedenfalls etwas Wichtiges. Und ich? Ich besorge mir einen Job in einer Agentur, weil dort ein Mann arbeitet, der mir gefällt. Gefällt ist freilich untertrieben, aber wen interessieren schon Details. Wahrscheinlich könnte man mich für so eine Aktion sogar verhaften. Das ist doch Stalking oder etwa nicht? Oh Gott, ich bin die eine Verrückte im Film. Diejenige, die gruselig im Hintergrund steht und auf die dann gezoomt wird, damit allen klar wird...jetzt ist es so weit...bald dreht sie durch. Andere haben Hobbys, gehen nach der Arbeit ihrer Leidenschaft nach, treiben Sport. Und ich? Ich gehe gern zum Trödler meines Vertrauens, treibe mich in Theatern herum und einmal im Monat spaziere ich über einen Flohmarkt in irgendwelchen abgerockten Hinterhöfen. Knaller. Daraus lässt sich doch sofort ein aufregendes Leben zimmern. Obwohl, die Tendenz zur durchgeknallten Stalkerin schmeißt da jetzt mit einem Schwung eine ganze Menge Salz in die Suppe, aber leider nicht auf eine gute Weise. Vielleicht sollte ich sofort kündigen. Ich bin noch in der Probezeit. Dann bin ich wieder weg, bevor hier jemand merkt, dass bei mir nicht alle Nadeln an der Tanne sind. Bene, die Irre mit dem Trödelkram, den sie anderen Leuten aufdrängt, in der vagen Hoffnung, ihnen damit irgendetwas Gutes zu tun.

Das muss sofort aufhören. Aber eins nach dem anderen. Jetzt erst einmal den Stapel Akten zurück zur Buchhaltung schleppen und damit zweimal an seinem Büro in Ebene 03 vorbei.

OK Bene, das wird schon. Kopf runter und einfach durch. Los.

Autsch. Was? Jacob! Wie kam der denn jetzt hier her? So ein Rums, wie peinlich. Ich setz' echt immer noch einen drauf. Er fragt mich, ob ich mir weh getan habe. Seine Hand liegt auf meinem Arm. Sein Duft strömt in meine Nase. Nein. Mir geht es gut. Er schaut mir in die Augen und sagt nichts. Seine Hand liegt immer noch auf meinem Arm. Er lächelt. Ich lächle zurück und schmelze dahin. Schlimm. Ich habe übrigens ein kurzärmeliges Sommerkleid an, nur um die Brisanz des Hand-Arm-Kontakts klarzustellen. Der besteht nach wie vor und wenn es nach mir geht, bitte für immer. Er fragt mich, ob er mir ein paar Akten abnehmen soll. Nein, das ist nicht nötig. Danke. Schade, sagt er. Schade. Ab sofort mein neues Lieblingswort. Schade! S C H A D E! Sechs kleine Buchstaben.

Was wollte ich tun, wenn ich die Akten abgegeben habe? Ach ja, kündigen. Niemals!

So unheimlich das auch sein mag, wenn ein Mann der einzig wirkliche Lebensinhalt ist, also momentan, egal...mehr habe ich im Augenblick nicht zu bieten. Das muss einfach genügen. Mir genügt das. Jacob genügt mir.

11. Dezember

Bene hatte eine richtig miese Nacht gehabt; mit ihrem Telefon in der Hand, den Blick alle fünf Minuten darauf gerichtet, um nachzuschauen, ob Jacob doch wieder online war, ob er ihre Nachricht gesehen und gelesen hatte. Doch leider nein. Gegen 4 Uhr morgens war sie endlich eingeschlafen, aber schon um 8 Uhr völlig gerädert wieder aufgewacht. Eigentlich ging sie samstags oft ins Schwimmbad. Ob das nach nur vier Stunden Schlaf eine gute Idee war, wusste sie nicht, aber hier weiter rumzuliegen und auf Jacobs Anruf zu warten, diese Vorstellung schien ihr unerträglich.

Also rollte sie sich missmutig aus dem Bett und schlich in Richtung Badezimmer. Die Morgentoilette fiel schmal aus, denn der Blick in den Spiegel offenbarte ihr, dass heute sowieso nichts zu retten war.

Sie schnappte sich ihren dicksten Wollpulli und schlüpfte in weiche, vollkommen unsexy ausgebeulte Jogginghosen. Immerhin, die hatten ein paar silberne Punkte aufgenäht, wenigstens etwas Glamour. Dicke Socken, offene Boots, Mütze, Schal, ihr Tuch – nur für alle Fälle – und darüber ihren dunkelblauen Samt-Parka.

Die eiskalte Morgenluft, die ihr entgegenschlug, als sie mit dem Rad auf der Straße stand, tat erstaunlich gut. Genau das brauchte sie jetzt. Einmal durchpusten. Sie schwang sich auf den Sattel und machte sich auf den Weg zur Schwimmhalle.

Während sie durch den kalten Morgen fuhr, grübelte sie nach über all das, was passiert war und rief sich auch die Ereignisse ins Gedächtnis zurück, die in Dose Nummer Elf steckten. Sie hoffte so sehr, dass sie ihm diese heute persönlich überreichen konnte.

***

03. August
Ich bin mit ein paar Leuten von der Arbeit noch in einer Bar und das Tolle ist, dass Jacob sich uns spontan angeschlossen hat. Ihn wieder privat, außerhalb der Agentur zu erleben, ist so aufregend und schön. Wir sitzen uns fast direkt gegenüber und ich fühle mich zum Glück gelöst und frei. Ich bin sogar witzig, schlagfertig, sorge für ausgelassene Stimmung und schaffe es immer wieder Jacob zum Lachen zu bringen. Das ist das Beste überhaupt. Ich kenne niemanden, der herzlicher lachen kann und dabei so strahlend schön aussieht. Es ist berauschend und je später der Abend, desto komischer unsere Ideen. Tanja fällt um 22.30 Uhr plötzlich ein, dass wir doch eine Runde „Stadt, Land, Fluss" spielen könnten. Sie hat von einer Promo-Veranstaltung noch etliche Kulis und Notizblöcke in der Tasche. Natürlich nutzen wir andere Kategorien, was sonst. Auf der Liste stehen: Filme, Bands, Körperteile, Pizzabelag, Grund fürs Zuspätkommen, Haustiernamen, Stars, mit denen man Sex haben würde – Daniels Idee. Schlüpferkram darf bei Kinderspielen zwischen Ü18-Teilnehmern offensichtlich nicht fehlen. Wo ist das Augenroll-Emoji, wenn man es mal braucht.

Egal, inzwischen bin ich ihm sogar dankbar, weil solche Kategorien zum einen naturgemäß für sehr viel Gelächter und Spaß sorgen. Wer nämlich gewinnen will, schreibt auch Stars auf, die zwar mit dem richtigen Anfangsbuchstaben beginnen, aber niemals auf der eigenen Bettkante Platz nehmen dürften. Zum anderen sorgt es bei mir für einen absoluten Gänsehaut-Moment. Obwohl, einer stimmt nicht; es geschieht eigentlich in jeder neuen Runde. Immer wieder ausgerechnet bei dieser Kategorie.

Jacob lässt diese Kategorie nämlich aus. Meint, er sei nicht schnell genug oder zu diesem Buchstaben wäre ihm niemand eingefallen. Dabei schaut er mich immer wieder an. Ich dagegen wähle im ersten Gang Persönlichkeiten, die uralt oder lange tot sind, um keinen Zweifel daran zu lassen, dass das absoluter Quatsch ist. Doch bei dem Buchstaben „P" kann ich nicht anders. Vielleicht hab ich auch schon zu viel Wein getrunken oder bin durch die aufgeheizte Stimmung übermütig, wie auch immer. Ich schreibe jedenfalls Robert Pattinson. Jacob hat mich von Anfang an ein bisschen an ihn in der Rolle des Cedric Diggory erinnert.

Als ich den Namen dann laut vorlese, bricht sofort großes Gelächter am Tisch aus. Mist, ich hab Daniel vergessen. Der Kerl hat Null Hemmungen und schlägt erst sich mit der Hand lachend auf den Oberschenkel und dann Jacob auf die Schulter mit den Worten:

„Na Jacob, nimm dich vor Bene in Acht. Du bist scheinbar genau ihr Typ."

Ich weiß nicht, wie rot ein Gesicht werden kann, aber ich schätze meine Wangenfarbe pendelt sich irgendwo zwischen Feuerwehrrot und Magenta ein. Ich würde Daniel am liebsten in vier Teile teilen. Vielleicht mache ich das noch.

Doch zum Glück eilt Tanja mir zur Hilfe und meint:

„Den hab ich auch aufgeschrieben. Also Jacob, – Obacht, Obacht!", und wackelt dabei anzüglich mit den Augenbrauen.

Damit hat sie bei mir 1000 Steine im Brett. Jacob nimmt das Ganze dagegen gelassen. Er lächelt erst Daniel und dann mich und Tanja an. So als wäre nichts gewesen. Er selbst hat auch bei diesem Buchstaben keinen Star gewählt.

Doch zwei Runden später ist es soweit. Jacob hat Lana Del Rey aufgeschrieben und setzt mit dem Blick auf mich gerichtet hinzu, aber nur mit dunklen Haaren. Mein Herz klopft sofort doppelt so schnell. Ich bin mir nicht 100% Prozent sicher, ob er das meint, was ich hoffe, aber es gibt ein Bild von Lana mit dunklen Haaren, da kann man eine gewisse Ähnlichkeit zu mir nicht abstreiten.

Daniel kommentiert Jacobs Eintrag nur mit: „Aha, kiss me hard before you go!", und ich wende mich ab, weiß gar nicht wohin mit mir. Ich fummele nur doof mit meinem Stift rum, bis ich wieder mutig genug bin, Jacob anzuschauen. Der blickt mir immer noch fest in die Augen. Verdammt, er ist so viel cooler als ich in solchen Dingen.

„K" Der nächste Buchstabe wird ausgerufen. Ich unterbreche unseren Blickkontakt erneut und wir konzentrieren uns wieder auf die Blätter vor uns.

Wir spielen noch ein bisschen weiter, doch als Daniel drei Runden später beim Buchstaben „E" in der Kategorie „Grund fürs Zuspätkommen „Erektion" einträgt, wissen wir alle, dass der Zenit für diesen Abend erreicht ist. Wenn's am lustigsten ist, soll man aufhören und das ist schon knapp drüber. Kurze Zeit später verlassen wir also gut gelaunt die Gestade und verabschieden uns direkt vor der Bar auf der Straße. Wir haben es alle nicht weit, müssen aber in unterschiedliche Richtungen. Ich drücke erst Tanja, dann Daniel, Sascha, die war auch dabei gewesen, und zum Schluss ist Jacob an der Reihe. Die drei davor habe ich umarmt, also wäre es echt komisch, bei Jacob nicht das Gleiche zu tun, aber sicher bin ich mir nicht. Wir haben uns bisher immer nur ein Hallo oder ein Tschüss zugeworfen. Aber bevor ich lang überlegen kann, übernimmt Jacob das Kommando und umarmt mich. Er tut aber nicht nur das. Er gibt mir auch eindeutig einen Kuss auf die Wange, sogar ganz schön nah an meinem Mund. Ein echter Wangenkuss, nichts flüchtig Hingehuschtes, das am Ende mehr oder weniger im Ohr landet.

Ich stehe da, wie festgefroren und schließe für einen winzigen Moment meine Augen. Dieses Gefühl von seinen Lippen auf meiner Haut will ich am liebsten konservieren, fest in einem Schraubglas verschließen und mir ins Regal stellen, damit ich es immer wieder sehen und spüren kann.

**

Bene dachte wehmütig an diesen Augenblick zurück und schwamm schon ihre zwölfte Bahn, als plötzlich jemand hinter ihr ins Wasser sprang. Erhöhter Wellengang. Oh, wie nervig. Das hatte ihr gerade noch gefehlt. Ihr war es von jeher ein Rätsel, wie erwachsene Menschen an einem ruhigen Samstagmorgen, während alle meditativ ihre Bahnen schwammen, wie Kinder ins Becken springen konnten und am besten kraulend einen auf Rettungsschwimmer machten. Wir sind doch hier nicht in Malibu. Es war für sie ein ungeschriebenes Gesetz, dass man sich um diese Uhrzeit gemütlich zwischen Omas durchs Wasser gleiten ließ, niemand anderem zu nahekam und keinen nervte. Aber schon klar – ihr war diese Ruhe und Eintracht natürlich nicht vergönnt.

Sie spürte, wie der offensichtlich stark geltungsbedürftige Schwimmer in ihrer Nähe herumturnte, würdigte ihn aber keines Blickes. Am besten sie stieg jetzt aus, dann müssten eben zwölf Bahnen genügen. Sie berührte den Rand des Beckens und stellte sich auf den schmalen Absatz für die Füße. Just in dem Moment, wo sie sich umdrehen wollte, um zur nächsten Leiter zu gelangen, apparierte Jacob plötzlich vor ihr. Ihr blieb fast das Herz stehen. Dass jemand so nah hinter ihr war, hatte sie nicht erwartet und ihn schon gleich gar nicht.

Doch auch jetzt ließ er ihr keine Zeit zum Nachdenken. Er hielt sich links und rechts neben ihr am Beckenrand fest und küsste sie. Oh, war das schön. Sie schlang sofort ihre Arme und Beine um ihn und vergaß, dass sie sich in einer öffentlichen Badeanstalt befand.

Bis sie hinter sich die Stimme eines kleinen Mädchens hörte. „Guck mal Mama, iiiiihhhhh", gefolgt von einem „Pssssst....", wahrscheinlich von ihrer Mutter.

Bene unterbrach ihren Kuss und drehte den Kopf zu dem Mädchen, das in den Duschen verschwand. Dann fokussierte sie sich wieder auf Jacob, dem das Wort „Reue" förmlich auf der Stirn geschrieben stand.

„Ich bin ein Vollidiot. Entschuldige, dass ich so doof zu dir war. Ich weiß genau, dass du es gut meinst", sprudelte es aus ihm heraus.

„Ich muss..." Bene wollte direkt zu ihrer Rede ansetzen, als Jacob sie unterbrach.

„Warte, lass mich zuerst." Sie nickte.

„Schon als ich zu deiner Tür raus war, habe ich meine Worte, meinen Abgang bereut. Aber ich konnte nicht zurück. Ich wollte mich schlecht fühlen, wollte das Opfer sein. Wollte dir die Schuld geben – an allem. Und weil ich wusste, dass ich zu dir zurück kriechen und an deiner Tür kratzen würde, wenn du mir nur eine Nachricht schickst, hatte ich mein Telefon ausgeschaltet. Ich wollte, dass wir beide leiden, dass du leidest. Gott, das klingt schrecklich." Er sah nach unten und dann direkt in ihr Gesicht, bevor er wieder zu sprechen ansetzte.

„Bene, das alles hier macht mir Angst. Ich habe Angst davor wieder zu malen, denn ich weiß, dass mir mein Leben dann viel zu eng wird. Dass ich nicht genügend Zeit haben werde für das, was ich so sehr liebe. Meine Arbeit, die so viele Stunden meines Tages einnimmt, wird dann nicht nur manchmal nervig sein. Vielleicht beginne ich dann, meine Arbeit in der Agentur zu hassen. Was geschieht dann mit mir? Du hast es gestern Abend erlebt. Ich war richtig gemein – zu dir. Ich möchte dich nicht verletzen, mit meinen Launen. Ich will dich nicht verlieren.

Doch das Verrückte ist, sobald ich dich nur ansehe, du bei mir bist, du nackt in meinen Armen liegst, möchte ich malen. Dich, alles. Mein Glück, die Energie, die Liebe und auch all die Ängste, die in mir stecken. Die wollen dann raus aus mir und in Bildern, Zeichnungen festgehalten werden. Ich versuche diesen Drang schon die ganze Zeit zu unterdrücken. Doch das wird immer schwerer und deine Vorstöße in diese Richtung sind nicht gerade hilfreich. Mein Hirn malt ständig neue Bilder in meinem Kopf. Ich bin schon so voll davon, dass ich kaum noch klar denken kann. Wenn ich zur Ruhe komme, ist es mir fast unerträglich, nicht zu malen. Letzte Nacht war die reinste Tortur.

Ich kann so nicht weiter machen, aber ich weiß nicht, wie ich da rauskommen soll. Ich liebe dich. Ich liebe meine Bilder. Aber kann ich wirklich beides haben, neben meinem Job?

Ich weiß, wie ungeduldig und wütend ich werden kann, wenn ich das Malen wegen meiner Arbeit unterbrechen muss, wenn ich lange im Büro feststecke für irgendwelche Katalogdesigns, wissend, dass zu Hause ein unfertiges Bild auf mich wartet. Das bringt all das Schlechte in mir hervor. Das sollst du nicht sehen. Denn wahrscheinlich willst du mich dann nicht mehr sehen."

Bei diesen letzten Worten hatte er seine Augen geschlossen und Bene sah, wie schwer es ihm fiel, das alles auszusprechen. Sie hatte ihm während seiner Erklärung sanft über die Schulter gestreichelt, weil sie spürte, wie aufgeregt er war und wie viel Überwindung es ihn kostete, das vor ihr auszubreiten.

„Darf ich jetzt?", fragte sie nach einer Weile leise.

Jacob nickte nur.

„Ich muss mich bei dir entschuldigen. Deine Bilder gehören dir und ich hatte nicht das Recht dazu, dir etwas aufzudrängen. Ich möchte aber auf keinen Fall, dass du zwischen mir und deiner Kunst wählen musst. Das Malen zu opfern für mich, ist ein zu hoher Preis, den ich kaum tragen kann. Außerdem musst du nicht wählen. Du hast meine Nachricht von gestern Abend gelesen, oder?"

Er nickte.

„Mich hast du sicher, Jacob, und zusammen schaffen wir das. Fang doch erst einmal wieder an zu malen und dann sehen wir, wie es läuft. Ich bin jetzt an deiner Seite, vergiss das nicht. Mir fällt immer etwas ein und mit deinen Launen werde ich schon fertig. Glaub mir. Davon mal abgesehen, warst du gestern Abend übellaunig, ohne einen Strich aufs Papier gebracht zu haben. Ich möchte mir also nicht vorstellen, wie es ist mit dir zu leben, wenn du nie mehr malst. Ich glaube, das wird deutlich schlimmer, als wenn du es tust, oder nicht?"

Ihre Logik verblüffte ihn immer wieder. Von dieser Seite hatte er die Sache noch gar nicht betrachtet. Er war viel zu sehr damit beschäftigt gewesen, Untergangsszenarien in die entgegengesetzte Richtung zu entwickeln. Jetzt kam er sich noch idiotischer vor.

Ihm schienen seine Gefühle offen ins Gesicht geschrieben zu sein, denn Bene drückte sich jetzt ganz fest an ihn und gab ihm einen kurzen, aber intensiven Kuss, wie um all das Gesagte zu besiegeln. Dann lächelte sie ihn an und strich ihm durch sein nasses Haar.

„Danke, dass du mir das anvertraut hast. Jetzt kann ich dich viel besser verstehen und deine Reaktionen und Launen besser einordnen. Vor allem weiß ich, dass es nichts mit mir zu tun hat, also nicht so richtig. Ich fühle mich sogar ziemlich geschmeichelt davon, dass ich dich so inspiriere. Ich bin also deine Muse?"

„Vom ersten Augenblick an und das mit einer Wucht, die mich jedes Mal von Neuem umhaut."

„Dann finde ich es umso ungeheuerlicher, dass du noch nicht wieder gemalt hast. Ich möchte endlich sehen, wozu ich dich anrege." Sie ließ ihn los, um sich in Richtung Leiter aufzumachen. „Komm, lass uns nach Hause fahren."

Jacob schaute prüfend an sich hinab. „Anregen", murmelte er. „Geh du schon vor. Ich schwimme besser noch ein paar Runden."

Bene kicherte.

„Oh, entschuldige. Das hatte ich mit meiner Umarmung nicht bezwecken wollen. Ich warte draußen auf dich." Sie streichelte ihm über seine Wange und schwamm zum Ausstieg.

Jacob dagegen stieß sich kraftvoll vom Beckenrand ab und kraulte drei Bahnen lang durch, bis er völlig außer Atem war und sich seine Hormone wieder sortiert hatten.

Als er wenig später aus der Schwimmhalle nach draußen trat, fand er Bene an ihrem Fahrrad. Sie trank gerade den letzten Schluck eines Automatenkakaos und strahlte ihn an. Er zog sie erneut in seine Arme.

„Ich bin so froh, dass ich dir das alles gesagt habe. Mit dir zu streiten und von dir getrennt zu sein, ist wirklich furchtbar", sagte er.

Bene fühlte genau das Gleiche. Sie kuschelte sich an ihn und sah dabei an seinem rechten Arm vorbei zum Eingang der Schwimmhalle.

Dort hing das Plakat einer Weihnachtswerkstatt für Kinder. Darauf sah man ein Kinderbild. Einen Weihnachtsbaum mit Geschenken drumherum, frei und unbefangen, voller Kraft gezeichnet, wie Kinder das so tun und darunter standen auf einer roten Farbfläche die Daten und Details des Angebots.

„Ich hab's", platzte es aus Bene heraus.

„Was?" Jacob drehte sich um und versuchte zu verstehen, wovon sie sprach.

„Ich habe die Idee für unser Designkonzept für die Oper."

„Na los, raus damit."

Bene stockte einen Moment und blickte Jacob unschlüssig an.

„Ich weiß nicht, ob sie dir gefällt."

„Jetzt sag schon", drängelte Jacob.

„Ich weiß, wie wir den Kontrast erzeugen, nach dem wir suchen. Wir nutzen nicht Fotos, sondern wir nutzen gemalte Bilder." Sie kniff die Augen zu bei ihren letzten Worten.

„OK, was ist schlimm daran?", fragte Jacob, der offenbar nicht verstand, worauf Bene hinauswollte.

„Na, du wirst diese Bilder malen müssen."

Jacob wusste nicht so recht, was er dazu sagen sollte. Diese Lücke nutze Bene aus und plapperte sofort weiter.

„Deine leicht expressive Art zu Malen ist einfach perfekt. Es wäre außerdem genau dein Thema, Bilder von Menschen, in Kostümen, mit Requisiten. Das ist voll deins. Überleg doch mal. Deine Bilder als Aufhänger für das Konzept. Wenn wir das verkauft bekommen! Das Budget ist groß genug, und deine Bilder kämen auf Plakatwände, vielleicht auf Busse und Straßenbahnen, für jede neue Oper ein eigenes Plakat, ein eigens von dir gemaltes Bild. Das wäre doch genial. Komm schon, gib zu, das klingt fantastisch." Bene schaute ihn erwartungsvoll an.

„Darüber muss ich nachdenken." Jacob wirkte wie vor den Kopf gestoßen. Gerade hatte er ihr gesagt, wie es um ihn und seine Bilder stand. Sein Entschluss leicht zu starten, war erst wenige Minuten alt und jetzt das. Es holte leider auch eine schmerzliche Erfahrung mit einem Kunden hervor, die noch gar nicht lang zurücklag, aber damals war es um Zeichnungen gegangen. Die waren nicht unbedingt seine Stärke. Bei seiner Malerei in Acryl oder Öl wäre es anders. Das lag ihm mehr und in einer Auftragsarbeit würde er emotional vielleicht nicht ganz so tief drinhängen. Er wäre nicht vogelfrei und müsste nach den Vorgaben der Oper arbeiten. Vielleicht wäre das wie eine Art Probelauf für seine eigene Kunst. Er ließ den Gedanken einströmen und größer werden. Er könnte malen, mit Pinsel, auf Leinwand. Malen in einem Projekt mit Bene. Das klang zu schön, um wahr zu sein, irgendwie fast gruselig.

12.

Dezember

Bene zog bereits das fünfte Blech Kekse aus dem Ofen. Sie hatte sich vorgenommen ihre Eltern, Freunde und Jacob mit jeder Menge Weihnachtsgebäck zu überschütten. Sie backte in Jacobs Wohnung, damit der währenddessen schon an den ersten Ideen für die Oper arbeiten konnte. Inzwischen war er ziemlich Feuer und Flamme für das künstlerische Unterfangen und malte schon seit mehreren Stunden an einer Opernszene aus der vergangenen Spielsaison. Diese Szene wollten sie als Beispiel nutzen, um den Verantwortlichen ihr Konzept so gut wie möglich vorstellen und letztlich natürlich verkaufen zu können. Die erste Präsentation war für kommenden Mittwoch geplant. Bis dahin mussten sie noch einiges vorbereiten und das Bild war für die Darstellung ihrer Idee kriegsentscheidend.

Von oben bis unten mit Mehl und Puderzucker bestäubt, ging Bene zu Jacob hinüber ins Wohnzimmer.

„Das Bild muss richtig reinhauen", sagte sie, als sie ins Zimmer trat, wo er vor einer großen Leinwand stand und damit beschäftigt war, die erste Farbschicht aufzutragen.

„Genau Bene, so ein bisschen Druck kann nicht schaden. Ansonsten wird das für mich nur ein langweiliger Spaziergang", entgegnete Jacob und sah sie gequält an.

„War doch nur ein Witz. Schau dich um. Ich meine, wer könnte deine Bilder nicht lieben?"

Jacob schnaubte. „Na, da kenne ich einige. Glaub mir."

„Alles Idioten." Bene stellte sich neben ihn und bestaunte die Figuren, die Jacob gerade zum Leben erweckte.

Er legte seine Palette zur Seite und nahm sie in den Arm. „Du riechst ja wie eine ganze Keksdose. Möchte ich wissen, wie meine Küche aussieht?"

„Mach lieber einen größeren Bogen darum. Aber nachher wirst du denken, es wäre nichts geschehen."

Jacob lachte. „Das glaub ich erst, wenn ich es sehe."

„Wirst du! Aber ich wollte dich etwas anderes fragen, nämlich, ob du eine kleine Pause mit mir machst. Mein nächster Teig muss eine halbe Stunde ruhen, bevor ich ihn weiterverarbeiten kann, und ich wollte dir gern Erinnerung Nummer Zwölf überreichen."

„Das passt ausgezeichnet. Die Farben für die nächste Schicht habe ich noch nicht gemischt. Außerdem bin ich schon gespannt, womit du mich heute überraschst. Deine Türchen von gestern und vorgestern haben viele Fantasien von damals wieder aufleben lassen." Er küsste ihr ein bisschen Puderzucker vom Hals und von ihrer Wange.

„Mmmmh, du schmeckst so köstlich."

„Das ist nur der Zucker", stellte Bene unromantisch fest.

„Also, wenn ich sonst Zucker esse, empfinde ich das als deutlich weniger aufregend. Es muss wohl doch mit dir zu tun haben, auch wenn du das wie immer nicht glauben willst."

Bene lachte, als Jacob sie hochnahm und zu seinem Sofa trug.

Er hatte recht. Sie konnte seine Worte manchmal nicht auf sich beziehen. Immer wieder tauchten Zweifel auf. Gedanken, dass er eben auch nur ein Mann war und sie eine Frau und ja, sie hatte Glück, dass er sie genauso hübsch und anziehend fand, wie sie ihn, aber alles, was darüber hinaus ging, war für sie selbst nach drei Monaten noch unwirklich. Sie genoss jeden Augenblick mit ihm, inhalierte jedes seiner

Worte, aber kleine Zweifel blieben. Zweifel, die wie winzige Nadeln in den ungünstigsten Momenten in ihr Herz pieksten und ihr Gedankenkarussell vorantrieben. Vor allem gerade dann, wenn er ihr liebevolle Komplimente machte, so wie gerade eben.

Es war so viel schwerer diese Komplimente anzunehmen, als sie direkt in der Luft zu zerreißen. Wahrscheinlich war das normal, typisch menschliches Fehlverhalten, beruhigte sie sich und versuchte alles, was zwischen ihnen beiden geschah, so gut es ging auszukosten. Sie wollte ihre Zweifel ausblenden, sich fallen lassen, sich ihm und seiner Wahrheit hingeben.

Wenn er sie wie jetzt Stück für Stück auszog, bis sie ganz nackt vor ihm lag, er sie von oben bis unten betrachtete, hatte sie natürlich das Gefühl, dass er sie ansah, dass es um sie ging, aber, aber... Bene lass los, ermahnte sie sich. Hör auf zu denken, schließe deine Augen, entspann dich und genieße jeden seiner Küsse und jede Berührung. Das tat sie. Immer. Sie liebte es seine Hände, seine Lippen auf sich zu spüren und ihm so nah zu sein, wie niemandem sonst. Nichts Schöneres konnte sie sich vorstellen, doch was würde sie darum geben, wenn diese Stimmen in ihrem Kopf endlich komplett verstummten. Wenn sie vollkommen eins wäre mit ihm, ganz bei sich, nur mit ihm.

Bene lag wenig später von Jacob umschlungen auf dem Sofa und erfreute sich am Anblick des nackten Mannes neben sich. Er hatte die Augen noch geschlossen und sie strich ihm sanft über den Arm, als er wie aus dem Nichts in den Raum hinein fragte. „Willst du Margot nicht auch ein paar Kekse vorbeibringen?"

Bene lachte und sah ihn leicht verwirrt an. „Das ist thematisch ein ziemlicher Sprung, oder?! Der Weg zu diesem Gedanken war hoffentlich lang." Sie stupste ihn in die Seite.

Er drehte sich zu ihr. „Keine Sorge!", sagte er gelassen und gab ihr einen Kuss. „Beim Sex denke ich nicht an deine Nachbarin. Da bin ich ganz bei dir und unserer Sache hier." Im Gegensatz zu ihr, dachte er.

Er spürte die Momente, in denen Bene woanders zu sein schien. Ihm als Mann war eine solche Abwesenheit vollkommen schleierhaft und obwohl er Bene immer wieder schnell zu sich zurückholen konnte, fragte er sich doch manchmal, ob bei ihr wohl mehr dahintersteckte.

„Ich frage nur, weil es eine schöne Idee wäre und du schon lang nicht mehr bei ihr warst. Eigentlich nicht mehr, seitdem du ihr die Spieluhr gebracht hast oder irre ich mich da?"

Bene überlegte kurz bevor sie antwortete. „Das stimmt. Es war einfach so viel zu tun. Aber wahrscheinlich wird sie eher mir Kekse vorbeibringen. Sie ist eine deutlich bessere Bäckerin als ich."

„Verstehe", sagte Jacob, obwohl er eigentlich gern nachgehakt hätte. Er hatte nämlich Margot vor zwei Tagen auf der Straße getroffen und seit ihrem Gespräch formten sich ein paar Fragezeichen in seinem Kopf. Doch Bene schien nicht weiter mit ihm über sie sprechen zu wollen, also ließ er das Thema ruhen. Es ging ihn ja auch nicht wirklich etwas an.

„Bekomme ich jetzt mein versprochenes Adventskalender-Türchen oder war das nur ein Vorwand, um mich vom Malen abzulenken und aufs Sofa zu kriegen?"

„Selbstverständlich!" Bene stieg über Jacob hinweg und lief zu ihrer Tasche im Flur. Keine zwei Sekunden später kam sie mit einer kleinen Dose in der Hand zurück.

„Lemon Bisquits" stand darauf geschrieben, quer über zwei aufgeschnittenen Zitronenhälften. In der rechten oberen Ecke schimmerte eine Zwölf.

Jacob öffnete die Schatzkiste und fand darin zwei von Benes frisch gebackenen Keksen sowie einen Zettel.

„Sind die beide für mich?", fragte Jacob und steckte sich bereits Keks Nummer Eins in den Mund.

„Natürlich nicht. Den zweiten habe ich für mich da drinnen deponiert." Bene wollte gerade nach dem Keks greifen, als Jacob die Box wegzog.

„Den musst du dir schon verdienen", scherzte er mit einem frechen Grinsen im Gesicht.

„Bist du etwa schon wieder startklar?", fragte Bene überrascht.

„Also bitte, ich bin immer startklar", gab er lachend zurück.

„Aber nein, das meine ich nicht."

„Was dann?"

„Lies mir bitte wieder vor. Das Anschauen der letzten beiden Tagebucheinträge war durch mein inneres Chaos doch etwas getrübt." Er fixierte sie mit einstudiertem Hundeblick.

„Na wenn es weiter nichts ist. Gib schon her. Zettel UND Keks, meine ich."

***

03. März

Hilfe, ob er mich gesehen hat? Ich ducke mich blitzschnell hinter einem Stapel Eierpappen und spähe hinüber zum Kassenbereich. Dort steht er in all seiner Schönheit und Pracht. Mein Picasso. Er hat eine Packung Kekse in der Hand und eine Dose – bäh wie eklig – eine Dose Red Bull. Das ist hoffentlich ein Akt der Verzweiflung wegen einer langen Nacht oder wegen zu viel Arbeit oder was auch immer. Dieses Zeug ist doch widerlich süß. Das sieht der Mann hinter der Kasse scheinbar ähnlich. „Oh, anstrengender Tag?", fragt dieser. Sie kennen sich offensichtlich. „Das kann man wohl sagen", antwortet der Schönste und erzählt von einer Projektabgabe und der Aussicht auf jede Menge Überstunden. Stimmt, es ist schon nach 17 Uhr. Ok, daher der erhöhte Zuckerbedarf.

Ich beobachte den Bezahlvorgang und als Picasso den Laden verlässt, folge ich ihm unauffällig in gebührendem Abstand. Er geht in das große Bürogebäude direkt gegenüber und ich bleibe staunend davor stehen. Star van Tiek. Die größte Werbe- und Marketing-Agentur der Stadt. Hier würde ich auch gern arbeiten, jetzt allein schon wegen ihm. Diese Agentur bekommt einfach die coolsten Aufträge. Jeder will dahin, der etwas mit Werbung oder Marketing am Hut hat. Hätte ich mich hier beworben, könnte ich Picasso jeden Tag sehen. In der kleinen Firma, in der ich tagtäglich rein und raus schlappe, laufen mir solche Männer nicht über den Weg und über meinen Tisch rollen derzeit nur Aufträge zu Flyern und Plakaten von Sportvereinen.

Mein Blick klettert die Glasfassade hinauf und ach du liebe Güte, ist das Picasso hinter der Scheibe gewesen? Hat er mich etwa beobachtet? Mich durchläuft sofort ein Mix aus Schauer und Freude und wie aus dem Nichts formt sich eine verrückte Idee in meinem Kopf. Total verrückt und auch ein bisschen unheimlich, wenn man länger darüber nachdenkt. Aber egal, ja, vielleicht ist es nach vier Jahren langsam an der Zeit, mich beruflich neu zu orientieren. Vielleicht ist es an der Zeit, dass endlich mal etwas Aufregendes passiert.

***

Bene legte den Zettel zurück in die kleine Keksdose und schaute Jacob mit großen, erwartungsvollen Augen an.

„Was?", fragte dieser scheinbar ahnungslos.

„Na, warst du das hinter der Scheibe oder nicht?", warf Bene zurück.

Er grinste von einem Ohr zum anderen. „Das, meine hinreißende Stalkerin, verrate ich dir heute noch nicht."

Sie hörte wohl nicht richtig. Bene setzte sich empört auf. „Los raus damit!", befahl sie ihm in gespielt herrischem Tonfall.

„Vergiss es!", erwiderte Jacob und schwang sie mit einer Handbewegung herum, so dass sie unter ihm lag.

Sie protestierte, aber er hielt sie fest und küsste sie. So lang bis sie nachgab und sich fragte, ob fünf Bleche voller Kekse nicht doch genug waren für einen Sonntag. Ja, sagte eine Stimme in ihrem Kopf und die war zur Abwechslung mal viel lauter als ihre Zweifel von vorhin. Also schlang sie genüsslich ihre Arme um Jacobs Hals und war sich in diesem Moment ziemlich sicher, dass man nicht viel mehr brauchte als einen coolen Picasso, der nach Keksen schmeckte.

13. Dezember

Jacob hatte gestern bis spät in die Nacht hinein gemalt und Bene war heute schon den gesamten Vormittag damit beschäftigt gewesen die Präsentation und verschiedene Designvorschläge sowie Entwürfe zusammen zu stellen. Diese wollten sie heute mit Kai besprechen. Er hatte ihnen beiden zwar die Hauptverantwortung zum Projekt übertragen, aber vor den Präsentationen schauten sie immer nochmal gemeinsam auf alles drauf.

Große Diskussionen blieben zum Glück aus. Kai war direkt beeindruckt von den Entwürfen und von Jacobs Bildern. Sie hatten für die Designs nicht nur die eine Opernszene verwendet, die am Wochenende entstanden war, sondern Bene hatte aus dem Fundus von Jacobs älteren Werken weitere Bilder herausgesucht, die ebenfalls gut mit dem Thema harmonierten.

„Ich finde eure Idee super, die Designs für die Plakate und Flyer sehen echt gut aus, aber ich kann überhaupt nicht einschätzen, wie die Oper dazu steht. Gerade bei Kunst gehen die Geschmäcker zum Teil meilenweit auseinander. Es kann also am Mittwoch alles passieren. Habt ihr noch ein Backup, für den Fall, sie steigen nicht darauf ein?"

Bene schaute erst Jacob und dann Kai an. „Nein haben wir nicht. Aber ich bin überzeugt davon, dass ich die Oper für unsere Vorschläge begeistern kann. Ich bin mir sicher, dass sie ihnen gefallen werden. Du magst sie doch auch."

„Ja, ich schon, aber was weiß ich, wie die von der Oper ticken", erwiderte Kai.

Jacob sagte nichts.

„Wenn sie das nicht wollen", sagte Bene, „was ich nicht glaube, müssen wir eben den Standard wählen und mit Fotos arbeiten. Das ist langweiliger, aber es wäre effektiv genug. Das zeige ich dann aber nur in der allergrößten Not und nicht im ersten Gang. Du kennst die Regel, wenn du mehrere Vorschläge zeigst, sucht sich der Kunde garantiert den schlechtesten heraus."

„Ja, ja, ich weiß. Na, dann machen wir es so. Ihr bereitet noch ein, zwei Entwürfe mit Fotos vor und die zeigen wir nur, wenn die Oper diese Vorschläge hier abwählt. Damit können wir dann im Notfall eine Alternative aus dem Hut zaubern. Aber klasse gemacht."

Kai klopfte Jacob anerkennend auf die Schulter. „In dir steckt ja wirklich ein richtiger Künstler."

Jacob lächelte nur schwach bei dieser Bemerkung, freute sich aber über die Anerkennung seines Chefs.

Er atmete langsam aus, als Kai den Besprechungsraum verließ und Bene mit ihm allein zurückblieb.

„Ist doch super gelaufen", sagte Bene euphorisch und nahm Jacobs Gesicht in beide Hände.

„Findest du? Naja, zumindest haben wir Kais Geschmack getroffen. Aber du hast es gehört, ob das bei der Oper ankommt, wissen wir damit noch lange nicht." Jacob betrachtete das Bild, was gestern noch in seinem Wohnzimmer stand. Sie hatten es heute Morgen mit hierhergebracht, damit sie es am Mittwoch live präsentieren konnten.

„Überlass die Überzeugungsarbeit mir, wenn sie überhaupt nötig ist. Du zeigst dein Bild und erläuterst die grundsätzliche Design-Idee. Ich übernehme danach und stelle die Umsetzungsmöglichkeiten vor und dann schauen wir, was sie dazu sagen."

„Hast Recht, warten wir es ab, aber ich beneide dich echt um deine Zuversicht", sagte Jacob.

„Davon kann ich dir gern etwas abgeben. Komm, pack deine Sachen und lass uns auf dem Weg nach Hause noch einen Spaziergang machen, solange die Sonne scheint. Du hast gestern den ganzen Tag gemalt und wir haben an den Designs gefeilt, da haben wir uns heute einen schönen Nachmittag verdient."

Eine halbe Stunde später hielt Bene eine Tüte mit frisch gebrannten Mandeln in den Händen und schlenderte mit Jacob durch den Park. Sie redeten nicht viel, sondern genossen die Wintersonne, die Ruhe und bestaunten die vereisten Bäume und Gräser. Geschneit hatte es bisher noch nicht, aber vielleicht würde es nicht mehr allzu lang dauern. So hoffte Bene zumindest. Jacob legte seinen Arm um sie.

„Weißt du, wie froh ich bin, dass du am Mittwoch an meiner Seite bist? Ich glaube ohne dich, wäre ich nicht mutig genug meine Bilder öffentlich zu präsentieren." Bene hielt inne und sah ihm fest ins Gesicht.

„Jacob, deine Bilder sind ein Traum. Sie zeigen in jedem deiner Pinselstriche, wie wunderbar du bist. Einfühlsam, tiefgründig, lebendig, schön und das Konzept ist super. Mach dir nicht so viele Gedanken. Ich verkaufe denen das, glaub mir. Und jetzt lass uns nicht weiter darüber nachgrübeln, sondern zum entspannten Teil des Tages übergehen."

Sie griff mit ihrer freien Hand in ihre Manteltasche. „Tataaa, hier ist Nummer 13." Sie hielt ihm eine kleine braune Dose hin, die aussah wie eine Kaffeehaus-Werbung aus dem Jugendstil.

„Wo hast du nur diese ganzen Schätze her? Das ist wirklich erstaunlich. Eine schöner als die andere." Jacob drehte die schon etwas ramponierte Box in seiner Hand.

„Die fliegen mir einfach so zu", antwortete sie fröhlich und zeigte auf eine Bank in ihrer Nähe. „Lass uns dort drüben hinsetzen."

Sie kuschelten sich zusammen auf die Bank und Jacob schaute in die Dose hinein. Darin lagen zwei Stapel mit Karten. Jacob nahm sie heraus und überlegte, was es damit auf sich hatte. Es gab rosa Karten und beige Karten. Auf den rosafarbenen Karten stand vorn eine Frage und hinten ebenso. Auf den beigen stand vorn eine Frage und hinten eine Antwort. Jacob war verwirrt.

Bene bemerkte seine fragende Miene und lachte.

„Diese Karten gehören zu einem Gespräch, das wir im Juni zusammen am Kaffeeautomaten geführt haben. Es war nur ein kurzes, aber das erste richtige, eigentlich sogar schon fast private Gespräch zwischen uns. Ich stellte dir damals ein paar vorsichtige Fragen und du machtest das Gleiche. Damals war ich schüchtern und wusste nicht so recht, was ich sagen sollte. Daher steht auf den rosa Karten die Frage, die ich dir damals stellte und auf der Rückseite die Frage, deren Antwort mich eigentlich stattdessen brennend interessiert hätte.

Auf den beigefarbenen Karten stehen deine Fragen und auf der Rückseite steht die Antwort, die ich dir in Gedanken gegeben habe, aber natürlich nicht laut aussprach."

„Das klingt kompliziert", stellte Jacob fest.

„Ach Quatsch. Fang an zu lesen, dann verstehst du es schon."

**

15. Juni
Rosa Karten - *Benes Fragen; die, die sie stellte und die, die sie gern gestellt hätte.*

Vorderseite: Arbeitest du schon lang hier?
Rückseite: Du hast keine Freundin, oder?!

Vorderseite: Bist du gern Grafik-Designer?
Rückseite: Gefalle ich dir?

Vorderseite: An welchem Projekt außer unserem arbeitest du gerade?
Rückseite: Hast du nach der Arbeit noch Zeit mit mir etwas Trinken zu gehen?

Vorderseite: Schmeckt dir der Kaffee aus der zweiten Etage?
Rückseite: Was lässt dein Herz schneller schlagen?

Vorderseite: Hast du schon den neuen James Bond Film gesehen?
Rückseite: Würdest du mit mir gern im Kino in der letzten Reihe sitzen und mich küssen?

Vorderseite: Sind das die Turnschuhe aus recyceltem Plastik von dieser neuen Firma aus Portugal?
Rückseite: Gefällt dir das Kleid, das ich trage? Als ich es heute Morgen anzog, hab ich an dich gedacht.

Vorderseite: Weißt du, ob der Kopierer in der ersten Etage wieder funktioniert?
Rückseite: Was für Musik hörst du? Liest du und wenn ja was? Was sind deine Hobbies? Was bringt dich zum Lachen? Was lässt deine Tränen fließen? Wovor hast du Angst? Wer bist du?

Jacob schien sich die Erinnerung an ihr Gespräch zurückzuholen. „Dein Kleid war rosa, wie diese Karten hier mit kleinen Blümchen drauf, die Taille eng und der Rock bis zu den Knien schwingend weit. Deine schönen Beine steckten in roten Schuhen. Ich war heil froh, dass der Ausschnitt nicht zu tief ging, sonst hätte ich mich überhaupt nicht auf unser Gespräch konzentrieren können."

Bene strahlte ihn bei seinen Worten an und er nahm den zweiten Stapel Karten in die Hand.

Beige Karten - *seine Fragen und die Antworten, die sie dachte, aber nicht aussprach.*

Vorderseite: Freust du dich auf das erste richtige Projekt hier bei uns?
Rückseite: Freuen ist gar kein Ausdruck. Mit dir zusammen zu arbeiten

ist, als ob ein Traum in Erfüllung geht. Aber ich bete, dass man mir das nicht anmerkt.

Vorderseite: Hast du dich schon ein bisschen eingelebt bei uns?
Rückseite: Und ob. Ich bin so gern hier. Und das Beste ist, dass ich dich jeden Tag sehen kann.

Vorderseite: Ist das das neue iPhone?
Rückseite: Nein, aber meine Nummer lautet 0179/123428973.

Vorderseite: Schmeckt dir der Automatenkaffee?
Rückseite: Ich mag Kaffee generell nicht. Ich trinke den nur, damit ich hier mit dir stehen kann.

Vorderseite: Ich glaube Daniel hat James Bond gesehen. Weißt du, ob er noch da ist?
Rückseite: Keine Ahnung. Ich habe weder Augen für Daniel noch für James Bond, sondern nur für dich.

Vorderseite: Interessierst du dich für nachhaltige Mode?
Rückseite: Schon, aber was deine Schuhe angeht, habe ich nur gefragt, weil ich einfach nur möchte, dass unser Gespräch am Leben bleibt.

Vorderseite: Willst du die Kopien bei uns im Büro machen?
Rückseite: Ich würde gern die gesamte „Herr der Ringe"-Trilogie Seite für Seite abkopieren, damit ich möglichst lang in deiner Nähe sein kann.

***

Jacob legte die entzückenden Karten zurück und sein Herz war so warm und weich, dass er die kalte Dezemberluft überhaupt nicht mehr spürte. Bene offenbarte ihm mit jedem neuen Tag ihre Gefühle. Zeigte ihm, wie sehr sie in ihn verliebt war. Er lernte sie immer besser kennen, sah immer deutlicher, wer sich hinter der schönen äußeren Hülle verbarg.

Seine Dankbarkeit und seine eigene Verliebtheit wollte auch er unbedingt in irgendeiner Weise zum Ausdruck bringen. Er musste ihr etwas geben, was genauso gehaltvoll, gefühlvoll, schonungslos ehrlich und schön war, wie das was sie nun schon seit fast zwei Wochen für ihn tat. Doch das würde nicht einfach sein. Eine Idee hatte er schon im Kopf, aber die würde nicht ausreichen, um Bene gleichwertig zu beschenken. Ihm würde etwas einfallen. Bevor er sich allerdings darauf konzentrierte, musste er die Präsentation am Mittwoch hinter sich bringen.

Präsentation am Mittwoch. Da war es wieder, das Schwert, das über ihm baumelte. Er hatte es Bene nicht gesagt. Kein Drama, mahnte er sich, aber er hatte riesige Angst. Bei dem Gedanken daran, seine Bilder öffentlich vorzustellen, schmerzte seine Brust so sehr, als hätte er einen riesigen Bonbon verschluckt, der unangenehm langsam in Richtung Magen glitt. Sein Innerstes zog sich zusammen. Ihm wurde eiskalt.

„Ich danke dir Bene", sagte er hastig und stand auf.

„Komm, lass uns nach Hause gehen. Mir wird kalt."

„Ok", sagte Bene leicht verblüfft und erhob sich ebenfalls.

Widerstrebend spürte sie doch eine leise Enttäuschung in sich aufsteigen. Die Enttäuschung, dass Jacob zum zweiten Kartenstapel kein weiteres Wort verloren hatte. Ob er ihm nicht gefallen hatte? Gut, sie war sich selbst nicht ganz sicher gewesen, ob die Karten eine schöne Idee waren oder doch eher zu platt, zu plakativ, zu wenig Worte und zu viel Schwärmerei. Andererseits kam es darauf doch nicht an, oder? Sie gab sich so viel Mühe bei der Auswahl, obwohl, Mühe traf es nicht wirklich. Im Gegenteil, sie hatte unheimliche Freude daran gehabt, in ihren alten Aufzeichnungen zu blättern und diese aufregende Zeit von Neuem zu durchleben. Beim Lesen ihrer eigenen, manchmal beinah verzweifelten Worte genoss sie die Tatsache so sehr, dass er inzwischen längst zu ihr gehörte. Sie all das mit ihm teilen konnte, ihm sagen konnte, wie sehr sie ihn mochte, ihn liebte.

Aber er schien mit anderen Gedanken beschäftigt zu sein. Wahrscheinlich stresste ihn die Präsentation, beruhigte sie sich. Das war für ihn alles andere als leicht. Aber so schnell ließ sich ihr Gefühl nicht abschütteln. Die naheliegenden Gründe hatten bei ihr kaum eine Chance, sie holte immer den ganz fiesen Kram hervor. Frei nach dem Motto: Vielleicht nervt es ihn inzwischen, so verliebt wie du bist, fast schon bedauernswert. Nicht wirklich attraktiv für einen Mann und so weiter und so fort.

Sie schüttelte sich. Jetzt war ihr auch kalt.

Doch bevor sie sich weiter mit negativen Gedanken misshandeln konnte, legte Jacob seinen Arm um sie. Schlang sich ihren Arm um seine Taille und schob dann seine Hand mit ihrer verschränkt in seine kuschlig warme Jackentasche.

14.

Dezember

Bene spürte, dass Jacob immer unruhiger wurde, obwohl alles gerichtet war. Ihre Präsentation stand. Sie hatte noch zwei Notfall-Slides zusammengestellt mit Fotos statt Gemälden und ansonsten ihr Konzept ins bestmögliche Licht gerückt. Sie war sehr zufrieden, aber Jacob erinnerte sie an einen Tiger im Käfig. Eigentlich hatte er sich vorgenommen, heute an einem anderen Projekt zu arbeiten. An etwas deutlich weniger Kreativem, bei dem es einfach nur galt, die Inhalte stumpf abzuarbeiten. Doch selbst das wollte nicht so recht gelingen. Seit einer halben Stunde lief er vor ihrem Schreibtisch auf und ab. Dieses Elend konnte sie sich unmöglich länger mit ansehen, also klappte sie ihren Laptop zu und sagte: „Wir machen einen Ausflug."

Jacob schaute sie irritiert an. „Wohin?"

„Das wirst du schon sehen, aber wenn du hier weiter auf und ab läufst, werde ich auch noch ganz nervös. Also bringe ich dich jetzt an einen Ort, der zumindest meine Nerven beruhigt und schon von jeher mein Herz erfreut."

Sie schnappte sich Mantel, Schal und Tasche und schob Jacob aus ihrem Büro. Vor der Agentur stiegen sie auf ihre Fahrräder. Jacob folgte Bene durch die Innenstadt und nach einer kurzen Fahrt hielten sie vor einem alten Antiquitätengeschäft.

„Ist das der Ort, von dem die schönen Büchsen stammen?", fragte Jacob, während er ihre Räder anschloss.

„Auch", antwortete Bene.

Er sah, wie sie für einen Moment andächtig innehielt. Obwohl, war es Andacht? Jacob war nicht sicher. Oder zögerte sie? Unwahrscheinlich, sie hatte ihn ja extra hergebracht. Was auch immer es sein mochte, es schien genauso schnell vorbei, wie es gekommen war, denn Bene öffnete die Ladentür.

Ihr Eintreten wurde von einem wohligen Klingeln begleitet. Der Laden war etwas dunkel, so als ob jemand das Licht ein paar Grad nach unten gedimmt und deutlich wärmer eingestellt hatte. Es lief leise Weihnachtsmusik, wahrscheinlich in einem der uralten Radios, die in der Nähe des Eingangs standen. Natürlich keiner dieser neumodischen Christmas-Songs, sondern es klang nach einem Kirchenchor.

Jacob war von der Atmosphäre des kleinen Ladens sofort verzaubert. Bene hatte recht, sein Puls und seine Nerven beruhigten sich. Es war, als betrat er eine andere, ganz eigene Welt. All die Sorgen seiner Gegenwart waren draußen vor der Tür stehen geblieben. Er atmete tief ein und aus und sah sich um – kunstvolle Möbel, historische Bilder, schimmernde Gläser, handbemaltes Porzellan, antike Koffer, eine riesige Sammlung an Schmuck und eine Ecke mit wunderschönen Kleidern. Er verstand auf Anhieb, warum sich Bene zu diesem Ort hingezogen fühlte. Jedes Stück erzählte eine Geschichte, beflügelte die Fantasie und lud zum Träumen ein. Er drehte sich zu Bene um, die immer noch nahe der Eingangstür stand und scheinbar nach jemandem Ausschau hielt. Sie war so wunderbar. Sie wusste immer, was er brauchte. Bene war wirklich die perfekte Frau für ihn. Zugegeben, das wusste er schon lang, doch diese Erkenntnis tauchte immer wieder auf, überraschte und erfreute ihn jedes Mal aufs Neue.

Er wollte gerade zu ihr gehen, als neben ihm jemand einen Vorhang zur Seite schob. Ein unerwartet junger Mann trat in den Bereich hinter der Kasse und erkannte Bene sofort.

„Bene! Dass du mal wieder hier bist! Wir haben dich schon so vermisst." Der Mann kam hinter dem Ladentisch hervor und nahm Bene in den Arm. Jacob beobachtete die Szene und spürte ein gewisses Unbehagen. Der Mann war definitiv zu jung und zu gutaussehend, um so lang mit seiner Freundin innig vereint herum zu stehen. Er trat daher peinlich besitzergreifend an Bene heran und räusperte sich.

Bene wandte den Kopf und lächelte Jacob an.

„Jacob, das ist Laurin. Laurin, das ist Jacob, mein Freund."

Jacob war dankbar und erleichtert für ihren Zusatz nach seinem Namen und gab Laurin die Hand.

„Freut mich dich kennenzulernen", sagte der. „Wie kann ich euch helfen?"

„Wir brauchen ein wenig Ablenkung, ein bisschen Magie. Wir haben morgen eine große Projektpräsentation, da liegen unsere Nerven blank. Bei euch dagegen komme ich so wunderbar schnell zur Ruhe. Vielleicht finde ich sogar ein paar Weihnachtsgeschenke. Wie geht es deinem Vater?"

„Verstehe. Na, dann bleibt gern so lang ihr wollt. Meinem Vater geht es gut. Jetzt im Weihnachtsgeschäft übernehme ich meist den Verkauf. Das wird ihm schnell zu viel. Aber ansonsten ist er wohlauf. Er wird sich ärgern, dass er dich verpasst hat."

„Bestell ihm ganz liebe Grüße von mir. Ich verspreche, mich wieder häufiger sehen zu lassen", sagte Bene.

„Versprich nicht, was du nicht halten kannst", antwortete Laurin und schaute sie suchend an. „Du hast viel zu tun, oder?!"

Bene antwortete nicht sofort, sondern schien ihre Worte abzuwägen. „Ich habe seit einem dreiviertel Jahr einen neuen Job und das hat viele Veränderungen mit sich gebracht. Zum Beispiel kam Jacob in mein Leben."

Sie blickte sich zu ihm um und Jacob merkte, dass sie sich zu dem Thema, warum sie schon so lang nicht mehr im Laden gewesen war, nicht detaillierter äußern wollte.

Laurin bemerkte das offensichtlich ebenfalls und rettete sie.

„Wie auch immer, jetzt bist du ja da. Guckt euch in aller Ruhe um. Du wirst viele neue Schätze entdecken."

Bene atmete hörbar aus und entspannte sich. Sie begann sich im Laden umzusehen und die einzelnen Kostbarkeiten zu begutachten. Langsam ließ sie ihre Finger über das ein oder andere Stück gleiten und Jacob hatte das irrsinnige Gefühl, einer Fee dabei zuzusehen, wie sie jene Dinge mit einem Zauber belegte. So als ob jedes Möbelstück, jeder Löffel, jede Lampe sich zu strecken begann, wenn ihnen die Ehre zuteil wurde, Benes Aufmerksamkeit erregt zu haben.

Jacob schüttelte den Kopf bei diesen Gedanken und fragte sich, woher sie kamen. Seit er seine Freundin das erste Mal erblickt hatte, gingen ihm immer wieder solch seltsame Dinge durch den Kopf. Ganz offensichtlich hatte sie das Gleiche mit ihm getan. Er straffte sich und fühlte sich tatsächlich, als wäre er gewachsen. Er hatte ihre Aufmerksamkeit erregt. Sie hatte ihn erwählt. Er hätte in diesem Moment nicht stolzer und glücklicher sein können. Wenn sie ihn wählte, musste wohl auch er etwas Besonderes sein. Denn sie war es mit Sicherheit, auch wenn ihr das zumeist nicht klar zu sein schien.

Während Jacob sinnierte, war Bene in den hinteren Teil des Ladens gegangen und Laurin hatte ihn offenbar gemustert.

„Du bist ein echter Glückspilz. Bene ist eine ganz besondere Frau."

Jacob drehte sich zu ihm um und schaute ihn interessiert an.

„Das stimmt. Kennt ihr euch schon lang?"

„Keine Sorge. Wir sind nur Freunde, aber sie hat meinem Vater und damit auch mir vor zwei Jahren sozusagen das Leben gerettet."

Jacob wurde sofort hellhörig. Er saugte jede Information auf, die er über Bene bekommen konnte, denn sie selbst erzählte nicht allzu viel aus ihrer Vergangenheit. Sie meinte immer, ihr Leben sei erst spannend geworden, seitdem sie mit ihm in der Agentur arbeite. Ansonsten gäbe ihre Biografie nicht viel her. Vater und Mutter verheiratet, gesund, keine Geschwister. Kindergarten, Schule – alles ohne Schwierigkeiten. Danach zur Uni, Zweier-Abschluss, Praktikum in kleiner Werbeagentur, Festanstellung, fertig. Ihren Job zu kündigen und in seiner Agentur anzufangen, war das Verrückteste, was sie bisher in ihrem Leben gemacht hatte. So erzählte sie ihre Geschichte, aber Jacob konnte unmöglich glauben, dass das alles war. Nicht, dass er sie für eine Lügnerin hielt, aber er spürte, dass sie viele Dinge erlebt haben musste, die sie zu der machten, die sie heute war.

Jacob blickte Laurin erwartungsvoll an.

„Unser Laden stand damals kurz vor der Pleite und mein Vater wusste nicht, wie es weitergehen sollte. Zu dieser Zeit war Bene fast jeden Tag in unserem Geschäft. Sie unterhielt sich manchmal stundenlang mit meinem Vater über die einzelnen Antiquitäten. Wollte wissen, woher sie waren, erfand mit ihm neue Geschichten zu vormals gesichtslosen Artefakten und brachte auch hin und wieder eines ihrer eigenen Fundstücke mit. So auch vor zwei Jahren. Sie hatte eine alte Brosche dabei, die zu einer unserer Sammlungen passte, sie sogar komplettierte und damit sehr wertvoll machen konnte. Sie hatte sie von einer Operndiva. Bene liebt das Theater, die Oper, das weißt du sicher."

Jacob nickte und sagte: „Mindestens genauso sehr wie Antiquitäten."

„Das stimmt", bestätigte Laurin. „Besagte Sängerin war wohl durch eine unschöne Trennung gegangen, in der auch die Brosche eine Rolle gespielt hatte. Sie schüttete Bene ihr Herz aus und da die Diva ihren eigenen Schmerz vergessen wollte, überließ sie Bene das Schmuckstück. Mein Vater erkannte deren Wert sofort und beglückwünschte sie zu ihrem Schatz. Daraufhin gab Bene kurzerhand die Brosche an ihn weiter, denn sie wusste um unsere wirtschaftliche Situation. Sie schenkte sie ihm."

„Einfach so?", fragte Jacob, obwohl es ihn nicht wirklich wunderte.

„Ja, sie meinte, die Dinge kommen zu ihr und sie wüsste genau, was für sie und was für andere bestimmt sei. Die Brosche, da war sie sich sicher, sei eindeutig für ihn. Mein Vater wollte das Geschenk nicht annehmen, aber naja, du kennst ja Bene, wenn sie einmal einen Entschluss gefasst hat, dann gibt es kein Zurück mehr."

Da konnte Jacob kaum widersprechen: „Oh ja, das weiß ich!"

„Sie sagte, dass der Laden wie ein Zuhause für sie sei und sie deshalb niemals zulassen könnte, dass er ihr verloren ginge. Mein Vater nahm das Geschenk in seiner Verzweiflung schließlich an und konnte durch den Verkauf der vollständigen Sammlung unseren Laden retten."

Jacob versuchte das gerade Gehörte zu sortieren. Seine Bene war tatsächlich einzigartig, aber auch irgendwie geheimnisvoll. Sie hatte den Laden vor dem Ruin bewahrt. War zuvor beinahe jeden Tag hier gewesen und inzwischen ließ sie sich kaum noch blicken, obwohl der Laden und deren Besitzer ihr offenbar sehr wichtig waren. Warum? Das passte auch ein bisschen zu dem, was Ludwig ihm an der Eisbahn erzählt hatte.

Doch Jacobs Gedanken wurden jäh zerstreut, als Bene strahlend wie ein Kind im Bonbon-Laden hinter einem Stapel Bücher auftauchte.

„Seht mal, was ich gefunden habe!" Bene hielt eine kleine runde Dose in den Händen, auf der ein altes Riesenrad abgebildet war.

„Die ist einfach nur perfekt", stellte sie fest und legte sie neben die alte Registrierkasse.

„Die brauchst du nicht zu bezahlen. Das weißt du hoffentlich noch", sagte Laurin.

„Ich möchte sie aber gern bezahlen", protestierte Bene.

„Das Thema hatten wir damals schon und daran hat sich auch heute nichts geändert. Du hast bei uns so viel gut, dass du dir wahrscheinlich noch die nächsten paar Jahre Schachteln und Boxen mitnehmen kannst", erwiderte Laurin.

„Na gut, wie du willst", gab Bene sich geschlagen.

„Soll ich sie dir einpacken?"

„Nein, das ist nicht nötig. Ich brauche sie sowieso gleich."

„Aha, wofür denn?", schaltete sich Jacob dazwischen.

„Für Adventskalender-Türchen Nummer 14", antwortete Bene und erntete dafür einen vielsagenden Blick. Wenn ein Riesenrad perfekt passte, wusste Jacob genau, was ihn heute erwartete.

Zu Laurin gewandt, fügte Bene hinzu „Ich schenke Jacob bis zum 24. jeden Tag eine kleine Dose, in der Tagebucheinträge und Briefe drinnen stecken und für Tag Nummer 14 fehlte mir noch das passende Behältnis. Aber das hier ist schlicht perfekt."

„Das freut mich", sagte Laurin und grinste die beiden an.

Obwohl Jacob beim Verlassen des Ladens seine Sorgen und Ängste wegen der Präsentation wieder in Empfang nehmen musste, war er froh über die vorübergehende Ablenkung gewesen. Diese würde hoffentlich noch ein wenig anhalten, wenn er Benes Beschreibung der Geschehnisse von Nummer 14 lesen durfte. Seine Eindrücke zu diesem Abend waren nämlich auch noch sehr lebendig und vor allem sehr schön.

***

02. September

Jacob hat mich zu einer Fahrt im Riesenrad überredet. Ich quieke vor Angst. Mein Bauch ist flau, mein Körper steif, die Hände feucht. Was zum Teufel mache ich hier? Kaffee trinken, obwohl ich den gar nicht mag, ok. Aber in ein Riesenrad zu steigen trotz Höhenangst? Alles nur wegen ihm? Das ist doch einfach nur dämlich und so scheiße hoch. Er schaut mich bestürzt an. „Du hast Angst!", stellt er fest. „Warum hast du mir das nicht gesagt? Du musst doch nicht mit mir Riesenrad fahren, wenn dir das Angst macht." Er legt seinen Arm um mich und zieht mich zu sich heran. Langsam streichelt er mir über meine Schulter und befiehlt mir ruhig, aber bestimmt, dass ich meine Augen schließen und mich einzig und allein auf meine Atmung konzentrieren soll.

Wie soll das gehen? Nicht nur, dass ich in einer Höllenmaschine sitze, nein, Jacob hat seinen Arm um mich gelegt und riecht nach Gewürzen und Zimt und irgendwie nach…es fällt mir nicht ein. Wie auch? Ich habe gerade andere Sorgen.

Da höre ich seine Stimme, wie sie immer wieder die Worte: „Einatmen und Ausatmen" wiederholt. „Ganz tief in deinen Bauch hinein." Ich lehne meinen Kopf leicht an seine Schulter und versuche mich auf meine Atmung zu konzentrieren. Dabei fühle ich, wie es ist in seinen Armen zu liegen. Zum Glück genauso schön, wie ich es erhofft habe. Schöner noch. Natürlich. Ich werde langsam ruhiger.

Als die zum großen Teil leider einfach nur schrecklichen fünf Minuten vorüber sind, bugsiert Jacob mich aus der Gondel heraus und schiebt mich in Richtung Waffelstand. „Etwas Süßes wird dir jetzt guttun", meint er. Ich fühle mich noch immer wackelig, bin aber heilfroh, wieder festen Boden unter meinen Füßen zu haben.

Ein Jahrmarkt. Eine richtig doofe Idee! Das halten wir mal fest. Wie bin ich überhaupt darauf gekommen? Wahrscheinlich, weil ich unbedingt so ein Liebesfilm-Date haben wollte. Wir albern mit Zuckerwatte herum – mag ich gar nicht – er schießt einen riesigen Teddybären und dann kuscheln wir uns in die engen Sitze eines Fahrgeschäfts.

Bisher haben wir nur Folgendes zu verbuchen: Ketchup an meinem hellen Stiefel, weil ich wieder nicht aufpassen konnte, eine halbe Panikattacke im Riesenrad und jetzt stehen wir in einer elend langen Schlange wegen einer Waffel. Läuft super!

Sich unterhalten geht auch nicht wirklich, weil aus jeder Bude eine andere Musik plärrt. Das habe ich nicht bedacht. Als dann noch ein Trupp mit blinkenden Glitzerstangen im Haar und Bierflasche in der Hand grölend an uns vorbeiläuft, ist mir endgültig klar, dass das Initiieren von romantischen Dates nicht zu meinen Stärken gehört.

Immerhin, Jacob hat mich im Arm gehalten. Zugegeben vielleicht aus therapeutischen Gründen, aber ich zähle das trotzdem mal als kleinen Teilerfolg.

Und ich wäre nicht so verliebt in Jacob, wenn ihm nicht sofort etwas einfallen würde, um den Abend zu retten. Er greift plötzlich nach meiner

*Hand und flüstert mir ins Ohr. „Komm mit, ich habe eine bessere Idee."
Sein Mund, seine Stimme so nah zu spüren, versetzt mich sofort in einen Schwebezustand. Jacob zieht mich ohne ein weiteres Wort weg vom Rummelplatz, weg vom Stadtzentrum und ich hänge an seiner Hand wie ein grinsender Heliumballon.*

Die Luft um uns wird klarer, der Trubel ist Geschichte. Wir hören nur noch unsere eigenen Schritte auf dem Asphalt. Ja, jetzt wird das langsam eine schöne Sache hier. Er führt mich zu einer winzigen Bäckerei. „Warte!", sagt er und geht hinein.

Kurze Zeit später kommt Jacob mit einem noch warmen Stück Schokoladenkuchen zurück. Ich nehme ihn dankbar entgegen und genieße den zweiten Bissen bereits mit geschlossenen Augen. Es schmeckt wie der Himmel. Als ich meine Augen wieder öffne, fixiert Jacob mich oder vielmehr meinen Mund. Und da ist sie, die Gelegenheit auf dem Silbertablett, die normale Menschen sofort ergreifen, nicht aber ich. Ich vermute überall Krümel und beginne, nachdem ich mir den Mund abgewischt habe, gegen die Stille anzuplappern. Der magische Moment ist vorbei.

Daraufhin scheint Jacob den Abend abschließen zu wollen. Mit der ist nix los, denkt er wahrscheinlich. Er sagt mir, dass er mich nach Hause bringt, damit er sicher sein kann, dass ich heil ankomme.

Okay, Bene, zweite Chance!

Auf dem 20-minütigen Spaziergang zu mir streift Jacobs Hand zwar immer wieder meine, ich bemerke aber auch, dass er bis auf eine kurze Erklärung, dass er die Besitzerin der hübschen Bäckerei persönlich kennt, sehr still ist. Ich dagegen rede wie ein Wasserfall. Mit jeder seiner federleichten Berührungen, wann immer ich seine warmen Fingerknöchel an meinem Handrücken spüre, fallen mir mehr Rezepte und Kuchen von Freunden ein, über die ich berichten kann. So peinlich. Ich bin ein flatterndes Nervenbündel, als wir vor meinem Haus ankommen.

Dort stehen wir nun und genau hier habe ich bereits dreimal zuvor die Flucht ergriffen. Mein Kampfziel für heute ist aber tatsächlich der erste Kuss, denn wenn ich das Ganze zwischen uns noch weiter in die

Länge ziehe, muss er annehmen, ich will nur eine gute Freundin sein oder er denkt, ich sei verrückt, was wahrscheinlich gar nicht mal falsch wäre. Denn wie doof kann man sich anstellen?

Also los jetzt, treibe ich mich innerlich an. Hör auf zu reden, lass sich die Dinge entwickeln. Es ist nicht so, als hättest du noch nie jemanden geküsst.

Aber ich bin so aufgeregt. Ich bekomme kaum Luft, wenn ich nicht spreche. Vielleicht wird es komisch, vielleicht findet er mich komisch, vielleicht wird es nicht schön – obwohl, das kann doch nicht sein, oder doch? Was dann? Oh Gott, ich kann das nicht... Und in dem Moment, als ich schon wieder kneifen will, hastig „Tschüss" murmele, und mich umdrehe, hält Jacob mich zurück. Er stellt sich mir in den Weg, so dass ich nicht zur Tür hineinschlüpfen kann. Er legt eine Hand an mein Gesicht. Oh Gott, das halt ich nicht aus. Ich will gerade wieder losplappern, als er seine andere Hand sanft auf meinen Mund setzt.

Er sagt: „Bene, du bist jetzt einfach mal still, ok?" Seine Finger ruhen auf meinen Lippen, so dass ich nicht wirklich darauf antworten kann. „Tanja hat mir verraten, dass du für mich schwärmst."

Wie bitte? Ist die wahnsinnig? In meinen weit aufgerissenen Augen sieht er offenbar große Panik aufflackern, daher fährt er schnell fort: „und mir geht es genauso. Deshalb bin ich heute mutiger als du. Ich bereite jetzt diesem nervenaufreibendem – kurz davor – ein Ende. Ich werde dich jetzt endlich küssen und du versuchst das einfach auszuhalten, ok?"

Ich bin wie erstarrt, protestiere aber nicht, sondern schließe meine Augen. Das ist die einzige Art der Zustimmung, die ich hinbekomme. Er nimmt seine Hand behutsam weg von meinem Mund, streicht mit seinen Fingern langsam hinab zu meinem Hals und bedeckt meine Lippen mit seinen. Ich gebe auf. Seine eine Hand an meiner Wange, in meinem Nacken, seine andere Hand spüre ich an meinem Rücken. Jetzt ist es so weit. Endlich. Binnen weniger Sekunden fällt die gesamte Anspannung der letzten Wochen von mir ab und ich kann seinen Kuss erwidern. Lege meine Arme um seine Taille und ziehe ihn zu mir heran. Meine Schüchternheit, meine innere Hysterie verfliegt und ich verliere mich in seinem Mund. Seine Lippen, meine Lippen, seine Zunge, meine Zunge. Es fühlt sich an, als hätten wir nie etwas anderes getan. Wie dumm ich war. So lang habe ich das hinausgezögert, warum nur? Er ist natürlich perfekt. Sein Mund ist perfekt, sein Kuss ist perfekt. Alles ist perfekt.

***

Bene hatte Jacob beim Lesen beobachtet und sich über seine wechselnde Mimik gefreut. Allerdings nagte dabei ein Gedanke an ihr. Es gab einen Satz, den sie für seine Version am Ende raus gestrichen hatte. Den wollte sie ihm nicht zeigen, denn er würde ihn verunsichern, so wie er sie verunsicherte.

Sie hatte damals geschrieben:

Er ist natürlich perfekt. Sein Mund ist perfekt, sein Kuss ist perfekt. Alles ist perfekt. Aber genau das lässt mich nicht nur auf Wolke 28 schweben, sondern macht mir auch ziemlich doll Angst.

15.

Dezember

Jacob saß schon eine halbe Stunde auf dem Sofa in Benes Wohnzimmer. Ein Alptraum hatte ihn hochschrecken lassen. Schweißgebadet hockte er da und fror. Alle zwei Sekunden blickte er auf die Uhr an der Wand. In sechs Stunden sollte er seine Bilder dem verantwortlichen Gremium der Oper, bestehend aus Dramaturg, Intendant und Leiterin für Öffentlichkeitsarbeit, vorstellen. Unmöglich.

Ihm wurde speiübel bei dem Gedanken. Er fühlte sich wieder wie vor der Aufnahmeprüfung an der Kunsthochschule. Er hatte nicht bestanden. Seine Mappe wurde mehr oder weniger direkt vor seinen Augen zerfetzt. Alles nicht spannend genug, zu gewollt, keine gute Technik, zu wenig ideenreich. Die Beurteilung war vernichtend ausgefallen und saß ihm bis heute in den Knochen. Er verdankte es allein der Kunstlehrerin aus seiner alten Schule, dass er einen zweiten Versuch bei einer weniger renommierten Universität gewagt hatte. Aufgrund der harschen Kritik zuvor war er dort allerdings für das Fach Grafikdesign und nicht für die Malerei ins Rennen gegangen. Das hatte geklappt, doch sein Traum später als Maler zu arbeiten, war damit ein ganzes Stück in die Ferne gerückt.

Er saß die meiste Zeit seines Studiums hinter einem Bildschirm und nahm nur selten, in einigen Wahlkursen, einen Pinsel in die

Hand. Immer wieder hatte er sehnsüchtig in die Atelierräume der anderen Studenten geblickt, die offensichtlich mit mehr Talent gesegnet waren als er.

Einzig bei einer großen Ausstellung seines Jahrgangs im fünften Semester durften sie präsentieren, was sie wollten. Jacob ergriff die Chance und wählte sein Lieblingsmedium. Damals malte er das Bild von der Mutter mit Kind, das Bene sofort bei ihrem ersten Besuch bewundert hatte. Er war richtig stolz auf sich gewesen. Es hing zwischen anderen Bildern seiner Kommilitonen und stach für seine Begriffe positiv heraus. Als dann aber bei der Ausstellungseröffnung einer seiner Professoren durch die Räume schritt, mit Galeristen und Kunstkennern im Schlepp, würdigten sie sein Bild mit keinem einzigen Blick. Der Professor hatte die Gruppe direkt daran vorbei gewunken und gemeint, dass das nur die Arbeiten der Grafiker seien und weiter hinten die Werke aus dem Fach Malerei hängen würden.

Danach hatte er trotzdem weiter gemalt, aber die Kritik der sogenannten Kunstkenner saß tief und hatte sein Selbstbewusstsein als Maler nachhaltig beschädigt.

Wenn er an diese Demütigung zurückdachte, war ihm vollkommen schleierhaft, warum er diesem ganzen Unternehmen mit der Oper überhaupt zugestimmt hatte. Ihm musste doch wohl bewusst gewesen sein, dass er die Bilder würde zeigen müssen. Er sich damit also erneut einer Bewertung aussetzte. Ob nun Auftragsarbeit oder nicht, ein Teil seiner Seele hing in jedem Bild mit drin.

Bene! Sie hatte ihm diesen Floh ins Ohr gesetzt. Sie hatte ihn motiviert und glauben lassen, dass er das schaffen könnte. Dabei hatte sie doch von Kunst überhaupt keine Ahnung. Warum hatte er sich nur dazu hinreißen lassen? Er hatte genau gewusst, dass das Ärger bringen würde und er war dennoch nicht stark genug gewesen, sich ihrer Kraft entgegenzustellen. Was für ein bedauernswerter Schwächling er war. Kein Stehvermögen, keine Haltung. Das hatten sie damals seinen Bildern schon angesehen.

Jacob war so sehr mit seinen dunklen Gedanken und inneren Verwünschungen beschäftigt, dass er gar nicht bemerkte, wie Bene verschlafen ins Wohnzimmer trat.

„Was machst du hier?"

Jacob schreckte auf, hatte aber keine Lust, mit Bene zu reden. Ihre Lobeshymnen auf seine Bilder konnte er gerade gar nicht gebrauchen. Sie würde ihn nicht verstehen. Wie sollte sie auch? Daher sagte er nur: „Nichts! Leg dich wieder hin."

„Das sieht aber nicht aus wie nichts", stellte Bene fest und setzte sich neben ihn. „Wegen der Präsentation?"

Er verdrehte innerlich die Augen bei ihrer Frage. Wieso konnte sie nicht einfach zurück ins Bett gehen? Er antwortete nicht.

„Sag schon. Was ist los?" Bene stupste ihn von der Seite an.

„Nichts", versuchte er es erneut, obwohl ihm schon klar war, dass das nichts bringen würde.

„Ich bleibe hier so lang sitzen, bist du mir sagst, was los ist", sagte Bene jetzt deutlich entschlossener.

„Was soll schon los sein?", platzte es aus Jacob heraus. „Das war alles eine richtige scheiß Idee!"

Bene wich zurück. So viel Emotion traf sie zu dieser Uhrzeit dann doch etwas unvorbereitet.

„Beruhige dich. Soll ich uns erst einmal einen Tee machen?"

Tee? Na, der half jetzt ganz bestimmt, dachte Jacob wütend. Er stand auf und begann im Zimmer auf und abzulaufen.

„Tee, Tee. Ich brauche keinen Tee. Ich werde die Präsentation absagen und mir etwas anderes überlegen. So sieht's aus. Das mit der Präsentation morgen, das kannst du vergessen. Ich mache das nicht."

Er hoffte, dass diese Worte mit genügend Nachdruck bei Bene landen würden. Denn für ihn war die Sache klar, in ein paar Stunden würde er auf keinen Fall vor den Typen der Oper stehen.

„Das kommt überhaupt nicht in Frage. Das Konzept ist super, genau wie deine Bilder", gab Bene mit fester Stimme zurück.

Etwas Ähnliches hatte er erwartet, also musste er wohl andere Geschütze auffahren.

„Du schläfst mit mir. Deine Meinung dazu ist also kaum objektiv. Du hast doch überhaupt keine Ahnung von Kunst. Warum nur habe ich mich von dir überreden lassen?"

Jacob hatte seine Hände zu Fäusten geballt und lief weiter wütend im Zimmer auf und ab.

In der Schwimmhalle letzte Woche hatte Jacob sie vorgewarnt, aber dass mit seiner Malerei so viel Frust und tiefe Wut verbunden war, erschreckte Bene trotzdem. Die letzten Tage waren doch ganz gut gelaufen. Er war aufgeregt gewesen, ja, aber das hier hatte doch eine andere Schärfe. Ihm schien es ernst zu sein. Er wollte das mit der Präsentation kippen. Das konnte sie nicht zulassen, aber wie sollte sie ihn umstimmen?

Sie wollte gerade Luft holen, als er ihr dazwischenfuhr.

„Sei still Bene! Verschone mich mit deinem Geplapper. Es nervt, du nervst!", herrschte er sie an.

Das war gemein. Geplapper? Sie nervte? Was sollte das bedeuten? Sie fühlte sich wie ein angeschossenes Reh. Sie hatte es doch nur gut gemeint. Außerdem war die Idee super, das hatten inzwischen nicht nur Kai, sondern auch andere aus ihrem Team bestätigt. Sie blickte hilflos in Richtung Fenster und hielt tatsächlich den Mund. Vielleicht brauchte Jacob nur etwas Zeit.

Jacob stapfte weiter durchs Zimmer und überlegte, wie er die Sache mit der Präsentation sauber abwenden konnte. Er durchdachte verschiedenste Szenarien: Den Termin verschieben? Dafür war es zu spät. Die Leute von der Oper waren wahrscheinlich schon in der Stadt. Sollte er sich krankmelden? Albern. Das ganze Projekt abgeben? Das könnte dem guten Ruf der Agentur schaden, denn die Oper war schließlich nicht irgendwer. Ach, verdammt, verdammt, wieso hatte er nicht schon eher die Reißleine gezogen? Scheiße!

Als er erneut von der Zimmertür zur gegenüberliegenden Wand marschieren wollte, hob er seinen Kopf und sah plötzlich Bene verletzt auf dem Sofa sitzen. Die Hände im Schoß, ganz eingesunken in ihrem Micky Mouse T-Shirt mit nackten Füßen. Dieser Anblick holte ihn sofort zurück. Was hatte er da gerade zu ihr gesagt?

Er fuhr sich mit den Händen über sein Gesicht und wusste gar nicht mehr, was er denken sollte. Keine Präsentation. Das war klar, aber Bene war nicht schuld an seinem Mangel an Talent. Seine ganze Wut über sich und seine Kunst auf sie zu projizieren, war wirklich nicht fair. Er ging zu ihr hinüber und kniete sich vor sie hin.

„Entschuldige. Das war alles eine völlig beknackte Idee." Er strich über ihre Beine, wie um sie zu wärmen und sprach weiter.

„Genau das hatte ich befürchtet. Das Malen bringt das Beste und Schlechteste in mir hervor. Es macht mich unglaublich glücklich, aber auch unglaublich wütend, so wie jetzt gerade. Es treibt mich um. Ich frage mich ständig: Warum bin ich nicht besser? Warum traue ich mir so wenig zu? Warum ist es mir so wichtig und bringt mir doch überhaupt kein Glück? Bisher wollte niemand sehen, wer ich wirklich bin. Meine Kunst wurde immer als bedeutungslos und schlecht gemacht abgewertet. Netter Versuch Jacob, aber das ist keine Kunst. Wofür stehe ich? Für einen Haufen Scheiß werde ich bezahlt, aber für das, was ich bin, für das was mir am Herzen liegt, bekomme ich nichts. Was ist es also wert? Was bin ich wert?" Jacob schaute für einen Moment vollkommen verloren zu Boden und dann direkt in Benes Augen. „Sie wollten immer nur meine Hände, meinen Kopf, aber nie mich, nie mein Herz. Und deshalb hatte ich beschlossen, ihnen nichts mehr davon zu geben. Nichts davon. Bis du kamst. Ich kann das nicht Bene. Ich will das nicht. Ich hätte mich nie überreden lassen dürfen. Noch eine Ablehnung ertrage ich einfach nicht." Bei diesen Worten ließ er seinen Kopf erschöpft auf ihre Knie sinken.

Bene strich ihm sanft übers Haar und ließ das Gesagte auf sich wirken. Doch dann fragte sie: „Wer hat dich denn abgelehnt? Ich dachte, du hast deine Bilder noch nie jemandem gezeigt." Er sah sie nicht an, sondern ließ seinen Kopf auf ihren Beinen liegen.

„An der Hochschule, zu der ich unbedingt wollte, haben sie mich abgelehnt. Die Professoren vom Fach Malerei, an der Uni, an der ich schließlich unterkam, haben uns als Grafiker auch nie ernst genommen. Wir waren immer nur die Typen, die irgendwelches Zeug hübsch ins Szene setzten. Und dann dieses Frühjahr hat mir ein Kunde in der Agentur den Rest gegeben."

„Was ist passiert?", hakte sie nach.

„Ach, ich hatte mir eine Plakatserie überlegt, bei der Zeichnungen die Hauptrolle spielten. Ich hatte Zeichnungen zur Illustration meiner Idee skizziert und konnte endlich mal wieder Kohle und Papier für meine Arbeit nutzen. Das hatte sich toll angefühlt. Eine Zeichnung gefiel mir besonders gut, eine Frau, die lässig auf einem Stuhl saß."

Bene stutzte bei der Beschreibung dieser Zeichnung, unterbrach ihn aber nicht.

„Ich ging hoch motiviert in das Meeting und der Kunde war begeistert. Doch kurz vor Schluss sagte er", Jacob hob den Kopf, um die Haltung des Kunden besser imitieren zu können. „Für die Zeichnungen hätte ich einen Künstler an der Hand. Den werde ich dafür engagieren. Er liefert die Bilder und Sie machen dann das Layout fertig." Jacob legte seinen Kopf wieder auf Benes Schoß ab, bevor er weitersprach. „Meine Idee von mir als Künstler war erneut zerplatzt. Ich war wieder nur der Grafiker. Meine Zeichnungen hatte niemand für voll genommen."

Bene erkannte, wie leer er sich fühlte, wie ungesehen. Sie spürte, wie verletzt er war und dass eine weitere Demütigung dieser Art ihm den Rest geben würde. Doch sie wusste, dass sie es mit ihrem Konzept unbedingt versuchen mussten. Da führte kein Weg dran vorbei. Sie überlegte, wie sie ihn dazu bringen könnte, kam aber nach wenigen Minuten nur zu einem Ergebnis. Die Beschreibung seiner Zeichnung war der Schlüssel. Ohne ein Wort zu sagen, entzog sie Jacob behutsam ihre Beine und ging ins Schlafzimmer zurück. Jacob blieb mit hängendem Kopf vor dem Sofa sitzen und schaute ihr nur kurz verwirrt hinterher. Er hatte doch angenommen, dass sie zumindest irgendetwas zu seinen Erlebnissen sagen würde.

Es dauerte einige Zeit, bis Bene zu ihm zurückkam. Sie hielt etwas hinter ihrem Rücken versteckt und sagte in feierlichem Tonfall: „Da das hier ein Notfall ist, muss ich zu besonderen Maßnahmen greifen und von meinem ursprünglichen Plan abweichen. Ich hoffe sehr, dass ich damit richtig liege." Jacob blickte sie verständnislos an.

Sie holte eine kleine Dose hinter ihrem Rücken hervor.

„Ach Bene, so sehr ich deine Adventskästchen liebe, aber das ist jetzt wirklich nicht der richtige Zeitpunkt dafür. Sag mir lieber, wie wir auf die Schnelle ein anderes Konzept auf die Beine stellen können. Knapp sechs Stunden haben wir noch. Das ist immerhin fast ein ganzer Arbeitstag."

„Mach sie auf. Das ist ein Befehl!", sagte Bene und hielt ihm die runde Metallbox direkt unter die Nase.

Jacob nahm sie in die Hand und erkannte auf dem Deckel eine Parkbank unter einem großen Baum. In der Krone des Baumes stand die Zahl 24.

„Das ist die Letzte", stellte er fest.

„Ich weiß, geht scheinbar nicht anders, deshalb bekommst du sie heute schon. Das ist wichtig, also los, mach sie auf", sagte Bene ungeduldig und Jacob atmete leicht genervt aus. Er wusste echt nicht, wie das jetzt helfen sollte.

Doch Bene wäre nicht Bene, wenn sie ihn nicht immer wieder in Erstaunen versetzen würde.

Als er das finale Stück öffnete, traute er seinen Augen kaum.

„Wo hast du das her?", fragte er völlig verblüfft.

Jacob nahm einen Schlüsselanhänger heraus und untersuchte ihn ganz genau. Dann griff er zu dem zerknitterten Papier, das ebenfalls in der Dose lag. Er öffnete es und verstand die Welt nicht mehr. Auf dem Papier war seine Zeichnung, die Frau auf dem Stuhl, die er vor Monaten gezeichnet hatte, und der Anhänger gehörte auch ihm. Dieser Anhänger zeigte das Bildnis der Göttin Athene. Die Göttin der Kunst.

„Diesen Schlüsselanhänger hat mir meine Kunstlehrerin geschenkt, nachdem ich durch die Aufnahmeprüfung gefallen war. Sie hatte ihn mir damals mit den Worten überreicht, dass die Künstler, die sie hochschätze und verehre nie eine Kunsthochschule von innen gesehen hatten. Sie hatte mich schwören lassen, dass ich immer weiter male, egal was passiert", erklärte Jacob leise.

Benes Herz wurde bei diesen Worten froh und weit, weil sie von Anfang an sicher gewesen war, dass es mit diesem Anhänger etwas Besonderes auf sich hatte.

„Ich habe dich damals im Park beobachtet, wahrscheinlich kamst du direkt aus dem Meeting mit deinem Kunden. Es war der erste richtig schöne Frühlingstag, aber du hast so zerstört ausgesehen, mit deinem Zeichenblock in der Hand. Auf einer Bank hast du gesessen und warst in deiner Verletztheit so schön."

Er lächelte sanft bei ihren Worten. Er war noch immer verblüfft und betrachtete den Anhänger und die Zeichnung in seiner Hand.

„Einige Augenblicke später bist du wütend aufgestanden, hast die Zeichnung zerknüllt und mit diesem Anhänger in den Papierkorb geworfen. Du hattest mich so sehr eingenommen, dass ich unbedingt wissen wollte, was auf dem Papier drauf war. Ich habe mich also zum allersten Mal in unserer Geschichte wie eine irre Stalkerin aufgeführt und in einem Papierkorb herumgewühlt. Das habe ich zuvor noch nie getan."

„Du hast meine Zeichnung und den Anhänger gefunden", flüsterte Jacob.

„Genau, aber das war nicht das Besondere. Ich finde ständig Dinge, bzw. sammle, was andere nicht mehr wollen oder wegwerfen. Doch hierbei ist mir vom ersten Augenblick an klar gewesen, dass diese beiden Stücke zu dir gehören – und zwar nur zu dir. Die waren nicht für jemand anderen bestimmt, so wie sonst. Nein, Anhänger und Zeichnung mussten zu dir zurück."

„Das hattest du noch nie erlebt?", fragte Jacob.

„Nein und ich habe sofort gespürt, dass das für mich und für dich entscheidend sein würde. Jetzt, wo ich weiß, woher Athene stammt und was es mit der Zeichnung auf sich hat, wird mir alles nur noch klarer. Diese beiden Dinge stehen für deine Malerei und sie waren, was uns beide angeht, für mich der Anfang. Ich habe mich auf die Suche nach dir gemacht, meinen Job gekündigt, lauter so komisches Zeug. Jetzt habe ich dich auch noch in dieses Projekt gezerrt. Jacob, das sollte alles so passieren. Du wirst jetzt endlich der, der du schon immer warst." Benes Augen leuchteten vor Freude und Rührung.

Jacob ließ seinen Blick still auf ihr ruhen und sagte nach einer kleinen Weile: „Ich hatte es dir ja schon in der Schwimmhalle erzählt, schon, als ich dich zum ersten Mal sah, wollte ich sofort Malen. Ein Wunsch, den ich davor lang nicht mehr gespürt hatte. Du inspirierst mich. Echt verrückt! Stell dir vor, ich hätte diesen Anhänger nicht weggeworfen. Dann hättest du mich wahrscheinlich nie gesucht und gefunden. Ich muss meinem Kunden am Ende sogar noch dankbar sein für seine Abfuhr." Er nahm sie in den Arm.

„Ich habe immer noch eine scheiß Angst vor der Präsentation", sagte er leise.

„Das weiß ich und das verstehe ich, aber du bist dort nachher nicht allein. Ich bin bei dir und Athene jetzt auch wieder. Da kann doch gar nichts schief gehen."

„Und außerdem", Bene setzte sich gerade auf, „in Sachen Selbstzweifel und Wutausbrüche reihst du dich offensichtlich nahtlos in die Riege großer Künstler ein. Diesen Part des Künstlerdaseins beherrschst du perfekt."

Jacob fühlte sich ertappt und schaute sie gequält an. Er hatte so blöde Dinge zu ihr gesagt.

„Obwohl ich natürlich hoffe, dass du nach unserem Projekt noch beide Ohren hast..." Jacob zog zweifelnd die Brauen hoch. „Ja, ja, so gut wie van Gogh bist du nicht, schon klar...ich befürchte jedenfalls, dass Kunst ohne Zweifel wahrscheinlich gar nicht funktioniert. Alle Künstler zweifeln. Sie legen, wie du selbst sagst, der Welt ihr Herz zu Füßen, das ist alles andere als leicht. Doch wo wären wir, wenn die Künstler dieser Welt diese Angst nicht überwinden würden? Dann wäre unser Leben so unglaublich arm. Wir hätten keine Musik, keine Bilder, keine Bücher, keine Filme, nichts davon. Unsere Seelen bekämen keinerlei Nahrung. Wir alle wären verloren, wenn die Künstler unter uns nicht ihren Mut, ihren Schmerz, ihre Angst und vor allem aber ihre Herzen mit uns teilen würden."

Jacob wollte etwas erwidern, doch sie stoppte ihn.

„Und dann noch ein letztes Wort bezüglich meiner Expertise als Kunstkennerin. Es ist eine absolute Frechheit mir zu unterstellen, ich hätte keine Ahnung und wäre in meiner Beurteilung blind hormongesteuert. Du, mein Lieber, warst vielleicht im Uni-Eishockey-Team, aber ich habe im Nebenfach vier Semester Kunstgeschichte studiert."

„Echt?", das hörte Jacob zum ersten Mal.

„Ja, da staunst du. Mir war das auf die Dauer zu trocken, aber die Gesetze der Gestaltungslehre kenne ich sehr wohl. Selbst wenn ich also nicht mit dir ins Bett gehen würde, was ein Jammer wäre, würden mir deine Bilder gefallen."

Er warf ihr einen reumütigen Blick zu und streichelte ihr erneut über ihre schon inzwischen wirklich kalten Oberschenkel.

„Ich liebe deine Bilder, Jacob, und glaube, dass vor allem du es bist, der sich selbst nicht ernst genug nimmt als Künstler. Und wenn du es nicht machst, wieso sollten es dann die anderen tun? Deine Bilder sind sehr besonders, also wische nicht mit einer achtlosen Handbewegung über deren Existenz hinweg. Dann tut es auch kein anderer."

Jacob versuchte ihre ehrlichen Worte auf sich wirken zu lassen. Nahm er seine Kunst nicht ernst? Er liebte seine Bilder, aber glaubte er, dass sie wirklich gut und wichtig waren? Wenn ihn jemand darauf ansprach, sagte er meist: Ach das ist nichts weiter. Das stimmte für ihn natürlich nicht, aber seine Worte sagten etwas anderes. Damit hatte Bene wohl recht.

„Du wirst deine Bilder nachher präsentieren. Sei stolz auf dein Herz und das, was es der Welt zu geben hat."

Er schloss seine Augen und Bene spürte, dass ihre Worte ihn erreichten.

„Und du wirst mir später noch auf Knien dafür danken, dass ich dich zu all dem hier gezwungen habe. Ich weiß genau, dass wir das Team der Oper begeistern. Da kannst du dich auf meine Menschenkenntnis verlassen. Ich war im Büro des Intendanten. Hinter dessen Schreibtisch hing ein Gemälde, was in Malweise und Bildinhalt deiner Kunst nicht unähnlich ist. Bitte vertraue mir. Ich würde dich niemals einer solchen Situation aussetzen, wissend, dass wir damit nicht durchkommen. Im Gegenteil, ich spüre genau, dass das Projekt dein Durchbruch wird."

Sie nahm ihn erneut in den Arm und streichelte langsam über seinen Rücken.

Was für ein Glück er mit Bene doch hatte, dachte er und drückte sie fest an sich. Sie würde er nie wieder loslassen, was immer auch während der Präsentation geschah.

„Lass uns zurück ins Bett gehen,", sagte Bene, „damit wir noch ein paar Stunden Schlaf bekommen und nachher nicht aussehen wie zwei kleine Zombies."

Er nickte und stand auf. Bene erhob sich ebenfalls, nahm seine Hand und zog ihn hinter sich her zurück ins Schlafzimmer.

16.

Dezember

Jacob fuhr in einem Schnellzug Richtung Halle. Er sah aus dem Fenster hinaus in den verregneten Himmel und beobachtete, wie die Landschaft an ihm vorbei raste. Alles ging so schnell. Alles. So richtig konnte er noch nicht begreifen, was gestern Vormittag geschehen war.

Sie hatten alle im großen Meetingraum gesessen. Tanja, Kai, Bene, zwei Herren und eine Dame von der Oper und er selbst natürlich. Ihm war elend zumute gewesen, aber Athene in seiner linken Hosentasche und Bene zu seiner rechten hatten ihm ein bisschen Sicherheit gegeben. Seine Stimme hatte anfangs vor Aufregung gezittert und er war manchmal ins Stottern gekommen, aber sein Teil der Präsentation war dennoch gut gelaufen und auch Bene hatte mehr als überzeugt, trotz der wenigen Stunden Schlaf.

Nach dem Abschluss ihres Teils hatte sich Bene zurück neben Jacob gesetzt und ihm unter dem Tisch das eine Ende ihres Tuches gereicht. Das andere Ende hatte sie selbst festgehalten. Währenddessen waren die Herren und Damen der Oper dabei gewesen, die Probedrucke der Präsentation genau in Augenschein zu nehmen. Ein Moment der Spannung, den Jacob kaum ausgehalten hatte. Doch zum Glück, nur einen kurzen Augenblick später, war der Intendant aufgestanden und nah an Jacobs Bilder herangetreten. Er hatte sie genau betrachtet und dann überschwänglich verkündet, dass er schon bei der Vorstellung des großen Gemäldes komplett vom Konzept überzeugt gewesen war. Die beiden anderen hatten ihrem Chef sofort zugestimmt und waren nicht mehr aus dem Schwärmen herausgekommen. Sie hatten seine Bilder als so besonders, so anders, als solch sensible, wunderbare Kunst betitelt. Jacob hatte dermaßen Angst vor einer schlechten Bewertung gehabt, dass er überhaupt nicht auf so viel Positives vorbereitet war. Er war auf seinem Stuhl hin und her gerutscht, Benes Tuch noch immer fest umklammert, bis sie seine Hand genommen und voller Freude gedrückt hatte.

Das Gefühl, das in dieser Sekunde durch ihn hindurch geströmt war, war berauschend gewesen. Und das Überwältigende daran: Es hielt noch immer an.

Er hatte alles. Seine Malerei, seine Bene, sich selbst. Sein Leben war gerade einfach perfekt. Der Intendant war so Feuer und Flamme, dass er ihn sofort für heute zur Oper bestellt hatte, da dort die Proben für zwei neue Stücke liefen. Er sollte sich einen Überblick verschaffen zu Bühnenbild, Kostüm und Requisite und erste Skizzen anfertigen, denn diese Stücke wollten sie direkt im neuen Design bewerben.

Er wäre am liebsten gemeinsam mit Bene gefahren, aber sie hatte von Kai noch andere Arbeit auf dem Tisch und der Intendant meinte, dass es jetzt vor allem auf ihn, den Künstler selbst, ankam. Unwirklich, andere so über ihn reden zu hören. Das alles war für ihn ganz und gar surreal. Für Bene schien das in Ordnung zu sein, denn sie meinte, er wäre ja nur eine Nacht weg und sie könnten seinen Triumph ja ausgiebig am Wochenende feiern.

Sie hatte recht und er würde sich etwas Schönes überlegen, um sie zu überraschen. Er wollte sich schließlich gebührend bei ihr bedanken, auf Knien, wie sie vorausgesagt hatte. Jacob sah sich schon das ganze Wochenende auf allen Vieren hinter Bene her krabbeln und musste lachen. Sie war sein leuchtender Stern, der ihm den Weg gewiesen hatte. Nicht ohne Zwang, aber gut, manchmal brauchte es eben einen Schubs, damit man sich mutig in neue Abenteuer stürzte.

Sie waren gestern Abend früh, aber sehr glücklich nach einem leckeren Essen und gutem Wein ins Bett gefallen, so dass er heute Morgen ausgeschlafen und euphorisch gegen 6 Uhr das Haus verlassen konnte.

Es stimmte, manchmal änderte sich das Leben mit einem Schlag. Vorgestern lag er buchstäblich am Boden und heute schwebte er im Himmel. Seine Bilder würden in wenigen Monaten auf riesigen Plakatwänden hängen, in Flyern und Programmheften abgedruckt, an Bussen und Straßenbahnen kleben. Er quietschte beinahe laut auf vor Freude, mitten im Zug. Besann sich dann aber eines Besseren und zückte stattdessen sein Telefon.

Jacob: Guten Morgen meine Schönste! Hast du gut geschlafen? Du fehlst mir. Ich habe gerade fast laut aufgeschrien vor Freude. Das wäre lustiger mit dir zusammen.

Bene: Ach mach doch! Von Künstlern erwartet man nix anderes ;o)

Jacob: Lieber nicht, sonst ruft die Frau schräg gegenüber den Sicherheitsdienst. Sie sieht mich schon die ganze Zeit argwöhnisch an, weil ich ein Dauergrinsen im Gesicht habe. Sie denkt bestimmt, ich bin völlig irre. Bene. Das ist alles so surreal. Ich fühle mich wie in einem Traum, aus dem ich nie wieder aufwachen will. Das alles habe ich nur dir zu verdanken.

Bene: Das hast du vor allem dir selbst und deinem Talent zu verdanken. Deine Bilder sind wunderschön. Jedes Einzelne. Das wolltest du nur nicht sehen und niemandem zeigen. Aber ja, ich war sehr gern die Geburtshelferin deiner Künstlerseele.

Jacob: Ich bin ganz gespannt, was heute alles passiert.

Bene: Na hoffentlich triffst du nicht zu viele hübsche Schauspielerinnen.

Jacob: Also bitte. Bene, für mich gibt es nur dich!

Bene: Das ist gut zu wissen und da das geklärt ist, hast du schon in die Innentasche deiner Jacke geschaut?

Jacob griff sofort nach seiner Jacke auf dem Sitz neben ihm. Die rechte Innentasche war leer, aber in der linken fand er eine Blechbox, auf der ein rot-nasiger Clown zu sehen war. Er öffnete sie und sein Herz machte einen Satz. Allerdings nicht vor Freude, sondern weil er sich unheimlich erschrak. Denn beim Öffnen war plötzlich ein lautes Lachen aus dem Inneren der Dose ertönt. Er hatte sie sofort wieder geschlossen, aber trotzdem irritierte Blicke seiner Sitznachbarn geerntet.

Jacob: Ich sehe dich förmlich frech Grinsen. Du bist wirklich unerhört! Wie soll ich jetzt an deinen Brief kommen, ohne noch mehr Aufsehen zu erregen?

Bene: :o))))) Hihi...entschuldige, aber das hast du verdient. Trau dich nur und schau rein, dann weißt du warum.

Jacob: Auf deine Verantwortung. Ich melde mich später. Ich liebe dich...trotz des peinlichen Schreckmoments gerade eben oder genau deswegen.

Bene: Ich lieb dich mehr.

Jacob: Geht gar nicht!!!

Jacob drehte die kleine Box in seiner Hand und musste schon wieder lachen. Bene war eine solche Geheimniskrämerin und kam immer wieder mit einer neuen Überraschung um die Ecke. Eine lachende Dose. Aber echt.

Er fragte sich, was sie wohl noch alles vor ihm verbarg, was er dann in den ungünstigsten Augenblicken zu Gesicht bekam. Er überlegte kurz, ging dann zur Toilette und entnahm dort der frechen Kiste den heißersehnten Brief. Damit lief er zu seinem Platz zurück, machte es sich bequem und begann zu lesen.

***

29. August

Ich bin eigentlich nie um ein Wort verlegen, also ganz selten nur. Vielleicht wenn ich vor Jacob stehe, aber selbst da schalte ich mitunter eher in den vollen Plappermodus. Aber heute ist es anders. Jacob und ich folgen jetzt schon seit etwa eineinhalb Stunden dem Monolog eines Kunden, der uns freudestrahlend durch die Betriebshallen seines Unternehmens führt. Wir nehmen an einer offiziellen Veranstaltung teil, schieben uns gemeinsam mit ungefähr 40 anderen durch die Gegend, während wir vorgeben, dem zum Teil radebrechenden Englisch des Anführers zu lauschen.

Ich habe früher gedacht, bei Star van Tiek landen nur die ganz coolen Aufträge, aber dem ist offensichtlich doch nicht so. Das Tagesgeschäft wird von ziemlich unspektakulären Projekten mittelständischer Unternehmen regiert. Ich habe nichts gegen den Mittelstand, aber naja, Sensortechnik deckt sich einfach nicht zu 100% mit meinen persönlichen Interessen, vielleicht nicht mal mit 10% davon. Jedenfalls habe ich inzwischen das Gefühl, dass ich bereits mein halbes Leben in diesen Hallen zubringe und niemals wieder entkommen werde. Zu Anfang habe ich noch interessiert ein paar Fragen gestellt, habe mir Dinge genauer anschauen, besser verstehen wollen, aber nun bin ich blut- und wortleer.

Ich vermute, dass es um Jacob nicht besser steht. Er hat bisher noch gar nichts gefragt, sondern sich hinter einem Block verschanzt. Was zur Folge hat, dass mir in dieser Tristesse nicht mal ein paar spannende Blickkontakte mit ihm vergönnt sind. Im Gegenteil, Jacob tut die ganze Zeit so, als würde er fleißig mitschreiben. Ich habe keine Ahnung, was er da notiert. Streber! Mir fällt es dagegen von Minute zu Minute schwerer mich zu konzentrieren und so lasse ich meinen Blick und meine Gedanken immer weiter in die Ferne schweifen. Bis plötzlich Jacob ganz nah neben mir steht und mir zuraunt: „Na, noch da, oder let's say, schon ganz woanders?" Diese Bemerkung trifft mich so unverhofft, dass ich größte Mühe habe, vor Lachen nicht laut loszuprusten.

Mir war nämlich bereits nach zehn Minuten Führung aufgefallen, dass unser Kunde eine Vorliebe dafür hat, jede Lücke mit der Phrase „let's say" zu füllen. Ich konnte aber bis jetzt über die Tatsache hinwegsehen, dass das so ungefähr in jedem dritten Satz passierte. Doch nun, wo Jacob mich darauf gestoßen hat, ist es deutlich schwerer nicht die Fassung zu verlieren. *Meine vorherige Lethargie ist plötzlich wie weggefegt und einer hochgradigen Anspannung gewichen. Ich könnte Jacob erwürgen, weil er uns in eine solch unangenehme Lage bringt, aber es ist auch wunderbar mit ihm gemeinsam zu kichern und in stiller Komplizenschaft zu sein.*

Jedes Mal, wenn unser Kunde ein weiteres let's say einstreut, stupst Jacob mich an, bis mir vor unterdrücktem Lachen fast die Tränen runter laufen. „Wenn wir hier ohne peinlichen Zwischenfall rauskommen, werde ich dich leider umbringen müssen", zischle ich ihm zu. Doch er kontert nur mit einem fröhlichen: „Na, auf den Versuch freue ich mich schon."

Ich glaube, ich habe es einzig der Aussicht auf eine spielerische Rangelei zu verdanken, dass ich die letzten zehn Minuten, bis wir endlich entlassen sind, ohne größeren Kontrollverlust überstehe.

Kaum außer Sicht, rennen wir den Toren des Unternehmensgeländes entgegen. Dort lachen wir alles heraus, was sich in den letzten Minuten angestaut hat. Und in meinem Überschwang gebe ich Jacob einen Schubs, auch um meiner Drohung von zuvor Nachdruck zu verleihen. Doch Jacob wehrt meinen kleinen Angriff sofort ab. Er hält meine Arme fest und plötzlich sind wir ganz nah beieinander. Die Stimmung schlägt augenblicklich um. Oh Mann, der Kerl ist echt der Knaller. Er ist nicht nur heiß, interessant und liebenswert, er bringt mich auch noch zum Lachen. Los schnapp ihn dir, sagt eine Stimme in mir. Doch ich tue es nicht. Wieder mal. Ich kann nicht. Irgendwie ist es doch auch wunderschön, dieses kurz davor, oder nicht?! Ich genieße den Weg und habe das Gefühl, dass die Realität doch unmöglich so schön sein kann, wie mein Traum... und was, wenn doch?

Darf man, darf ich wirklich so unverschämt glücklich sein?

Kleiner Nachtrag: Gott sei Dank hast du mich vier Tage später, nach dem Riesenrad-Desaster, davon überzeugt, dass ein bloßer Traum von dir mit der Realität nicht wirklich mithalten kann.

17.

Dezember

Bene stand vor dem Eingang der Agentur mit ihrer pinken Reisetasche in der Hand und wartete auf Jacob. Er hatte ihr am Abend zuvor noch eine Liste mit Klamotten gesendet, die sie einpacken und mit zur Agentur nehmen sollte. Dort würde er sie nach seiner Rückkehr abholen. Sie war schon sehr gespannt, was er vorhatte, und freute sich riesig auf ihn.

Am Wochenende würden sie endlich seinen, ihrer beider Triumph feiern und einfach nur die Zeit zu zweit genießen.

Was er wohl alles erlebt hatte in der Oper? Ein bisschen traurig war sie schon gewesen, dass sie nicht mitfahren durfte. Immerhin war sie verrückt nach der Welt der Bühne und ihrer Geschichten, ob gesprochen oder gesungen, spielte für sie dabei eine eher untergeordnete Rolle. Aber das war jetzt sein Ding und das war auch völlig ok so. Sie wollte ihm da nicht dazwischen zicken und schlechte Stimmung verbreiten. Er hatte bisher so viel gelitten unter seiner Passion, dass sie ihm diesen Erfolg wirklich gönnte.

„Von wem träumst du denn?" Jacob war wie aus dem Nichts aufgetaucht und schlang seine Arme um Bene. Sie strahlte ihn an und fiel ihm um den Hals. Sie küssten sich, so lang und stürmisch, dass Tanja, die in diesem Augenblick auf die Straße getreten war, ihnen zurief:

„Habt ihr kein Zuhause? Macht euch ein schönes Wochenende und bis Montag."

Bene drehte sich zu ihr um und winkte ihr fröhlich zu.

„Bist du bereit und hast alles eingepackt, was ich dir geschrieben habe?", fragte Jacob, während er ihr sanft eine verklemmte Haarsträhne aus dem Schal zupfte.

„Alles dabei." Bene klopfte auf ihre Reisetasche. „Wo soll's denn hingehen?"

„Das, meine Schneekönigin, wirst du bald mit eigenen Augen sehen. Komm mit, dort hinten steht mein Auto". Er schulterte Benes Tasche und sie hakte sich zufrieden bei ihm unter.

Wenig später stiegen sie in seinen uralten Mercedes und ließen bald darauf die Stadtgrenzen hinter sich.

„Wie weit ist es denn?", fragte Bene nach einer Weile.

„Ich denke, zwei Stunden werden wir schon brauchen." antwortete Jacob. „Ich kann dir also bis dahin in epischer Breite darlegen, was ich gestern und heute alles so erlebt habe, wenn dich das interessiert."

„Natürlich interessiert mich das. Los erzähl schon", gab Bene zurück und streichelte ihm versonnen über Kopf und Nacken.

Als hätte sie damit einen Startschuss gegeben, flossen aus Jacob sofort die schönsten Worte und Beschreibungen heraus. Er versuchte alle Geschehnisse so lebendig wie nur irgend möglich darzustellen, um Bene zumindest gedanklich mitzunehmen. Sie sollte die Atmosphäre der Proben spüren, den Zauber der Kleider und Requisiten fühlen, von den wunderbaren Stoffen, dem schönen Gesang, dem spektakulären Bühnenbild mit inspirierender Beleuchtung erfahren. An all der Magie sollte sie Anteil nehmen. Er reichte ihr sein Telefon.

„Hier, scroll durch meine Fotos. Da kannst du dir das alles noch besser vorstellen. Ich habe unzählige Bilder geschossen, damit ich gerüstet bin für die beiden Großformate."

Bene nahm das Handy entgegen und begann, durch die Fotos zu wischen. Sie war sofort fasziniert von dem, was sie sah. Nicht nur, dass Jacob ihre geliebte Welt vor und hinter den Kulissen fotografiert hatte, nein, auch die Art, wie sie von ihm festgehalten worden war, beeindruckte sie. Die Fotos waren ein Fest. Sie konnte sich sofort vorstellen, welche Schönheit sich entfaltete, wenn er diese Perspektiven auf Leinwand brachte.

„Wahnsinn! Du kannst nicht nur toll malen, du bist auch ein unglaublich begabter Fotograf", stellte Bene fest und Jacob strahlte. Sie freute sich mit ihm, an seiner Freude, an seinem Überschwang, an seiner neuen beruflichen Aussicht und seinem bevorstehenden Erfolg. Dabei blickte sie immer hin und her zwischen den Fotos und der vorbeiziehenden Landschaft, die inzwischen deutlich hügeliger geworden war. Sie kannte die Gegend, genoss Jacobs Erzählungen und ließ sich mit ihren Gedanken dahintreiben.

Jacobs Leben schien ihr auf einmal so bunt und voll. Das war wunderbar und etwas, das auch sie sich immer gewünscht hatte – ein buntes, vielfältiges, sich ständig veränderndes Leben. Während Jacob weitersprach, wurde es draußen dunkler, aber auch weißer. Sie waren auf dem Weg in ein nahegelegenes Bergland, das deutlich höher lag als ihre Stadt und damit schon eine ganze Menge Schnee abbekommen hatte. Ach, wie wunderbar, ihr erster Schnee diesen Winter. Sie war gespannt, wohin er sie bringen würde, wollte sich aber nicht die Überraschung nehmen und fragte daher nicht nach. Einige Ecken dieser Gegend waren ihr wohlbekannt, aber sie kannte nicht alles und freute sich darauf gemeinsam mit Jacob Neues zu erkunden.

„Und was war los in der Agentur?", fragte Jacob, nachdem er all seine kunterbunten Impressionen der letzten 24 Stunden mit Bene geteilt hatte.

„Ich habe das Budget und den Projektplan für die Oper angepasst, Sascha bei den letzten Vorbereitungen für unsere Weihnachtsfeier nächste Woche geholfen und letzte Fragen mit der Druckerei für unsere Agentur-Weihnachtspost geklärt. Ich hoffe, dass jetzt alles stimmt und die Klappkarten so rauskommen, wie gedacht. Also deutlich weniger spannend als bei dir, würde ich sagen."

Bene hatte scheinbar etwas wehleidig geklungen, denn Jacob merkte sofort an, dass er beim nächsten Besuch in der Oper darauf bestehen würde, dass sie mit an Bord wäre. Sie sei nun mal seine Muse und Künstler brauchten ihre Musen, sonst lief nix. Er war einfach zu niedlich, dachte sie noch, bevor sie im nächsten Augenblick ein komisches Gefühl überkam.

Jacob hatte die Stadt auf einem anderen Weg verlassen, als sie es getan hätte, um in diese Gegend zu gelangen, doch seit einiger Zeit fuhren sie über Straßen und durch Orte, die ihr allzu bekannt vorkamen. Sie setzte sich in ihrem Sitz auf und fragte nun doch: „Verrätst du mir jetzt, wohin genau wir fahren?"

Jacob blickte sie erfreut an und meinte: „Na gut, weil du es bist und weil wir eh gleich da sind. Ich habe uns in einem süßen Ort direkt am Waldrand ein kleines Holzhaus gemietet. Von dort aus können wir zu Fuß direkt zum schönsten Berg der Gegend wandern, warte, den Namen habe ich hier irgendwo..." Er stockte.

„Zum Großen Helmsberg?", half Bene ihm aus.

„Ja genau, kennst du den etwa?", fragte Jacob überrascht.

„Wie meine Westentasche und heißt der Ort zufällig Stützerbach?", fragte Bene.

„Ja! Warst du da schon mal?" Jacob schien ehrlich verwundert.

„Schon so ungefähr 14 Mal würde ich schätzen", sagte Bene und kniff die Augen zusammen. „Als Kind bin ich mit meinen Eltern jedes Jahr nach dem Weihnachtstrubel hierhergefahren." Sie blickte wieder zurück auf die Straße und Jacob sah, wie sich ihre Miene etwas verschloss.

„Das tut mir leid, dass du es schon kennst. Darüber hatte ich nicht nachgedacht", sagte Jacob geknickt. Seiner guten Laune versetzte der neue Umstand einen Dämpfer.

„Das muss dir überhaupt nicht leidtun", antwortete Bene und setzte eine verwegene Miene auf. „Da kann ich dir die Stelle zeigen, an der ich in meinen Schneeanzug gepullert habe, als ich fünf Jahre alt war." Jacob lachte. „Na, das muss ich unbedingt sehen."

Bene lachte ebenfalls, spürte aber wie sich in ihr eine Schwere breit zu machen begann, die sie gar nicht recht zuordnen konnte oder wollte. Ok, sie kannte das alles hier, aber sie hatte es doch noch nie gemeinsam mit Jacob erlebt.

Sie konnte durch Schnee stapfen, was sie liebte, und hatte einen Mann an ihrer Seite, der ihr damit eine Freude machen wollte. Was also war ihr Problem?

Wahrscheinlich brachten sie wieder ihre zu hohen Erwartungen zu Fall. Das war von jeher ein Thema gewesen. Ihre Mutter hatte ihr schon als Kind gesagt, sie solle nicht zu viel erwarten vom Leben, dann könne sie auch nicht enttäuscht werden. Es sei immer besser vom Schlechten auszugehen, dann würde sie sich freuen, wenn etwas Gutes geschah und wenn nicht, wäre sie wenigstens nicht enttäuscht. Sich an diesen Grundsatz zu halten, war ihr noch nie besonders gut gelungen und das hatte sie nun davon.

Aber sie war Bene und neben ihr saß ein traumhafter Mann, mit dem sie sich ein schönes Wochenende machen würde. Komme, was da wolle. Bei diesem Gedanken straffte sie ihre Schultern und legte ihre Hand auf Jacobs Arm.

„Ich freue mich, den Winterort meiner Kindheit mit dir zu erkunden. Danke für diese Überraschung. Endlich Schnee – wie herrlich."

Bei diesen Worten wanderten ihre Gedanken zur kleinen Blechdose in ihrer Reisetasche. Sie spürte, wie unsicher sie sich gefühlt hatte, als sie die Worte in ihr Tagebuch schrieb. Sie erinnerte sich an das Wundervolle, aber auch das weniger Glanzvolle. An ihre völlig überhöhten Erwartungen an sich und ihn. Erwartungen, die zu denken, ihr schon ungehörig und viel zu anspruchsvoll erschienen waren.

***

04. September

Ich höre nun schon stundenlang den gleichen Song in Dauerschleife und liege allein auf meinem Sofa. Ins Bett wollte ich nicht, sondern lieber direkt hier wegdösen. Das funktioniert allerdings gerade überhaupt nicht wie geplant, weil die Gedanken in meinem Kopf mich noch zu einer Runde Karussell überredet haben. Nur ein, zwei kurze Fahrten. Damit hatten sie mich gelockt und jetzt will einfach keiner mehr aussteigen.

Wir drehen inzwischen schon die gefühlt tausendste Runde. Wahrscheinlich ist mir bald schwindelig, aber was soll's, manchmal macht Gedankenkarussell fahren ja auch Spaß.

Wenn ich zum Beispiel, wie jetzt, mit den Erlebnissen der letzten Tage meine Kreise drehe. Die schillern bunt in allen Farben. Der erste Kuss mit Jacob unten vorm Haus, der zweite Kuss im Serverraum der Agentur, die anderen Küsse heimlich in seinem Büro, ein paar Straßen von der Agentur entfernt (musste ja nicht gleich jeder wissen), wieder vor meinem Haus, im Park, nochmal im Serverraum, nicht dass das zur Gewohnheit wird. Das gefällt Tim, unserem Admin, bestimmt nicht...

Aber wie soll es weiter gehen? Schon die Frage ist peinlich, also bitte – wie schon?

Wenn er mich berührt...hach, da bekomme ich sofort eine Gänsehaut. Wie mag das wohl sein, wenn ich dabei nicht in Klamotten stecke? Wahrscheinlich würde es sein, wie in den Geschichten, die ich zur Abwechslung ganz gern mal lese: ...meine Haut würde unter seinen Händen glühen, unsere Körper würden eins werden, er würde in mir ein nie zuvor da gewesenes Feuer entfachen..., hihi.

Doch was, wenn nicht? Meine Nervosität ist eine nicht zu unterschätzende Größe in diesem Spiel. Was wenn nicht mindestens drei Einhörner durchs Schlafzimmer springen und niemand glitzernde Sterne über uns herabregnen lässt, während wir beide zum perfekt gleichen Zeitpunkt auf dem Zenit unserer Ekstase landen. Zur gleichen Zeit, wie das gehen soll, ist mir schleierhaft. Das habe ich bisher noch nie erlebt. Vielleicht ist das ein gutes Zeichen. Denn wenn ich den Erzählungen dieser Welt Glauben schenke, funktioniert das eigentlich nur dann, wenn der Auserwählte, tatsächlich der Auserwählte ist. Dann klappt alles wie von selbst. Dann weiß er genau, was ich will und ich genau was er will und überhaupt. Dann läuft es einfach. Der erste Sex scheint also eine Art Feuertaufe zu sein. Die letzte Prüfung, ob ich richtig liege oder nicht.

Aber brauche ich diese Bestätigung wirklich? Jacob ist der Richtige. Daran besteht für mich kein Zweifel. Das weiß ich schon seit Monaten. Die Frage ist wahrscheinlich eher, bin ich die richtige für ihn? Sind wir das Perfect Match? Sind wir zusammen das, was es zu finden gilt? Was, wenn ich mich vor lauter Aufregung blöd anstelle und uns damit den Moment versaue? Er dann denkt, oh mit der ist's aber nicht so spannend, wie gedacht. Was dann? Ach Bene, stress dich doch nicht so, entspann dich. Sonst wird das alles nur noch schlimmer. Jacob ist perfekt für mich, war er bisher immer, also wird er mir auch in diesem intimsten Augenblick genau das geben, was ich brauche, um mich gut und sicher zu fühlen.

∗∗∗

Jacob legte den Tagebucheintrag beseelt zurück in Box Nummer 17 und dachte dabei an ihre erste gemeinsame Nacht. Sie war einfach so anders, so besonders, genau richtig für ihn und er hoffte, dass er ihren Träumen ebenfalls gerecht geworden war. Er war damals unsagbar nervös gewesen und wie man bei seiner Wahl des Ausflugsziels sehen konnte, haute er manchmal richtig doll daneben. Obwohl, was das Thema anging, jetzt wo sie schon etwas über zwei Stunden in diesem wirklich schönen Holzhaus waren, hatte er das Gefühl, dass Bene sich trotz des Ortes wohl mit ihm fühlte und sich darüber freute, hier zu sein. Natürlich hatte er sich etwas anderes vorgestellt. Er wollte sie überraschen und gemeinsam etwas Neues mit ihr entdecken, aber das bedeutete ja nicht, dass sie keinen Spaß haben konnten. Er würde ihnen beiden ein schönes Wochenende bescheren. Das war sein Plan gewesen und daran hatte sich nichts geändert. Denn nichts anderes verdiente sie, nach allem, was sie ihm bisher beschert hatte.

18.

Dezember

Jacob und Bene liefen Hand in Hand durch den Schnee und stießen Atem-Wölkchen in die kalte Morgenluft hinaus. Die Sonne schien, der Himmel war blau und der Rest um sie herum blütenweiß. Sie waren auf dem Weg zum Bäcker, um sich mit frischen Brötchen zu versorgen. Jacob hatte natürlich jede Menge Nahrung eingepackt, aber für das Frühstück fehlte ihnen noch die frisch gebackene Basis. So unspannend es vielleicht für Bene sein mochte, für sie beide hatte ihre Ortskenntnis in diesem Moment nur Vorteile, denn sie navigierte sie auf dem kürzesten Weg zum nächsten Bäcker.

Jacob fotografierte dabei seine Bene als Erinnerung an diesen ersten richtigen Ausflug, den sie beide gemeinsam unternahmen, und war wie immer verzückt von ihrem Anblick, erst recht vor schneeweißer Kulisse.

Sie trug ihren rot karierten Mantel, ihr Tuch und ihren kilometerlangen Schal, aber darunter steckte sie diesmal in einem seiner Kapuzenpullover, unter dem eine Bluse mit goldenen Pailletten hervorlugte. Ihre schönen Beine waren eingehüllt in eine dicke schwarze Strumpfhose und in eine Art Kniebundhose, ebenfalls schwarz, die wirkte, als wäre sie aus einem anderen Jahrhundert. Sie trug ihre halbhohen Boots, offen natürlich, aus denen orangepinke Wollsocken herausschauten. Das Outfit komplettierte ein breiter Gürtel, der das Ganze zusammen zu halten schien und trotz Oversize-Pulli ihre zierliche Figur betonte. Ein farbenfroher Märchentraum. Anders konnte er es nicht beschreiben, auch wenn das ziemlich kitschig klang.

„Komm, steck dein Telefon weg!", rief Bene ihm zu und schleuderte dabei einen Schneeball in seine Richtung. Der traf ihn nur an der Jacke, war aber dennoch die Eröffnung einer fröhlichen Rangelei, die damit endete, dass er sie sich über die Schulter warf, damit sie ihn nicht weiter attackierte. Der Rückweg vom Bäcker verlief deutlich ruhiger. Bene kaute wie immer auf einem Croissant herum und Jacob, der nichts übrig hatte fürs Snacken unterwegs, trug stattdessen in der rechten Hand die Brötchentüte und hielt Benes freie Hand in seiner linken.

„Was hast du für heute geplant?", fragte Bene und Jacob überlegte. Er hatte etwas Sorge, dass er sie wieder mit einer lahmen Idee enttäuschen würde und erneut Eulen nach Athen trug. Sie war schon etliche Male hier gewesen. Alles, was man hier tun konnte, hatte sie höchstwahrscheinlich bereits gemacht. Das Einzige, womit er punkten konnte, war er selbst. Denn mit ihm war sie noch nie hier gewesen. Doch was konnte er ihr in dieser Gegend voller Wald und Schnee bieten?

„Ich habe zwei Ideen im Kopf, aber ich weiß nicht, ob sie dir gefallen", sagte er deshalb etwas zögerlich. „Nach der Nummer mit dem Ort hier, möchte ich zur Abwechslung gern etwas tun, was du hier wirklich noch nie gemacht hast."

Bene sah ihn mitleidig an. „Ich habe dir doch schon gesagt, dass es ok für mich..."

Da wurden sie auf einmal unterbrochen.

„Bene, bist du das?", sagte eine ältere Frau, die ihren Weg kreuzte.

Bene schaute die Frau freundlich an. „Hallo Frau Wilhelms. Ja, ich bin's! Schön Sie mal wieder zu sehen. Wie geht es Ihnen?"

Frau Wilhelms winkte nur halbherzig. „Man wird halt nicht jünger. Wie geht es dir? Gut siehst du aus. Wie geht es deinen Eltern? Sind die auch da?"

„Nein, ich bin hier allein mit meinem Freund Jacob. Wir sind gestern angereist und bleiben nur übers Wochenende. Und mir geht es sehr gut. Danke." Bene lächelte bei diesen letzten Worten auch zu Jacob hinüber.

„Wie schön. Zeigst du deinem Freund, wo du deine Winter als Kind verbracht hast? Da könnt ihr ja direkt die Tradition deiner Eltern fortführen und ab jetzt jedes Jahr hierherkommen."

Bene erschauderte bei diesem Gedanken, sammelte sich aber sofort. „Nein, wir sind aus purem Zufall hier gelandet. Jacob wollte mich überraschen und hat ausgerechnet diesen Ort hier ausgewählt."

Frau Wilhelms bemerkte erfreut: „Na, das nenne ich ja mal einen tollen Zufall. Wenn das kein Zeichen ist. Dann werdet ihr bestimmt genauso glücklich wie deine Eltern, meine Liebe. Doch ich will euch nicht aufhalten. Macht euch eine schöne Zeit und grüß deine Eltern von mir." Damit verabschiedete sie sich und verschwand. In Bene blieb allerdings ein seltsames Gefühl zurück.

Sie und Jacob liefen für einige Minuten still nebeneinanderher, jeder in eigenen Gedanken vertieft, bis Jacob wieder das Wort ergriff. „Wo waren wir stehen geblieben?"

Bene antwortete leicht abwesend: „Du wolltest mir Vorschläge zur Tagesgestaltung machen, die mich umhauen."

„Autsch. Naja, diese hohe Erwartungshaltung habe ich wohl verdient", erwiderte Jacob.

Bene hakte sich bei ihm unter. „Ach komm, immer raus damit."

„Also gut. Hier kommen zwei Vorschläge, die als alternativ zu betrachten sind, aber falls erwünscht, können wir natürlich auch Beides tun.

Option 1: Du baust einen Schneemann und ich eine Schneefrau, bei der ich versuchen werde, meinem wieder entdeckten Hang zur Kunst und meiner angebeteten Muse, also dir, gerecht zu werden.

Option 2: Wir gehen in den Wald und versuchen Rehe zu sehen. Denn manchmal habe ich das Gefühl, dass du mit diesen Wesen viel gemeinsam hast." Jacob guckte sie fragend, aber auch ein bisschen ängstlich an.

Das erreichte Benes Herz, was zuvor doch etwas geschüttelt worden war von Frau Wilhelms Worten. Sie und Jacob, wie ihre Eltern! Also sie hatte wirklich nichts gegen ihre Eltern, echt nicht, aber die Vorstellung das genau gleiche Leben zu führen, sorgte doch für einen leichten bis mittelschweren Schock. Welches Kind wollte das? Sie kannte niemanden, der genauso leben wollte, wie die eigenen Eltern. Und dann schon jetzt Traditionen zu fixieren für die nächsten 40 Jahre. Himmel, das fühlte sich absolut gruselig an. Gut, die Tatsache, dass sie die Zeit mit Jacob an ihrer Seite verbringen würde, nahm dieser Vision etwas den Schrecken, aber naja...ein Leben wir ihre Eltern. Sie schüttelte sich bei diesem Gedanken.

Jacob hatte sie beobachtet, und war inzwischen mächtig verunsichert. „Oh Gott, so schlimm?"

Bene sah ihn verwirrt an. „Was?"

„Findest du meine beiden Vorschläge so schlimm?", fragte Jacob erneut.

„Ach Quatsch. Ich möchte mich unbedingt als Schneefrau von dir verewigt sehen, und das mit dem Waldspaziergang. Du bist so süß. Ich danke dir, dass du die Nerven hast für ein sprunghaft, scheues Reh wie mich."

Sie umarmte Jacob und kuschelte sich in ihn hinein. Sie wollte nicht, dass er dachte, dass ihre verqueren Gedanken etwas mit ihm zu tun hatten. Hatten sie doch nicht. Er war das Beste an allem, was um sie herum geschah. Er war endlich jemand, der erkannte, wer sie war, oder nicht?

„Aber lass uns das heute Nachmittag machen oder morgen. Jetzt ist mir zu kalt und daher würde ich mich lieber mit dir vor den Kamin kuscheln", sagte Bene, immer noch in seinen Armen.

„Verdammt!", fluchte Jacob und erschreckte sie damit, „So einfach! Du hast doch immer die besten Ideen."

„Blödmann", sagte Bene lachend und stieß sich von ihm ab.

„Das ist mein voller Ernst. Los ab nach Hause mit dir", erwiderte Jacob lachend. Schnappte sich ihre Hand und rannte mit ihr im Schlepp das letzte Stück Weg den Hügel hinauf zu ihrem Ferienhäuschen.

Zwei Stunden später lagen sie nackt und zufrieden in eine warme Decke eingewickelt auf dem Sofa und starrten auf das Feuer, das im Kamin prasselte.

„Ich habe hier noch etwas für dich, sozusagen die Fortsetzung von gestern. Ist ja gerade sehr passend." Bene richtete sich auf, griff in ihre Tasche neben dem Sofa und reichte ihm eine Blechkiste mit Erinnerung Nummer 18. Sie war nervös. Seltsam, sie hatte sich ihm mit ihren Tagebucheinträgen schon so weit geöffnet, aber es gab immer noch so viele Dinge, die sie lieber für sich behielt, bei denen es ihr schwer fiel, sie zur Sprache zu bringen. Der Inhalt dieses Türchens gehörte zu ihrer noch etwas versteckten Gedankenwelt.

***

06. September
Heute bitte ich ihn mit zu mir hinauf, wenn wir vor meiner Tür stehen. Komme, was da wolle. Heute mach ich's. So spreche ich mir unaufhörlich Mut zu und kann mich kaum noch auf das Gespräch zwischen Jacob und mir konzentrieren. Aber ihn mit nach oben zu bitten ist eine sehr seltsame Vorstellung. Das fühlt sich an, als würde ich eine Einladung zum Sex aussprechen. Ist es ja letztlich auch irgendwie, klingt aber so komisch nach Bestellung. Sollte sich das nicht lieber natürlich entwickeln, aus der Leidenschaft heraus?

Wenn ich ihn nach oben bitte, ist es so, als würde auf meiner Stirn in neonfarbenen Buchstaben geschrieben stehen „Nimm mich". Das ist doch totaler Mist. Aber wie sonst?

Er fragt bestimmt nicht, dafür ist er zu vorsichtig. Er lässt mir die Zeit, die ich brauche, wartet auf mein Zeichen und ich brauche ganz offensichtlich eine ganze Menge Zeit. Immer dieses Theater Bene. Erst dauert es ewig bis zum ersten Kuss und jetzt muss der arme Kerl noch bis zum Sankt Nimmerleinstag auf den ersten Sex warten.

Er fragt sich mit Sicherheit schon, worauf er sich bei dir eingelassen hat. Auf jemanden, der Sex nicht so spannend findet, nicht so wichtig, wenn's sein muss, Frauen können auch gut ohne klarkommen. Oh Gott, die Wahrheit könnte nicht ferner liegen. Seit ich ihn zum ersten Mal gesehen habe, spuken Fantasien von ihm und mir in meinem Kopf herum und das wird nicht besser, aber umso näher der Moment rückt, desto schöner soll er werden. Für ihn und für mich – so viel Druck.

Wir sind da. Himmel, jetzt gilt's.

„Komm mit hoch", platzt es sofort aus mir heraus.

Super Bene, du solltest ihn einladen, aber nicht derart unvermittelt mit der Tür ins Haus fallen.

„Ich meine, also nur wenn du willst. Du musst nicht, also ich dachte nur." Peinlich, so ein Gestammel.

Doch er atmet nur erleichtert aus und küsst mich. „Nichts lieber als das." Er küsst mich wieder und ich gehe vor ihm die zwei Treppen zu meiner Wohnung hinauf, mit ihm an meiner Hand.

Er ist das allererste Mal bei mir. Dies wird mir bewusst, als ich meine Tür aufschließe und ihn in meine kleine Zweiraumwohnung eintreten lasse. Wir stehen in meinem Flur mit den grünen Türen und dem bunten Teppich. Ich lege meine Schlüssel auf der Kommode links neben mir ab und hänge seine und meine Jacke auf. Er schaut mich an und ich bemerke, wie sich schon wieder ein ganzer Wust an Worten in mir nach oben bewegt. Gleich würde wildes Geschwätz aus mir herauskullern, das ihn über kurz oder lang einschläfern wird. Ich sehe es schon vor mir.

Nein, Bene, Konzentration. Ganz ruhig bleiben.

Jacob sieht sich um und späht ins Wohnzimmer hinein. „Darf ich?", fragt er vorsichtig. Ich nicke nur, denn wenn auch nur ein Wort über meine Lippen treten wird, befürchte ich, dass auch der Rest der Wortgefechtstruppe hinterher gepoltert kommt. Er macht einen Schritt über die Schwelle und ich sehe, wie er sich erstaunt bei mir umschaut.

Ja, das ist meine Welt. Ein Meer von Farben und Formen. Zusammen gewürfelte Möbel aus verschiedenen Zeitepochen, das meiste aus Antiquitätengeschäften und von Flohmärkten. Meine gesamte Sammelleidenschaft, oder nennen wir es Wahnsinn, macht dieser Raum sichtbar.

„So einen Ort habe ich noch nie gesehen", sagt Jacob und geht vorsichtig weiter hinein. *Er streicht andächtig durch mein ganz persönliches Refugium, berührt hier und da etwas, meine Kommode mit den Perlmutt-Griffen, meine Kasperpuppe der kleinen Meerjungfrau, das Nashorn-Spielzeug auf Rädern, betrachtet die Fotos und Zeichnungen, das große Plakat der Cleopatra-Ausstellung von vor zwei Jahren an den Wänden und kommt dann wieder zu mir zurück.*

„Ich weiß, das klingt ganz furchtbar plump und aufdringlich, aber jetzt, wo ich das hier gesehen habe, würdest du mir auch einen Blick in dein Schlafzimmer schenken? Ich werde dich nicht überfallen, versprochen, aber ich frage mich, was für eine Schatzkammer wohl das Zimmer ist, in dem du träumst." *Also schöner wurde ich noch nie nach meinem Schlafzimmer gefragt. Und da ich eher das Gefühl habe, dass Jacob aufpassen muss, dass nicht ich über ihn herfalle als umgekehrt, öffne ich bereitwillig die Tür, die vom Wohnzimmer direkt in mein Schlafzimmer führt.*

Ich sehe, wie sein Mund ein „Oh" *formt, als er in mein Schlafzimmer blickt. Er hat mit seiner Vermutung nicht ganz falsch gelegen. Dieses Zimmer ist mein ganzer Stolz. Es besitzt eine besondere Aura schon durch seinen Erker mit drei schönen großen Sprossenfenstern. Darin stehen einige meiner Lieblingspflanzen und eine Bank, mit Kissen und Decken, auf der ich gerne lese oder einfach nur sitze und nach draußen schaue. Von der Zimmerdecke hängt ein großer chinesischer Drache, der aussieht, als würde er im Wind fliegen.*

Die Wände dieses Zimmers habe ich zum Teil mit Stoff bespannt und ansonsten den rohen Putz bestehen lassen, der noch immer von pastelligen Farbexperimenten früherer Mieter zeugt. Vor dem Erker steht rechts mein Bett mit heller Bettwäsche, bunten Kissen und einer rot, pinken

Seidendecke als Überzug. Dem Bett gegenüber hängt ein Jugendstilspiegel und eine massive Kleiderstange, an der sich auf bunt bestrickten Bügeln meine Klamotten drängeln. Und auf einem kleinen Regal über meinem Bett sitzen und stehen meine schönsten Trödelschätze. Ein alter abgewetzter Teddy mit roter Hose, eine Lampe, die Sterne an die Decke leuchtet, ein wertvoller Kompass und noch ein paar Erstausgaben meiner Lieblingsbücher.

Ich stehe zwischen Tür und Bett und verfolge, wie Jacob sich durch mein Zimmer wundert. Er ist so hübsch und seine Ehrfurcht vor meiner Welt macht mich dann doch sprachlos. Allerdings nicht vollkommen, denn mein Mund öffnet sich plötzlich von ganz allein und flüstert: „Darf ich dich nackt sehen?"

Hab ich das laut gesagt? Scheinbar, denn Jacob dreht sich zu mir um und blickt mich erstaunt an.

„Hast du mich gerade gefragt, ob du mich nackt sehen darfst?" Er kommt auf mich zu und nimmt mich bei meinen Händen.

Ich spüre, wie ich rot werde. „Ich glaube schon. Entschuldige."

„Du brauchst dich dafür nicht entschuldigen. Aber ich bin ganz schön nervös."

„Wieso?", frage ich. Der Mann ist eine Augenweide, wieso sollte er aufgeregt sein?

„Wieso? Na, wegen dir", sagt er leise. „Weil ich möchte, dass unser erstes Mal perfekt wird."

Ich lächle ihn an und schaue danach betreten zu Boden. „Ich habe auch mächtig Angst und möchte dich nicht enttäuschen."

Jacob nimmt meine Hand und legt sie auf sein Herz.

Es schlägt wie verrückt. Ich nehme seine andere Hand und lege sie auf meins, das in genau dem gleichen Rhythmus pocht. Wir sehen uns in die Augen.

Er lässt mich los und flüstert: „Du sollst mich nackt sehen."

Jacob holt tief Luft und zieht sich dann Pullover und T-Shirt aus.

Mir dagegen bleibt in diesem Augenblick komplett der Atem weg, denn er ist noch so viel schöner als in meiner Vorstellung. Ich lege meine Hand erneut auf sein Herz und sehe, wie sich durch die Berührung seiner Haut mein eigener Brustkorb immer schneller hebt und senkt. Auch ich will mich ihm öffnen, ihm das gleiche Vertrauen schenken, zögere aber. Für mich ist er so makellos, aber ich bin es nicht. Jacob spürt meine Zurückhaltung und schaut mich an. „Vertraust du mir?" Ich nicke. „Dann zeig mir, wer du bist, Bene. Ich will dich endlich sehen."

Ich schließe meine Augen, nehme seine Hände und führe sie zum obersten Knopf meines Kleides, damit er es öffnen kann. Ich bekomme kaum Luft, als er mich auszieht und spüre, wie auch seine Finger zittern.

„Sieh mich an", haucht er an meinen Lippen, als mein Kleid zu Boden fällt. Ich tue es und treffe in seinem Blick auf so viel Zuneigung, so viel Aufregung. Ich erkenne in ihm die gleiche Verliebtheit wie in mir.

„Bene", er atmet schwer aus, „ich weiß es klingt pathetisch, aber ich wünschte mir, du könntest dich durch meine Augen sehen." Er streicht mir über meinen Mund und hinunter bis zu meinem Schlüsselbein.

„Zeig mir, was du siehst", ist das letzte, was ich sage, bevor er mich küsst und wir ineinander verschlungen in mein weiches Bett sinken.

***

Als Jacob den Tagebucheintrag zur Seite legte, atmete Bene erleichtert aus und kuschelte sich an ihn heran.

„Das war schön", sagte er und gab ihr einen Kuss. „Danke!".

„Fand ich auch und es wird immer schöner. Das ist etwas Gutes, oder?!", fragte Bene, obwohl es für sie weniger eine Frage als vielmehr eine Feststellung war.

„Für mich schon." Er streichelte ihr langsam und gedankenverloren über den Arm.

Bene starrte in die Flammen und fühlte sich Jacob in diesem Moment so nah.

„Darf ich dir etwas verraten?"

„Alles, bitte", sagte Jacob und war auf einmal hellwach. Wenn Bene ihn im Hier und Jetzt in ihre Gefühls- und Gedankenwelt hineinließ, waren all seine Sinne gespannt.

Sie überlegte kurz und sagte: „Ich habe Angst davor, dass das Leben wie der Rhythmus unserer Herzen funktioniert und auf ein Hoch immer ein Tief folgt. Dass nach großem Glück, großes Unglück folgen muss. Dass das gar nicht anders sein kann. Das mit uns ist so schön, dass ich jeden Moment Angst davor habe, dass wir bereits an der Spitze angekommen sind und es nun nur noch bergab gehen kann."

Er wusste nicht so recht, was er dazu sagen sollte, verstand aber genau, was sie meinte, weil auch er ähnliche Gedanken hatte – gerade erst vor zwei Tagen, als seine Welt plötzlich in einen paradiesischen Zustand versetzt worden war. Wie lange konnte so etwas gut gehen?

Bene sprach weiter: „Ich habe auch Angst davor ein bangloses, vorhersehbares Leben zu führen. Deshalb war ich vorhin so verschreckt, als wir die alte Frau Wilhelms trafen. Wir ein Paar werden, wie meine Eltern. Ich mit dir, hier, für die nächsten 40 Winter zusammen. Versteh mich nicht falsch, du bist das Beste daran, aber diese Vorhersehbarkeit lässt mich innerlich gefrieren. Alles, in meinem Leben war bisher vorhersehbar. Alles lief nach Plan. Keine Unwägbarkeiten, keine besonderen Vorkommnisse. Eigentlich glich mein Leben bis zu uns eher einer langweiligen Nulllinie. Was, wenn ich das Beste jetzt schon erlebe und danach geht es nur abwärts oder wieder zurück in die Eintönigkeit? Was, wenn das bei mir einfach so ist?"

Sie blickte in Jacobs verschlossene Miene und ärgerte sich sofort, dass sie ihm diesen Quatsch erzählt hatte. Höchstwahrscheinlich hatte sie ihn damit sogar verletzt. Wer hörte schon gern, dass man die Vorstellung, die nächsten 40 Jahre gemeinsam zu verbringen, gruselig fand.

„Entschuldige, ich rede dummes Zeug. Ich widerspreche mir, entweder Herzrhythmus oder Nulllinie. Beides geht ja wohl kaum. Es tut mir leid. Ich hätte nicht davon anfangen sollen."

„Nein, nein", erwiderte Jacob. „Es ist kein dummes Zeug, wenn es dir durch den Kopf geht. Ich muss nur ein bisschen darüber nachdenken. Ich habe überlegt, wie es mir damit geht. Ich kenne das Gefühl, die Angst vor dem nächsten Absturz, dem nächsten Bugschuss, aber ich habe mich, glaube ich, nie vor einem belanglosen Leben gefürchtet. Oder zumindest habe ich darüber noch nie nachgedacht. Ich habe Angst vor belangloser Kunst, wahrscheinlich beschäftigt mich das schon genug."

Bene nahm seine Worte in sich auf. Sie war dankbar dafür, dass er ihr zuhörte, sie zum Teil verstand, aber seine letzte Bemerkung versetzte ihr einen Stich. Er hatte noch nie darüber nachgedacht, war zu sehr mit seiner Kunst beschäftigt. Ja genau, er war ein Mann mit einer tiefen Leidenschaft, der dadurch immer etwas zu tun hatte. Er war kreativ, hatte etwas zu sagen und mit der Welt zu teilen. Na klar. Sein Leben war natürlich nicht belanglos. Weil er nicht belanglos war!

Und sie? Sie hüllte sich in bunte Stoffe, stellte ihre Wohnung voller Plunder, sammelte verrücktes Zeug, was niemand mehr wollte oder brauchte, nur um sich und ihr Leben anzureichern. Doch wer war sie ohne all das? Sie hatte sich das schon oft gefragt, aber noch nie eine Antwort darauf bekommen. Wahrscheinlich würde ihr auch Jacob keine geben können, weil er gar nicht nachvollziehen oder gar fühlen konnte, was sie meinte.

Jacob analysierte Benes Miene, die das Feuer fixierte. Er sah, dass es in ihrem Kopf arbeitete und das Thema für sie nicht durch war. Er überlegte, ob er das Richtige oder doch das Falsche gesagt hatte. Sie und ein belangloses Leben. Diese Vorstellung war für ihn vollkommen abwegig, aber er wusste bereits, dass Komplimente bei Bene oft nur das Gegenteil bewirkten. Daher hatte er sich entschieden, sie nicht mit aus Worten gebauten Rosen zu bewerfen, aber möglicherweise war das auch nicht die Lösung. Er hatte das Gefühl, dass er nur das Falsche sagen konnte, also sagte er lieber gar nichts, sondern zog sie einfach noch ein Stück näher zu sich heran.

19.

Dezember

Bene erwachte mit einem Schrecken und wusste, sie hatte sie vergessen – Box Nummer 19. Die lag zu Hause auf ihrer Kommode im Wohnzimmer. So ein Mist. Sie hatte noch eine Feder hineintun wollen, aber dann war ihr etwas anderes dazwischengekommen und schließlich war es ihr ganz weggerutscht. Gut, beruhigte sie sich, so dramatisch war es auch wieder nicht, irgendwann heute Abend würden sie ja zuhause sein, dann könnte sie ihm die Dose noch übergeben, aber hier hätte es einfach besser gepasst. Und überhaupt, Bene mochte solche Situationen nicht. Sie hatte immer etwas dabei, eine kleine Überraschung parat. Sie fühlte sich nackt und unwohl ohne eine Besonderheit in ihren Taschen.

Sie spürte mit der Hand neben sich, aber das Bett in ihrem gemütlichen Holzhaus war leer. Jacob war echt ein Frühaufsteher im Vergleich zu ihr. Allerdings überraschte es sie heute nicht, dass es ihn nach draußen trieb, denn sie hatten gestern fast den ganzen Tag gemeinsam drinnen verbracht und waren nur am späten Nachmittag noch einmal durch den tiefen Schnee gewandert. Quasi einmal rund um ihr Haus herum, bis Benes Füße nass und ihre Nase kalt gewesen war.

Aus Jacobs Plänen war also nichts mehr geworden, aber das störte sie nicht. Es musste ja nicht ständig etwas Aufregendes passieren, oder? Die letzten zwei Wochen waren doch nun wirklich ereignisreich genug gewesen, also für Jacob zumindest. Und seine Ängste hatten auch sie ganz schön umhergetrieben. Aber das war Geschichte und zum Glück alles ins Beste verkehrt. Sie setzte sich auf und schaute aus dem herrlich breiten Fenster hinaus in den Wald. Sie sah Jacob draußen stehen, der scheinbar etwas überprüfte. Er hielt ein...ein Messer? Ja, ganz offensichtlich! Er hielt ein Messer und eine Käsereibe in der Hand und blickte auf etwas, was sie nicht sehen konnte. Was trieb er da? Sie stand auf, schlüpfte in ihre warmen Wollsocken, die neben ihrer Seite des Bettes lagen und ging zum Fenster. War das...? Sie konnte es nicht richtig erkennen, aber klar, was sollte es anderes sein? Er hatte es ihr ja schließlich schon gestern vorgeschlagen. Sie schlüpfte schnell in Hose, Pullover und Schuhe und ging zu ihm nach draußen.

„Du bist doch verrückt", sagte sie, als sie die Tür öffnete.

Jacob drehte sich zu ihr um und strahlte sie an.

„Guten Morgen! Ich habe wirklich mein Bestes gegeben, Bene, aber Schnee ist kein Medium, an das ich sonderlich gut gewöhnt bin. Das Material ist etwas zickig und teilweise unberechenbar."

Sie trat zu ihm heran, schon wieder eine ganze Ladung Schnee in den offenen Schuhen, aber das kümmerte sie nicht. Sie blickte gebannt in ihr Schneespiegelbild und war überwältigt. Langsam, beinahe ehrfürchtig näherte sie sich der Figur, die genauso groß war, wie sie selbst.

Sie bestand aus drei großen Kugeln, wie ein echter Schneemann, aber den Kopf, ihr schmales Gesicht, das hatte Jacob ausmodelliert. Die Schneefrau hatte ihre Nase, angedeutete lange Haare, ihre Augen und ihren Mund. Sie wusste nicht, was sie sagen sollte.

So etwas Schönes hatte noch nie jemand für sie getan, hatte sie noch nie gesehen.

Jacob schloss von hinten seine Arme um sie und fragte vorsichtig. „Gefällt sie dir?"

„Gefallen?", fragte Bene leise „Mir fehlen die Worte und du weißt, das will was heißen."

„Das stimmt", er lachte.

„Wie lange hast du dafür gebraucht?", fragte Bene, während ihr Blick jeden Zentimeter der Schneeskulptur liebkoste.

„Naja, sagen wir mal so, ich konnte die Sonne über dem Tal aufsteigen sehen und jetzt ist es", er konsultierte seine Uhr, „10.30 Uhr, also knapp vier Stunden."

„Bist du wahnsinnig? Deine Hände müssen doch schon völlig erfroren sein." Sie griff nach ihnen, doch sie waren geschützt von dicken Handschuhen.

„Es sind eher meine Füße, die jetzt eine warme Dusche gut gebrauchen könnten." Bene drehte sich zu ihm um und küsste ihn. „Dankeschön! Ich weiß wirklich nicht, was ich sagen soll."

„Du brauchst nichts zu sagen. Dein Gesicht sagt alles, was ich hören möchte."

Er küsste sie auf ihre Nasenspitze.

„Seit ich dich kenne, bringst du mir ein Wunder nach dem anderen. Da ist sie das Mindeste, was ich tun konnte, um mich bei dir zu bedanken, um dir zu zeigen, wie viel mir das alles bedeutet." Er umarmte Bene. Sie legte langsam den Kopf auf seiner Schulter ab und schloss ihre Augen.

Bene hatte jedes seiner Worte gehört, wusste, wie er sie meinte, freute sich einerseits über sie, aber seine Worte schossen auch auf eine Stelle in ihrem Herz, die schon sehr oft verwundet wurde. Und der Schmerz von ihm genau dort getroffen zu werden, übertraf alles andere zuvor mit einer Kraft, die sie beinahe auf der Stelle auseinanderriss. Verdammt! Warum geschah das immer wieder? Vor allem, warum mit ihm? Dann auch noch auf diese Weise. Warum? Sie war sich doch so sicher gewesen, dass es diesmal nicht passieren würde. Nicht mit Jacob, bitte nicht mit ihm. Er hatte sie doch gesehen, nur sie oder nicht? Zumindest hatte es sich so angefühlt. Aber sie war sicher selbst schuld. Sie hatte es herausgefordert. Das tat sie immer.

Sie dachte an ihr Gespräch gestern, an den Herzrhythmus des Lebens. Jetzt war es also soweit. Sie hatten den Höhepunkt erreicht und mit dieser wunderschönen Bene aus Schnee wohl leider soeben überschritten.

Sie holte tief Luft und sagte dann mit fester Stimme: „Na komm, lass uns nach drinnen gehen und dich wieder aufwärmen."

20.

Dezember

Jacob saß in seinem Büro und wollte eigentlich Daniel in aller Ausführlichkeit von den beiden Tagen in Halle berichten. Doch er hatte Schwierigkeiten, sich auf sein Gegenüber und dessen Fragen zu konzentrieren. Er drehte stattdessen Dose Nummer 18 in seiner Hand. Ein Yin und Yang-Zeichen war auf deren Deckel. Es könnte nicht besser passen zu ihrer ersten gemeinsamen Nacht.

Er dachte an Benes Beschreibung, die in der kleinen Blechkiste lag und natürlich an das wundersam sinnliche Erlebnis selbst. Es war so viel schöner gewesen, als er es sich erträumt hatte und das, obwohl er Benes Ängste und Zweifel damals spüren konnte. Sie betrafen nicht ihn, sondern richteten sich gegen sie selbst. Das hatte ihm einerseits leidgetan, aber ihm andererseits auch eine Art nie enden wollende Vorfreude beschert. Jeder Moment mit Bene war eine neue Überraschung und er liebte den Gedanken, dass er alle Zeit der Welt hatte, sie immer weiter zu erforschen. Ihr mit jedem Mal noch ein Stück näher zu kommen, so nah, bis sie sich ihm vollkommen ohne Zweifel hingeben konnte.

Gestern, als sie vor ihm gestanden, er ihre Augen leuchten gesehen hatte beim Anblick seiner Schnee-Bene, da hatte er gefühlt, was es bedeuten würde ihr direkt bis in die Seele blicken zu können. Sie war so schön. Doch dieser Augenblick währte nur kurz, denn nach diesem Moment im Himmel war Bene irgendwie verändert, verschlossen. Nicht unfreundlich oder abweisend, aber irgendetwas hatte sich verschoben und er wusste einfach nicht, was der Grund dafür war. Ihm fehlte auch Box Nummer 19 und eine für heute, aber er hatte nicht gewagt, sie danach zu fragen. Sein Instinkt hatte ihm eindeutig gesagt, dass es unklug wäre, sie darauf anzusprechen.

Er sah auf seine Uhr. Es war bereits nach halb fünf und er mit Bene zum Weihnachtsbaumkauf verabredet. Er hoffte, dass diese Unternehmung sie wieder zurück auf den Pfad der vorherigen Leichtigkeit zurückbrachte oder er zumindest in Erfahrung bringen konnte, was mit ihr los war.

„Ich muss jetzt gehen", sagte Jacob und klappte seinen Laptop zu. Daniel schien etwas verwirrt von seinem plötzlichen Aufbruch, stellte das aber nicht weiter in Frage und verließ gemeinsam mit Jacob das Büro. Jacob zog sich im Gehen seinen Parka an und klopfte dann an Benes Tür, bevor er eintrat. Bene saß noch an ihrem Schreibtisch und wirkte müde.

„Bist du soweit?", fragte er und ging zu ihrem Tisch hinüber. Er legte ihr seine Hand auf die Schulter und gab ihr einen Kuss auf die Wange. Sie nahm seine Hand. Zum Glück und für einen winzigen Augenblick hatte er die Hoffnung, dass er doch nur Gespenster sah.

„Eigentlich ja, aber gib mir fünf Minuten. Ich mache das schnell fertig, dann können wir los."

Er schaute hinaus aus dem Fenster und beobachtete das Gewimmel auf der Straße. Die vielen Menschen, wie sie mit ihren Einkaufstüten hin und her hasteten auf der Suche nach dem perfekten Geschenk oder Hauptsache irgendeinem Geschenk. Er dachte an das, was er Bene in ein paar Tagen überreichen würde. Vielleicht eröffnete ihm spätestens dies wieder eine Tür zu Benes herrlichem Reich. Er hörte, wie sie einen Moment später ihren Laptop zuklappte.

„Wir können los", sagte Bene und stand auf. Sie war zwar noch gar nicht fertig, aber mit Jacob im Rücken, konnte sie sich nicht mehr auf die Aufgaben vor sich konzentrieren. Ihr Fokus war plötzlich auf ihn, vor allem jedoch auf sich selbst gerichtet. Sie brauchte all ihre Energie dafür, sich ihre Gefühle nicht anmerken zu lassen. Das machte es ihr unmöglich, nebenbei ihre Arbeit zu erledigen. Als wäre das nicht schlimm genug, war sie sich sicher, dass es ihr trotz größter Anstrengung nicht gelang, ihr Unbehagen vor Jacob zu verbergen. Sie hatte überlegt, ob sie ihm sagen sollte, was sie fühlte, was in ihr vor sich ging. So machte man das schließlich. Reden war schon immer der effektivste Weg, um zwischenmenschliche Probleme zu lösen, aber sie wusste nicht mal, was sie ihm erzählen oder gar ihm vorwerfen sollte. Sie hatte keine Ahnung, ob er überhaupt verstehen würde, wovon sie sprach, denn sie verstand sich ja selbst kaum.

Wahrscheinlich lag genau da das Problem. Sie war der Fehler im System. Sie nahm sich und alles, was gesagt wurde, zu ernst. Interpretierte in alles viel zu viel hinein und verstand die Dinge absichtlich falsch. Aber was sollte sie machen? Ihr Herz log doch nicht. Es tat einfach weh. Ihr Herz tat weh, so weh.

Sie rief sich zur Ordnung. Jetzt nicht! Nicht hier. Hör auf damit und reiß dich zusammen. Sie richtete ihre Schultern neu aus, schlüpfte in ihren Mantel und ließ ihr Tuch durch ihre rechte Hand gleiten. Ihr Glaube daran, dass es Kräfte besaß, begann sich aufzulösen – kam ihr plötzlich vollkommen lächerlich vor. Eine blühende Fantasie war ihr von jeher eigen. Geschichten konnte sie sich zu allem ausdenken. Sie war sogar so gut darin, dass sie sich diese oft selbst glaubte. Ihr magisches Wundertuch. Das war doch alles nur Spinnerei. Klang wie der Traum eines kleinen Mädchens. Aber sie war kein kleines Mädchen mehr. Sie war eine erwachsene Frau und sie sollte endlich anfangen sich wie eine zu benehmen.

„Ich würde vorschlagen, wir gehen zum Kellerplatz für den Baum, oder? Da haben wir es nicht so weit zu dir", sagte Bene so normal und unbeschwert wie nur möglich.

„Ja, das klingt gut", antwortete Jacob, ebenfalls normal, obwohl sich alles in ihm sträubte. Er fühlte so sehr, dass etwas nicht stimmte und die Angst davor den Grund zu erfahren wurde immer größer. Daher sagte er nichts, sondern nahm sie nur bei der Hand. So war er wenigstens physisch mit ihr verbunden. Sie verließen ihr Büro und dann die Agentur.

Auf dem Weg zum Weihnachtsbaumhändler sprach Jacob kaum. Bene erwähnte ein paar Dinge von der Arbeit und erzählte ihm etwas über die letzten Vorbereitungen zur Agentur-Weihnachtsfeier, die morgen Abend anstand. Weihnachtsfeier. Unter diesen Umständen war ihm überhaupt nicht nach einer Party zumute. Dabei hatte Kai geplant seinen Erfolg bei der Oper in großer Runde und offiziell zu feiern. Sein Erfolg! Er musste aufpassen, dass er kein abwertendes Geräusch von sich gab. Sein Erfolg! Der wurde so milchig unscharf, dass er kaum noch wahr zu sein schien. Er fühlte keine Euphorie mehr, obwohl er in den nächsten Tagen mit dem ersten Bild beginnen wollte. Das einzige Gefühl, was er spüren konnte, war das Gefühl, von Benes Innenleben abgeschnitten zu sein und das brachte nicht nur ihn, sondern auch seine Kreativität ins Wanken.

Das war doch wirklich zum Verrücktwerden. Hatte er noch vor kurzem Angst gehabt, dass er wegen seiner Künstler-Zweifel und Launen Bene verjagen würde, schien es jetzt so, als hing seine Malerei komplett an Bene fest. Wäre sie fort, würde sie seine Malerei einfach mitnehmen. Er stand also nicht mehr vor der Wahl zwischen ihr und seinen Bildern, sondern nur noch zwischen allem oder nichts. Aber warum? Was hatte er falsch gemacht, was hatte er übersehen? Er merkte, wie neben seiner unbestimmten Angst auch Wut in ihm nach oben stieg. Wie konnte sein Glück so schnell verfliegen? Wieso machte Bene das mit ihm? Gönnte sie ihm den Erfolg nicht? Nein, das war Quatsch. Sie hatte ihn erst zu all dem gebracht.

Es musste etwas mit ihr selbst zu tun haben. Sie hatte ihm bei ihrem Ausflug von ihren Ängsten berichtet. Von der Angst, dass nach dem Glück Unglück folgt. War es das? Zog sie sie jetzt beide in den Abgrund, weil das in ihrer Welt so sein musste? Das konnte doch nicht sein, oder doch? Aber eigentlich war nach diesem Gespräch alles gut gewesen, sehr gut sogar, wenn er an seine Schneefrau dachte. Seine Bene aus Schnee. Kurz danach fing es an. Hatte er sie damit so sehr glücklich gemacht, dass ihre Freude danach alle war? Das war doch irre. Das gab es doch gar nicht! Hatte er dabei vielleicht etwas Blödes gesagt oder getan? Er hatte sich bei ihr bedankt, für alles, was sie ihm gegeben und für ihn getan hatte. Aber das konnte doch wohl kaum der Grund sein. Und wenn ja, stellte sich dennoch wieder die gleiche Frage: WARUM? Das ergab doch alles keinen Sinn.

Jacob rief sich seine Gespräche mit Margot und Ludwig zurück ins Gedächtnis. Er dachte an die Situation bei Laurin im Geschäft. Sie hatte sich von allen zurückgezogen. Aus einer innigen Verbindung war eine lose Freundschaft geworden, meist nachdem Bene ihnen geholfen, ihnen etwas geschenkt hatte. Jacob erschrak. Athene. Er hatte auch ein Geschenk bekommen. Eins, das sein Leben verändert, ihm sehr geholfen hatte. Hieß das, dass sie sich jetzt Stück für Stück zurückzog? Hatte es gar nicht erst im Schnee begonnen, sondern schon viel früher? Verlor man Bene, wenn man von ihr beschenkt wurde? Musste sie dann weiterziehen? Warum tat sie das? Ihm wurde schlecht bei dem Gedanken daran, dass ihn das gleiche Schicksal ereilen könnte, wie den Menschen, die er aus Benes Leben kannte.

Genau in diesem Moment, als sich dieses Schreckensszenario vor seinem inneren Auge abspielte, betraten sie das Gelände der abgetrennten Tannenbäume. Was für eine Ironie! Er fühlte sich gerade genau wie einer von ihnen. Er sah zwar noch frisch und lebendig aus, aber dieser Zustand war zeitlich nur noch von kurzer Dauer, denn seine Wurzeln waren bereits abgeschlagen.

„Ich möchte einen Baum im Topf", sagte Jacob daher vollkommen unvermittelt.

Bene schaute ihn verwirrt an.

„Die gibt es hier nicht."

„Ich weiß, aber ich möchte keinen gefällten Baum. Ich möchte einen Baum, den ich später wieder draußen einpflanzen kann, damit er weiterwächst und immer größer wird."

„OK. Also keinen Baum von hier. Ich glaube allerdings nicht, dass wir jetzt zu Fuß noch an einem Laden vorbeikommen, in dem es Bäume im Topf gibt."

„Ich glaube im Supermarkt bei mir um die Ecke gibt es welche."

Sie sah ihn zweifelnd an.

„Ja und wenn nicht, fahre ich morgen nochmal vor der Weihnachtsfeier zum Baumarkt. Einer von denen hier wird es jedenfalls nicht." Jacob war wild entschlossen. Selbst wenn das Benes Muster sein sollte, hatte er auch noch ein Wörtchen mitzureden. Er war schließlich nicht nur ein Freund, ein Bekannter, ein Nachbar. Sie liebte ihn, davon war er überzeugt. Sie liebte ihn genauso sehr wie er sie.

21. Dezember

Bene lehnte an einer Wand am Rande der Party und beobachtete Jacob, wie er zu Kai hinüber ging. Am liebsten hätte sie sich in diesem Moment in ihrer Wohnung verkrochen, aber sie konnte ja nicht einfach abhauen. Also hielt sie sich stattdessen tapfer an einem Cocktail fest und sah dem bunten Treiben zu. Gestern Abend war sie noch ein paar Mal versucht gewesen mit Jacob zu sprechen. Er war so lieb zu ihr, aber sie wusste einfach nicht, was sie ihm sagen sollte. Es kam ihr alles so lächerlich vor. Sie machte mit Sicherheit einen Elefanten aus einer kleinen Mücke, aber egal, ob wahrhaftiger Elefant oder selbst konstruiert, ihrer hatte inzwischen so viel Kraft, dass er dabei war nicht nur ihr Herz, sondern ihren gesamten Brustkorb zu zerquetschen.

Bei diesem Gedanken hörte sie wie ein Löffel an Glas schlug und folgte dem Geräusch mit ihrem Blick. Kai hatte sich in die Mitte des Raumes gestellt und begrüßte sie. Er freute sich, dass sie alle gekommen waren und so weiter und so weiter. Dann bat er Jacob an seine Seite.

„Ich wollte die Gelegenheit nutzen Jacob zu dem tollen Job für die Oper in Halle zu gratulieren. Wir sind gespannt, was sich daraus in den nächsten Monaten, vielleicht sogar Jahren ergeben wird. Ganz klasse gemacht und vielleicht sollte ich mir noch schnell ein, zwei deiner Bilder sichern, bevor deren Wert in die Höhe schnellt." Alle lachten und klatschten. Bene nippte wehmütig an ihrem Glas. Hach, Jacob war so schön, wenn er lachte. Dann ergriff er selbst das Wort.

„Ich danke dir für deine Worte, aber ich hätte dieses Projekt nie zu diesem Punkt gebracht, ohne eine ganz besondere Frau." Er sah in Benes Richtung.

„Ich wollte die Präsentation nämlich fast hinschmeißen, doch da hat mir Bene diesen Anhänger geschenkt", er hielt Athene in die Luft, „und mich damit überredet mich und meine Bilder zu zeigen." Alle schauten auf den Anhänger, staunten und drehten sich dann suchend nach Bene um.

„Na dann, Bene", sagte Kai. „Wo bist du? Lass dich ebenfalls feiern. Mal schauen, womit wir dir deinen Einsatz danken können. Da fällt uns bestimmt etwas Schönes ein."

Jacob blickte hinüber zu dem Platz an dem Bene gerade noch gestanden hatte, doch sie war weg. Er ließ seinen Blick blitzschnell durch den Raum gleiten und erspähte Bene am Ausgang, wo sie hastig ihren Mantel überzog und nach draußen stürzte. Er drückte Kai das Mikro in die Hand, der sofort das Buffet eröffnete, um die Situation zu retten. Jacob eilte Bene hinterher. Kurz vor der Tür lag ihr Tuch auf dem Boden. Sie musste es in ihrer Hast verloren haben. Er stopfte es sich in die Hosentasche und stürmte hinaus in die kalte Nacht.

„Bene, wo willst du hin?"

Sie blieb stehen, drehte sich aber nicht zu ihm um. Jacob war in wenigen Schritten bei ihr und griff nach ihrem Arm.

„Was ist los, Bene?"

Sie schaute zu ihm auf und er sah, dass ihr Tränen über die Wangen liefen. Wie furchtbar, er hatte sie noch nie weinen sehen und überhaupt konnte er sich das alles nicht erklären.

„Bene, sag mir jetzt sofort, was los ist! Bitte!"

„Ich weiß es nicht. Es ist nichts", antwortete sie, während ihr noch mehr Tränen über die Wangen kullerten.

„Du weinst, du rennst weg, das machst du doch nicht ohne Grund. Was hab ich getan?"

„Du hast gar nichts getan. Du bist perfekt."

„Bene, ich bin weit davon entfernt. Du hast mich gesehen, als ich mehr als unperfekt war. Bitte sprich mit mir. Es hat etwas mit den Geschenken zu tun oder nicht?"

Sie sagte immer noch nichts, sondern blickte nur betreten zu Boden.

„Bene bitte, antworte mir. Warum ziehst du dich zurück, nachdem du den Menschen etwas schenkst? Margot, Ludwig, Laurin, sie alle haben so etwas erwähnt?"

„Ich ziehe mich zurück..." Sie sprach die Worte aus, als gehörten sie nicht zu ihr.

„Also, es macht zumindest den Anschein oder was genau tust du seit Tagen mit mir? Ich komme überhaupt nicht mehr an dich heran. Du bist vollkommen verschlossen."

Sie schniefte und schubste mit dem Fuß ein paar Kieselsteine hin und her. „Die anderen wollen sich nach dem Schenken vor mir zurückziehen. Das geschieht jedes Mal. Ich schenke etwas und manchmal verändert das sogar das Leben des anderen." Sie blickte zu ihm auf.

„Aber worum geht es dabei? Geht es um mich oder das Geschenk? Denn kaum habe ich etwas verschenkt, kaum, dass die erste Euphorie verflogen ist, wollen sich alle sofort bei mir revanchieren, alles wieder ausgleichen, so als ob ich sie durch mein Geschenk nicht nur in eine neue Richtung gelenkt, sondern in ein universelles Geschenke-Ungleichgewicht gestürzt habe. Niemand will in meiner Schuld stehen, jeder will sich sofort von meiner Geschenkelast, von mir, wieder befreien. Also gehe ich lieber, bevor ich ihnen zu viel werde."

Jacob wusste nicht, was er dazu sagen sollte. Wollte er das Geschenk des Anhängers ausgleichen? Er wollte ihr gern etwas zurückgeben, ja, aber doch nicht, um nicht mehr in ihrer Schuld zu stehen oder doch? Machte man das nicht so? Er hing dieser Frage noch hinterher, als Bene schon fortfuhr.

„Auch du hast gesagt, dass du dich mit der Schnee-Bene bei mir bedanken willst für mein Geschenk, für das, was ich für dich getan habe. Und es kommt mir so blöd vor, dir das überhaupt anzukreiden, denn es ist ja nur nett. Sie war mir so ähnlich, ein solches Kunstwerk." Sie schüttelte den Kopf, wischte sich die Tränen von der Wange und starrte resigniert in die Ferne.

„Ach was soll's, das ist nur die halbe Wahrheit, jedenfalls in Bezug auf dich, und nur der Teil, bei dem ich selbst nicht so schlecht bei wegkomme. Ich bin wahrscheinlich einfach ein schrecklicher Mensch. Ich habe dir am Wochenende gestanden, dass ich mich vor einem belanglosen Leben fürchte. Die Wahrheit ist, dass ich Angst davor habe, selbst belanglos zu sein. Vielleicht bin ich deshalb so wild aufs Verschenken."

Jacob blickte sie verständnislos an. Sie und belanglos, wie absurd. Doch er sagte nichts.

„Wer bin ich ohne die kleinen Kostbarkeiten? Meine Geschenke waren bisher nie belanglos. Schon als Kind wurde ich eingeladen zu Geburtstagen, weil ich schöne Geschenke mitbrachte. Aber ging es dabei um mich oder nur um die Geschenke? Wodurch zeichne ich mich aus? Wer bin ich? Was kann ich? Vielleicht liegt es an meinem Namen: Bene. Gut. Das war ich immer. Gut! Gut in allem, aber nie außergewöhnlich, nie besonders. Ich habe keine Leidenschaft, so wie du, etwas das mich umtreibt, was ich mit der Welt zu teilen habe. Ich saug nur die Geschichten anderer Menschen in mich auf, sammle altes Zeug und hoffe, dass etwas von ihrem Glanz auf mich abstrahlt, dass sie mich teilhaben lassen, an dem, was sie erlebt und gesehen haben, denn ich selbst, habe nichts. Ich war noch nie mit Rucksack auf dem Rücken in Australien unterwegs. Ich spreche weder unzählige Sprachen noch kann ich besonders gut rechnen. Ich erfinde keine bahnbrechenden neuen Technologien. Ich denke mir nur Kampagnen aus, damit Firmen ihre Produkte verkauft bekommen und ich weiß, wie man anderen eine Freude macht, aber mit dieser Fähigkeit könnte ich mich allenfalls am Nordpol beim Weihnachtsmann bewerben – aber Überraschung, den Weihnachtsmann gibt es nicht. Genauso wie den ganzen Kram, den ich mir ausdenke. Alles nur eine Ausgeburt meiner kindlichen Fantastereien."

Sie blickte traurig zu Boden und Jacob konnte den Drang sie in den Arm zu nehmen, nur mit größter Anstrengung unterdrücken. Doch er befürchtete, wenn er auch nur eine Bewegung machte oder ein Wort sprach, würde er nicht erfahren, was genau das alles mit ihm, mit ihnen beiden zu tun hatte.

„Aber die Geschenke und Geschichten, waren trotzdem das Einzige, was ich mein Eigen nennen konnte, selbst wenn es mich manchmal verletzt hat, dass ich nie genau wusste, ob es bei der Freude meines Gegenübers auch um mich oder nur um das in meiner Hand ging. Doch seit deiner wunderschönen Bene aus Schnee wird mir immer mehr bewusst, ich sammle Geschenke, schreibe vielleicht ein paar meiner schrägen Gedanken auf, aber du kannst ein zauberhaftes Geschenk allein aus Schnee bauen. Eins, das mein Herz so tief berührt. In dem Einzigen, von dem ich bisher dachte, dass ich mich darin von anderen unterscheide, bist du noch so viel besser als ich."

Und da war es. Als sie das ausgesprochen hatte, ekelte sie sich vor sich selbst. War es tatsächlich Neid oder einfach nur Bedauern über ihre eigene sinnlose Existenz? Sie wusste es nicht. Sie fühlte sich einfach nur so klein, so bemitleidenswert, so wahnsinnig unattraktiv für einen Mann, für Jacob. Nicht mal sie selbst würde gern mit sich zusammen sein wollen. Sie musste sofort hier weg, bevor er versuchen würde, ihr das alles auszureden oder noch schlimmer, er es vielleicht nicht tat. Sie blickte an ihm vorbei die Straße entlang und sah ein Taxi um die Ecke biegen. Das war ihre Chance zur Flucht. Sie überlegte keine Sekunde, sondern rannte dem Taxi direkt wild winkend entgegen und war nur einen verheulten Wimpernschlag später auf und davon. Und Jacob? Der blickte ihr nur fassungslos hinterher und konnte sie nicht mehr aufhalten.

22. Dezember

Bene nahm ihr Telefon zur Hand und schaute teilnahmslos auf die soeben eingetroffene Nachricht.

Tanja: Ist alles ok bei dir? Du warst gestern auf einmal verschwunden.

Bene: Mir ging's schon besser. Aber naja, das Leben geht bestimmt weiter.

Tanja: So sah Jacob nicht aus.

Bene: Wieso, was war los?

Tanja: Kurz nachdem du weg warst, hatte er sich mit Tim in der Wolle. Ich hatte echt Schiss, dass Jacob ihm gleich eine reinhaut, weil er irgendeinen dummen Spruch brachte, von wegen, ob der neue Künstler schon seine Muse verloren hat. Naja, Daniel hat Jacob dann gleich beiseite genommen, bevor es eskalieren konnte.

Bene: Und dann?

Tanja: Saß er mit Daniel noch eine Weile an der Bar. Er ging dann aber relativ früh nach Hause. Was ist denn passiert zwischen euch?

Bene: Ach, das ist zu viel zum Schreiben. Das erzähle ich dir später, nicht jetzt.

Tanja: Alles klar Süße. Melde dich, wenn du jemanden zum Eis Essen und Liebesfilme gucken brauchst.

Bene: Danke. Das mach ich.

Bene legte ihr Telefon zur Seite und starrte wieder hinaus aus dem Fenster. Sie saß schon seit mehreren Stunden auf der Bank in ihrem Schlafzimmer. Beobachtete, wie ihre Fenster bei leisem Regen mit ihr gemeinsam weinten und überlegte, wie es weiter gehen sollte.

Vielleicht würde sie sich über die Feiertage schleppen können, aber bei dem Gedanken daran, zurück in die Agentur zu müssen, Jacob jeden Tag über den Weg zu laufen, kreischte in ihr alles nach Hilfe. Das war für sie absolut undenkbar.

Sie sollte ihre Kündigung noch vor Jahresende einreichen. Ihre Probezeit war gerade erst vorbei, vielleicht konnte sie auf Kulanz von Kai hoffen, so dass er sie eher aus dem Vertrag entließ und nicht auf eine dreimonatige Kündigungsfrist bestand.

Doch dieser Ausblick war kein Trost. Sie hatte Jacob aus ihrem Leben geworfen. Sie hatte Jacob ganz und gar mutwillig aus ihrem Leben katapultiert. Ihr innerer Richter und sämtliche Instanzen ihrer Selbst hatten sie schon auf der Fahrt mit dem Taxi nach Hause als grob fahrlässig bezeichnet und sie in allen Punkten für schuldig befunden. Sie hatte alles, was schön war in ihrem Leben, kaputt gemacht.

Oft hatte sie rumlamentiert, dass es in ihrem Leben bisher keine größeren Vorkommnisse gab, auch gegenüber Jacob hatte sie das erwähnt. Tja, Bravo, jetzt war es vollbracht. So beschissen hatte sie sich wirklich noch nie gefühlt. Sie hatte sich komplett ohne Fallschirm vom Gipfel des Mount Everest direkt in den Marianengraben gestürzt. Eine geografische Unmöglichkeit, aber sie hatte es geschafft. Und warum? Warum hatte sie nicht einfach ihre Klappe gehalten? Hätte sie nicht einfach so weiter machen können wie zuvor? Jacob war der perfekte Mann für sie. Perfekt! Tja, da lag wohl das Problem, denn sie war keine Frau für einen perfekten Mann. Sie war nämlich einfach nur Bene und keine Frau für einen Hauptgewinn. Sie schnäuzte in ihr Taschentuch.

Doch das Absurde daran war, dass sie sich nicht mit weniger zufrieden geben wollte. Zumindest hatte sie das immer gedacht. Jemand wie Jacob war ihr Traum gewesen. Er war der schillernde Prinz auf weißem Pferd. Aber die Erfüllung der eigenen Wünsche muss man tragen können, sonst bricht man unter ihrer Last schneller zusammen, als man Yippiiieeehhh! rufen konnte. So wie sie jetzt.

Immer hatte sie Angst gehabt vor großem Glück, weil sie befürchtete, dass zwangsläufig folgende Unglück nicht verkraften zu können. Aber anstatt das Leben entscheiden zu lassen, hatte sie einfach selbst zum Hackebeil gegriffen und alles zerschlagen. Sie griff nach einem neuen Taschentuch.

Allerdings machte jetzt endlich ihr albernes Hin und Her Sinn. Sie erinnerte sich daran, dass Jacob ihr den Mund zu halten musste, damit er sie küssen konnte. Wahrscheinlich hatte ihr Innerstes schon damals gewusst, dass er eine Nummer zu groß für sie war und sie das auf Dauer nicht aushalten würde. Sie war offensichtlich außerstande, neben einem Mann wie Jacob zu bestehen. Er war in allem so viel spannender und besser als sie.

Wahrscheinlich war es ein Fehler in der Matrix gewesen, eine aberwitzige Anomalie, dass er sich überhaupt für sie interessierte. Vermutlich hätte es nicht mehr lang gedauert, bis ihm das auch aufgefallen wäre. Spätestens wenn er häufiger in der Oper zugegen war, umgeben von wunderschönen und aufregenden Schauspielerinnen, wenn er Ausstellungen in Metropolen haben würde – genau dort sah sie ihn in naher Zukunft – was hatte sie, die kleine krümelnde Bene, ihm dann noch zu bieten? Ihr fiel nichts ein.

Sie raffte sich auf und schlurfte auf dem Weg in die Küche durch ihr Wohnzimmer. Auf der Kommode lagen die noch offenen Adventsdosen der letzten beiden und der kommenden Tage. Sie hatte sie noch nicht befüllt mit ihren Albernheiten und die 24 war schon weg. Vielleicht war es besser so. Ihr Blick glitt über die bunten Regale. Das war nicht die Wohnung einer erwachsenen Frau und genau das hatte Jacob verdient: eine erwachsene Frau. Ihre Wohnung sah aus, als wären zehn Kindergeburtstage aus dem 19. Jahrhundert gleichzeitig darin explodiert. Das war vielleicht interessant für die ersten paar Monate, aber bald war es nurmehr ein Haufen Krimskrams, der sinnlos in der Gegend herumstand und zum Staubfänger wurde. Im Flur sah sie ihren Mantel hängen und da durchzuckte sie es. Wo war eigentlich ihr Tuch? Sie begann in ihrer Garderobe herumzuwühlen, aber da war nichts. Im Wohnzimmer, im Schlafzimmer, nichts. Es war weg. Sie fühlte sich wie Schach Matt gesetzt. Ihr Tuch war weg und damit endgültig der absolute Tiefpunkt erreicht. Schlimmer konnte es nicht mehr werden. Sie hatte schon gespürt, dass es sie verlassen würde und jetzt war es also soweit.

Sie schleppte sich mit letzter Kraft in ihre Küche und erblickte dort zu allem Überfluss ein Hemd von Jacob, das noch über einem der Stühle hing. „Was für eine verschissene Scheiße!", rief sie verzweifelt in den Raum hinein. Sie war eine solche Vollidiotin. Sie hatte alles kaputt gemacht, nur weil sie besser sein wollte, als sie war. Weil sie unbedingt ihre Gefühle und Ängste offenbaren wollte. Doch was hatte es ihr eingebracht? Der Elefant von gestern Abend bei der Weihnachtsfeier war ein Witz gewesen gegen den 28-mal schwereren Blauwal, der jetzt auf ihr lastete. 28-mal schwerer, das hatte sie gegoogelt. Da wäre das Leben mit einem Elefanten durchaus möglich gewesen, oder etwa nicht?

Sie schaltete schluchzend den Wasserkocher ein und fummelte sich einen Teebeutel aus der Packung. Im Spülbecken standen zwei unabgewaschene Tassen von gestern Morgen. Die eine war von Jacob. Sie griff nach seiner Tasse, hängte den neuen Teebeutel hinein und führte die Tasse zum Mund. Sie fühlte mit ihren Lippen den Rand der Tasse entlang. Daran waren seine Lippen gewesen.

Oh, Gott, was hatte sie nur getan? Sie würde ihn nie wieder küssen. Neue Tränen bahnten sich schwallartig den Weg nach draußen und verwässerten ihre Sicht, als ihr Blick auf eine Bewegung auf der Straße aufmerksam wurde. Dort lief jemand entlang. War das Jacob? Sie wischte sich die Tränen weg, um besser sehen zu können, doch da war nur Leere. Lächerlich. Was sollte er auch hier wollen?

Sie ließ sich an der Wand neben dem Fenster hinunter auf den Boden gleiten und verfluchte sich bis in die tiefe Nacht hinein. Mehrmals hatte sie ihr Telefon zur Hand genommen und überlegt, ob sie ihm schreiben sollte, aber ihr war keine einzige Nachricht eingefallen, die sie nicht zu einer noch bemitleidenswerteren Version ihres gestrigen Ichs gemacht hätte. Und das wollte nun wirklich niemand sehen.

Aber warum schrieb er nicht? Warum schrieb er nicht? Warum schrieb er nicht? Gegen drei Uhr nachts war sie endlich eingeschlafen, mit dick geweintem Kopf, dem schwersten Herzen ihres Lebens und eingewickelt in Jacobs Hemd.

23.

Dezember

Jacob lag mit Klamotten im Bett, Benes Tuch in seiner Hand fest umschlossen, starrte an die Decke und hoffte. Dieses Gefühl der Hoffnung war seit über 36 Stunden die erste gute Empfindung, die er wieder spüren durfte. Seit Bene abgehauen war, hatte er verschiedenste Zustände durchlitten. Doch sie waren allesamt qualvoll und zerstörerisch gewesen.

Zuerst war er nach ihrem Verschwinden knapp davor gewesen, Tim eine zu verpassen und fand es echt schade, dass Daniel so schnell dazwischen gegangen war. So ein fester Faustschlag hätte ihm gewiss Erleichterung verschafft. Da sich seine Wut aber nicht auf diese Weise entladen durfte, war sie zu Hause derart angewachsen, dass er fast eins seiner Bilder durchbohrt hätte. Benes Worte hatten ihn in seiner schlimmsten Vorahnung bestätigt. Darin, dass er nur eines haben konnte, entweder seine Kunst oder Bene. Sie hatte das einfach entschieden, obwohl sie wissen musste, dass seine Kunst ohne sie unerträglich sein würde, weil sie und seine Malerei durch Athene auf ewig miteinander verkettet waren.

Doch seine Wut war bald erloschen und ließ ihn elend, vollkommen kraftlos zurück. Er zerfloss bei trauriger Musik in Selbstmitleid, sinnierend darüber, was für ein absoluter Kracher es war, dass er immer dachte, seine eigene Unzulänglichkeit als Künstler würde ihm irgendwann das Genick brechen, aber nein, das Schicksal setzte noch eins drauf. Er verlor Bene und seine Kunst nicht, weil er so schlecht war, sondern weil er für ihre Begriffe zu gut war.

Als er gestern irgendwann in den frühen Morgenstunden nicht mehr zusammengerollt auf dem Sofa lag, sondern sich wieder aufgerappelt hatte, erfasste ihn eine tiefe Traurigkeit und unendliches Mitgefühl für Bene. Sie weinen zu sehen, hatte ihm körperlich wehgetan. Zu sehen, wie sehr sie sich selbst missachtete, zu hören, wie sie über sich sprach. Es war, als ob er jemand anderen schlecht über Bene hatte reden hören. Das konnte er nicht zulassen. Niemand durfte so über sie sprechen, auch nicht sie selbst.

Genau in diesem Moment war sein Blick auf den Weihnachtsbaum im Topf gefallen. Er wusste, er musste sich Bene zurückholen. Nur lag das leider nicht allein in seiner Hand. Was Bene und ihn trennte, war schon lange vor ihrer gemeinsamen Zeit entstanden, hatte sich über Jahre hinweg entwickelt und sich gleich einer parasitären Schlingpflanze in seiner wunderbaren Bene ausgebreitet.

Dieses Gefühl der Wertlosigkeit, was er nur zu gut kannte von seiner Idee als Künstler, durchzog bei Bene nicht nur einen Teil ihrer Existenz, sondern ihr gesamtes Wesen. Er wusste, dass jedes Kompliment, das er ihr machte, keine Linderung brachte, sondern nur notdürftig flicken würde, was nur an seiner Wurzel geheilt werden konnte. Und das musste geschehen. Unbedingt. Denn ein Leben ohne Bene, das war für Jacob absolut unvorstellbar.

Doch bevor sich Bene nicht selbst erkannte, in all ihrer Schönheit und Einzigartigkeit, würde er nicht bei ihr sein können. Sie würde es nicht zulassen, sondern immer ihn über sich heben, völlig zu Unrecht und auf Dauer einfach nur ungesund. Er hatte all ihren Schmerz, all ihren Kummer, all ihre Verzweiflung gespürt und gesehen, dass es so nicht gut sein konnte. So sollte sich niemand fühlen müssen. Letztlich war doch jeder Mensch wertvoll, liebenswert und besonders und für ihn war eben Bene die Funkelndste aller Frauen. Von der ersten Sekunde an. Sie wollte er haben, sie sollte ihm gehören und sie sollte bei ihm bleiben bis zum Schluss.

Das Verrückte war, dass niemand, den er kannte, das Bild teilte, das Bene von sich gemalt hatte. Alle sahen in ihr, wenn auch nicht, so wie er, in allen Regenbogenfarben, den Zauber ihrer Persönlichkeit. Jeder sah es, nur sie nicht.

Er dachte daran, wie Bene ihm gesagt hatte, dass er erst selbst seine Kunst lieben und ernst nehmen müsse, damit es auch andere tun können. Dass es überhaupt nicht hilfreich war, sich einzig auf die eigenen Unzulänglichkeiten und Fehler zu fokussieren. Er hatte ihr nicht glauben wollen und hielt ihre Lobeshymnen für stumpfe Schmeicheleien. Genauso musste es ihr mit ihm gehen. Deshalb waren seine Komplimente kaum in ihr Innerstes vorgedrungen. Und was würde es auch nützen? Sie musste sich selbst anerkennen lernen, verstehen und letztlich lieben lernen, wer sie war.

Nachdem ihm dies gestern nach unzähligen Gedankenspielen endlich klar geworden war, sah er nur eine Lösung, die sicher nicht das ganze Problem mit einem Mal wegwischte, aber es ihm immerhin erlauben würde, sie wieder zu erreichen.

Sie könnten gemeinsam ihre Selbstzweifel ablegen lernen. Wie wunderbar das klang. Erst wenn er seine Kunst und sich als Künstler liebte, könnten es andere tun und erst wenn sie sich liebte, mit allem, was sie war oder auch nicht, konnte sie seine Liebe spüren und er an ihrer Seite sein. Und das musste sie. Sie hatte ihm so sehr auf seinem Weg geholfen, also galt es jetzt für ihn, das Gleiche auch für sie zu tun. Nur konnte er bei ihr nicht so direkt zur Tat schreiten, wie sie es getan hatte. Er brauchte Hilfe und damit war er zurück bei seinem Gefühl der Hoffnung.

Er schaute auf die Uhr. Es war kurz nach fünf Uhr nachmittags. Jacob stand auf, zog sich Jacke und Schuhe an und verließ wenige Augenblicke später seine Wohnung.

~~~~~~~~

Bene verfolgte die Zeiger der Uhr an ihrer Wand. Es war bald Zehn. Der nächste Tag war somit fast geschafft. Wie viele Stunden hatte sie bereits überlebt? Ach ja, sie war nicht gut im Rechnen und jetzt schon gleich gar nicht. Doch ihr kam das Liebesgedicht „Trennung" von Erich Fried in den Sinn. Darin wurde es immer nur schwerer. Sie hatte damals beim Lesen gehofft, sich niemals so fühlen zu müssen. Bei diesem Gedanken formte sich sofort ein neuer Kloß in ihrem Hals. Es wurde auch bei ihr von Stunde zu Stunde nur schwerer. Nur schlimmer. Wie viele Tränen man wohl weinen konnte, fragte sie sich. Scheinbar unfassbar viele. Und morgen war Weihnachten. Bevor sie sich allerdings auch noch in dieses emotionale Tief hineinstürzen konnte, sich dem Fakt gewahr wurde, dass ihr liebster Feiertag in Zukunft immer von der Trennung von Jacob überschattet sein würde, vernahm sie den Eingang einer Nachricht auf ihrem Telefon. Wahrscheinlich wieder Tanja. Die gab einfach keine Ruhe. Aber Bene wollte niemanden sehen. Trotzdem griff sie nach ihrem Handy und war auf einmal hellwach. Die Nachricht kam von Jacob.

Jacob: Vor deiner Tür warten drei Briefe. Lies sie! Bitte! Jedes einzelne Wort!

Bene sprang sofort auf und rannte zur Tür. Auf ihrem Abtreter lagen tatsächlich drei Briefe. Sie mussten von unterschiedlichen Absendern sein, denn sie sahen alle drei ganz verschieden aus. Sie nahm die Briefe in die Hand und erstarrte.

„Für Bene von Ludwig" stand auf dem ersten. „Für Bene von Margot" stand auf dem zweiten und auf dem dritten stand, sie wusste es schon, „Für Bene von Albert", Laurins Vater.

Bene hielt die geschlossenen Briefe nur in ihrer Hand und trotzdem liefen ihr bereits neue Tränen links und rechts die Wangen hinunter. Was mochte wohl in ihnen drinnen stehen und wieso wusste Jacob davon? Sie zögerte und schaute ins Treppenhaus hinab. War Jacob etwa hier gewesen? Hatte er die Briefe hergebracht?

Sie hielt die Umschläge fest umklammert, fröstelte im kalten Hausflur und ging zurück in ihre Wohnung. Im Wohnzimmer setzte sie sich auf ihr Sofa und legte die Briefe vor sich hin auf den Couchtisch. Bene ließ ihren Blick zwischen ihnen hin und her schweifen und wägte ab, mit welchem sie wohl beginnen sollte. Für einen kurzen Moment schloss sie ihre Augen und nahm einen tiefen Atemzug, so als müsse sie sich stärken für das, was jetzt kam. Sie wählte den Brief von Ludwig.

**

Liebe Bene,
ich bin nicht so gut im Briefe schreiben, aber für dich werde ich mein Bestes geben. Dein Jacob war gestern bei mir und hat mir erzählt, was zwischen euch geschehen ist. Er war am Boden zerstört und ganz ehrlich, als er mir sagte, wie du über dich gesprochen hast, wäre ich am liebsten direkt zu dir gefahren und hätte dir gern die Ohren langgezogen. Aber damit hätte ich Jacobs Pläne durchkreuzt und da ich finde, dass er ein wirklich fabelhafter Mann ist, werde ich mich an seine Vorgaben halten. Jacob hat mich also gebeten dir zu schreiben, weil er möchte, dass du Schwarz auf Weiß vor dir siehst und immer wieder neu sehen und lesen kannst, was ich in dir sehe und was du mir bedeutest. Das fällt mir gar nicht so leicht und das nicht nur, weil ich nicht so gut mit Worten jonglieren kann. Es ist mir aus ganz anderem Grund eine fast unlösbare Aufgabe.

Wenn ich nämlich an dich und daran denke, was ich dir zu verdanken habe, fehlen mir schlicht die Worte. Ich weiß nicht, wie ich das angemessen ausdrücken soll. Aber ich werde es dennoch versuchen.

Bene, du warst für mich eine der allerwichtigsten Personen, als Luzi uns genommen wurde. Ich denke, ich übertreibe nicht, wenn ich sage, ohne dich hätte ich die dunkelste Zeit meines Lebens nicht überstanden. Ein großer Teil von mir ist mit Luzi zusammen gestorben, aber du hast den kleinen Rest, der noch übrig war, immer wieder mit deinem Licht geflutet. Obwohl, geflutet klingt so voll und laut. Dein Licht scheint so viel leiser, aber ganz und gar vollkommen hell, klar und beständig. Bene, du hast mir – nicht meiner Hülle, sondern meiner Seele – ermöglicht, am Leben zu bleiben. Zu hören, wie du von Luzi erzählt hast, war als ob sie durch dich wieder lebendig wurde. Ich habe all deine Geschichten über sie in mich aufgesogen und damit das riesige Loch in meinem Herz wieder ein klein bisschen auffüllen können. Und deine Schneekugel. Sie war der Startpunkt für ein neues, anderes Leben. Ohne dich, Bene, wäre ich nie auf die Idee mit der Eisbahn gekommen. Und ohne dich würde ich das nicht jeden Winter aufs Neue tun. Ich betreibe diese Eisbahn in Gedenken an meine Luzi, für Kinder und Familien, für mich und meine eigene Familie, aber ich betreibe diese Eisbahn auch zu einem sehr großen Teil für dich. Sie erinnert mich an dich und daran, dass jemand so wunderbares wie du Zeit mit mir verbracht hat, als ich es am nötigsten brauchte, daran, dass du es geschafft hast, mich zum Lächeln zu bringen, als ich dachte, ich hätte jegliches Glücksgefühl für immer verloren. Sie ist für mich der Beweis, dass ich allen furchtbaren Widrigkeiten zum Trotz auch heute noch ein Leben führen kann, was mich erfreut und letztlich auch erfüllt.

Jacob hat mir erzählt, dass du vielleicht denkst, ich würde die Schneekugel nicht mehr schätzen, weil sie nicht mehr in meinem Kassenhäuschen steht. Dazu muss ich dir sagen, das genaue Gegenteil ist der Fall. Ich hüte sie wie einen Schatz. Weißt du noch, dass vor ein paar Jahren Jugendliche etwas Unfug auf der Bahn angestellt hatten? Meine einzige Sorge war damals, dass sie mir deine Schneekugel wegnehmen oder sie zerstören würden. Zum Glück geschah das nicht. Aber an diesem Tag entschied ich, deine Kugel lieber bei mir zuhause an einem sicheren Ort stehen zu lassen, damit ihr nichts zustoßen kann. Und wenn ich mich bei dir, Bene, mit etwas revanchieren wollte, war der Grund dafür niemals, mich damit von dir freizukaufen. Auch hier ist wahrscheinlich das Gegenteil der Fall. Obwohl ich das nie so bewusst gespürt habe, wollte ich damit möglicherweise meine Last, die ich dir war oder dachte zu sein, bei dir abbezahlen.

Irgendwie ist das wirklich eine seltsame Idee mit dem Hin und Her von Geschenken und steht dem eigentlichen, ursprünglichen Sinn eines Geschenks total entgegen. Jacob und ich haben lang über deine Worte nachgedacht. Wir hatten das beide noch nie zuvor hinterfragt. Wir sind eben nicht wie du.

Für uns gehören Geschenke zu bestimmten Feierlichkeiten dazu. Manchmal hat man eine gute Idee, trifft den Geschmack des Gegenübers, aber manchmal schenkt man auch nur etwas, um nicht mit leeren Händen dazustehen.

Aber genau das, Bene, unterscheidet dich so sehr von anderen. Du hast nie einfach nur etwas dabei. Du gibst nur, was wirklich zu dem anderen gehört, meist sogar ohne einen bestimmten Anlass, sondern „nur", weil du spürst, dass es nötig ist. Ich fühlte bei dir immer, dass alles, was du tust und sagst und gibst, frei und offen von dir kommt, ohne den Gedanken oder den Wunsch einer Gegenleistung daran zu knüpfen. Damit erfüllst du in deinem ganzen Wesen, das, was ein Geschenk von allen anderen Gaben oder Leistungen unterscheidet. Du gibst und erwartest nichts dafür zurück.

Aber nicht jeder ist gut im Annehmen. Ich nicht und du scheinbar auch nicht, wenn ich Jacobs Worten trauen darf. Bene, du bist mir wie eine Tochter und neben meiner Familie der wunderbarste Mensch, den ich kenne. Jedes Mal, wenn du mich besuchst, lässt du mich in tiefer Dankbarkeit zurück. Das ist so ein Segen, aber als dein zweiter Vater sozusagen, wünsche ich mir nichts mehr, als dass auch du glücklich bist und daher kann ich dir nur raten: Nimm dich selbst, und vor allem nimm Jacob als dein Geschenk an, du musst ihn dir nicht verdienen.

In Liebe, dein Ludwig.

PS
Jacob weiß nicht, was ich geschrieben habe. Nicht, dass du denkst, er hat darum gebeten, mich so gut für ihn auszusprechen. Aber das weißt du sicher, du kennst ihn besser als ich.

**

Bene ließ den Brief sinken und wusste gar nicht wohin mit all ihren Emotionen. Einerseits war es, als fiele eine riesige Last von ihr ab, die Kugel war noch da und wichtig. Sie war wichtig für ihn. Aber andererseits fragte sie sich, warum sie das alles so falsch gedeutet hatte. Also, sie hatte es doch falsch gedeutet oder nicht? Sie überflog den Brief von Ludwig wieder und wieder, las einige Stellen genauer, wie um zu prüfen, ob sie alles richtig verstanden hatte. Ob die Worte, die sie zuvor gelesen hatte, tatsächlich dort geschrieben standen. Warum hatte sie nie nachgefragt, versucht zu ergründen, was hinter der verschwundenen Kugel steckte? Sie wusste es nicht.

Vermutlich hatte sie die Wahrheit einfach nicht wissen wollen. Zu groß war die Angst davor gewesen, dass er ihr sagen könnte, die Kugel wäre nicht mehr da, verloren gegangen, unwichtig. Dabei kannte sie ihn doch. Nie würde er so etwas zu ihr sagen und dennoch, sie hatte ihre Schlüsse gezogen und alle Ereignisse in der für sie schlechtesten Weise interpretiert. Warum machte sie so etwas? Warum all diese bösen Gedanken über sich?

Sie sah hinaus aus dem Fenster, dachte an Jacob. Was glaubte sie in Bezug auf sich über ihn? Hatte sie sich auch, was ihn betraf eine Meinung gebildet, ohne deren Wahrheitsgehalt zu hinterfragen? Sie dachte manchmal, dass sie eben eine Frau sei und er sie sicher schön fand, aber ob er sie so toll fand, wie er sagte, da war sie nicht sicher. Warum nicht? Warum zweifelte sie an seinen Worten? Wollte sie sich etwa absichtlich ungenügend fühlen? Sie seufzte leise, schnäuzte sich die Nase und griff jetzt nach Alberts Brief.

**

Liebe Bene,
als erstes möchte ich diese Möglichkeit hier nutzen, um dir zu sagen, dass ich richtig sauer war, dass ich dich verpasst hatte, als du bei Laurin im Laden warst. Ich hätte dich so gern gesehen. Ich vermisse dich, aber ich

alter Mann will nicht so besitzergreifend sein, das schickt sich wirklich nicht. Doch zum Glück bekam ich gestern einen kleinen Trost. Mir wurde nämlich die Ehre zu Teil den Mann deines Herzens kennenzulernen. Also ich hoffe, er ist es noch, denn mit ihm hast du eine wirklich gute Wahl getroffen.

Aber lass uns nicht von ihm reden, sondern von dir, meine allerliebste Bene. Dein Freund bat mich dir zu schreiben, was du mir bedeutest und was ich in dir sehe.

Ich möchte gar nicht allzu viele Worte machen, sondern versuche auf den Punkt zu bringen, was ich für dich empfinde. Ich möchte vermeiden, dass die Tiefe meines Gefühls für dich durch zu viel Drumherum verwässert wird.

Bene, wer das Privileg genießt, in deiner Gesellschaft zu sein, darf sich mehr als glücklich schätzen, denn du bringst die Welt um dich herum zum Leuchten. Dunkle Tage werden durch dich erhellt und schwierige Situationen leichter.

Außerdem erzählt niemand so schön schaurige Geschichten über alte Koffer, Chronometer und Sextanten. Für mich gab es nichts Unterhaltsameres und Verjüngenderes als mit dir in meinem Laden zu sitzen, Tee zu trinken und dir in dein farbenfrohes Universum zu folgen.

Und dass du mir mit der Brosche deiner Bekannten mein Geschäft gerettet hast, werde ich nie vergessen. Ich frage mich heute noch jeden Tag, womit ich einen solchen Engel verdient habe. Vielleicht habe ich im letzten Leben sehr gelitten, anders kann ich mir dieses Glück nicht erklären.

Ich hatte mir übrigens lange gewünscht, dass du zu meiner Schwiegertochter werden würdest, aber Laurin meinte immer zu mir, dass wäre so, als würde er seine Schwester heiraten. Und ganz unter uns, seit einigen Wochen schleicht er hier immer wieder durch den Laden, selbst wenn ich da bin und ich vermute, dass es an einer neuen Stammkundin liegt, die seltsamerweise auch immer nur dann unseren Laden betritt, wenn sie Laurin durchs Schaufenster erspähen kann. Was inzwischen dazu führt, dass Laurin ständig unsere Auslagen neu sortiert. Ich finde bald nichts mehr.

Aber zurück zu dir. Meine liebe Bene, wüsste ich nicht, was Jacob mir erzählt hat, würde ich mich nie trauen dich darum zu bitten, aber jetzt bin ich mutig und sage, bitte komm wieder ab und zu auf einen Tee vorbei und verwandle damit meine Nachmittage in kleine Wunder. Außerdem können wir dann Laurin gemeinsam beobachten. Das wird bestimmt spannend.

Ich freue mich auf dich.
In tiefer Dankbarkeit dein Albert.

**

Bene war wie durchgeschüttelt. Sie saß schluchzend, aber auch lachend auf dem Sofa und fühlte sich, als hätte sie beim Lesen jemand in eine wärmende Decke eingehüllt. Nach Ludwigs, trafen nun auch Alberts Worte mitten in ihr Herz.

Sie konnte gar nicht aufhören, las deren schmeichelhafte Zeilen immer wieder. Es war so tröstlich, aber auch so ungewohnt solch wunderbare Dinge über sich zu lesen und ehe sie es verhindern konnte, schoss ihr die Frage durch den Kopf: Ob man solche Dinge überhaupt über sich lesen durfte? Und dann auch noch immer wieder. Beweihräucherte sie sich etwa gerade selbst? Ließ sie sich gerade feiern für ihre Herrlichkeit?

Sie war versucht die Briefe wegzuschließen aus Angst davor, was sie mit ihr machen könnten. Vielleicht machten sie sie zu einem arroganten, überheblichen Menschen? Wer mochte schon solch schillernde Personen?

„Oh Gott!" Sie schlug sich die Hände vors Gesicht. „Bin ich verkorkst!"

Sie stöhnte, vollkommen genervt von sich selbst. Auf der einen Seite wollte sie auf keinen Fall belanglos sein, war immer auf der Suche nach etwas Spannendem an sich und in der Welt, aber kaum sagte ihr jemand, wie toll sie war, war es auch wieder verkehrt. Ihr war doch wirklich nicht zu helfen. Sie schüttelte ihren Kopf und starrte eine Weile vor sich hin. Doch egal wie, sie konnte die Wärme nicht verleugnen, die sich langsam in ihr ausbreitete. Sie hatte das Gefühl das Tränental der letzten Tage wieder verlassen zu dürfen. Sie bewegte sich wieder nach oben. Das fühlte sich so gut an, obwohl sie genau wusste, dass selbst diese Zeilen nicht all ihre Ängste hinweg wischen konnten.

Der Absturz der letzten Tage war so furchtbar und schrecklich gewesen. Was, wenn dies wieder geschah? Glück, Unglück, Glück, Unglück. Bene atmete tief ein und aus. Das Leben ist voller Kontraste. War sie bereit für solch große Unterschiede?

Sie nahm erneut einen tiefen Atemzug, griff zum letzten Brief und öffnete den Umschlag von Margot.

**

Meine liebe zauberhafte Bene,
dein schöner Jacob war gestern bei mir und verzeihe mir bitte, dass ich ihn zu einer Tasse Kaffee überredet habe. So attraktiven Besuch bekomme ich nur noch sehr selten. Du hast wirklich Glück mit diesem Mann, denn er ist offensichtlich nicht nur eine Augenweide, sondern ein Mann mit einem großen Herzen, das ganz und gar dir zu gehören scheint.

Er bat mich dir zu schreiben, was ich in dir sehe, was unsere Freundschaft mir bedeutet, und dazu muss ich ein bisschen ausholen, denn nur so kannst du wirklich verstehen, wie wertvoll du mir bist.

Als du mir vor etwa zweieinhalb Wochen aufgeregt und mit nassem Haar das Päckchen mit der Spieluhr überreicht hast, war ich so tief berührt, dass es mich sprachlos gemacht hat.

Ich hatte dir damals in der Oper von meinem Kuscheltier erzählt. Davon, dass es eines Tages verschwunden war. Du hast meine Trauer offenbar gespürt. Eine Trauer, die ich selbst eigentlich überhaupt nicht mehr ernst genommen hatte. Ich bin schließlich inzwischen eine betagte Frau. Aber manche Dinge verjähren nicht und du hattest scheinbar schon damals gemerkt, dass das nicht irgendein Kuscheltier gewesen war. Es war das einzige Geschenk, dass ich jemals von meinem Vater bekommen hatte. Er verließ uns, als ich fünf Jahre alt war. Kurz davor gab er mir diesen kleinen Mäusekönig. Der wurde für mich der größte Schatz, zum Beweis, dass ich meinem Vater etwas bedeutete. Der Mäusekönig verschwand einige Jahre später spurlos und mit ihm bekam ich immer mehr das Gefühl, dass auch die Erinnerung an meinen Vater verblasste, dass vor allem das Gefühl verblasste, dass ich ihm etwas bedeutet hatte.

Hatte er mich geliebt? Warum war er dann nicht da? Liebte ich ihn? Ich wusste es nicht. Als ich nun deine Spieluhr auswickelte und ihre zarten Töne die Stille meiner Wohnung durchströmten, wurde mein Herz so weich. Es löste sich ein Knoten, der vor so langer Zeit festgezogen worden war. Von mir selbst. Bei jedem Ton spürte ich, dass die Liebe zu meinem Vater echt war, nie weg war und dass auch mein Vater mich geliebt hatte. Wir lieben nicht nur, wenn wir beieinander sind. Liebe ist. Sie hängt nicht an Zeit, an Nähe und vor allem nicht an Dingen.

Du hast mir also nicht ein geliebtes Kuscheltier ersetzt, sondern hast mein Herz von einer schweren Last befreit. Dafür werde ich dir bis zu meinem letzten Atemzug dankbar sein.

Bene, du versprühst so viel Frohsinn, so viel Leichtigkeit und Wärme, dass man sich in dir baden möchte und ich genieße jeden Augenblick, den ich mit dir verbringen darf.

Jacob erzählte mir von deinen Sorgen über den Herzrhythmus des Lebens und vielleicht kann ich dir als alte Frau in dieser Sache eine neue Sicht mit auf den Weg geben. Natürlich in der Hoffnung, dass ich auch dein Herz, was an dieser Stelle eingeschnürt zu sein scheint, etwas befreien kann. Ich weiß, du möchtest keine Gegenleistung für dein Geschenk, aber bitte lass mir diese Freude.

Jacob erzählte mir, dass du der Meinung bist, dass wir nur dann wahres Glück erfahren dürfen, wenn wir zuvor Unglück durchlitten haben oder noch schlimmer, dass auf großes Glück immer eine Art der

Bestrafung, also Unglück folgt. Ich finde das eine sehr düstere Lebensperspektive und es mag so gar nicht passen zu der überbordenden und übervollen Natur, die uns umgibt.

Was wäre also, wenn wir in einem Schicksalsschlag oder einem Unglück einen wahren Segen erkennen würden, der sich einfach nur verkleidet hat? Was wäre, wenn das Hoch und Runter, das dir Angst macht, in Wirklichkeit nicht ein verändertes Außen ist, sondern einfach unsere Haltung zu den Dingen? Was wäre, wenn wir mit einer hässlichen Maske konfrontiert werden, wir unten sind, und sobald wir uns die Mühe machen, diese Maske abzunehmen und die Wahrheit dahinter enthüllen, wir das große Glück, das Hoch erfahren?

Dann liegt die Macht über Glück und Unglück, über Auf und Ab wieder mehr bei uns. Wir entscheiden, ob wir das Leben enthüllen, ob wir wirklich sehen wollen, was es uns zeigen möchte. Das heißt nicht, dass du dich mit offenen Armen ins Unglück stürzen sollst, so wie du es offensichtlich gerade tust. Ich habe dich am Fenster gesehen. Das heißt nur, dass es wenig Sinn macht, sich wie ein Kaninchen vor die Schlange „Leben" zu hocken und voller Angst darauf zu warten, dass sie dich endlich sieht und dann frisst. Genieße es doch einfach, dass keine Schlange da ist und du fröhlich durch die Blumenwiese hoppeln kannst.

Leben passiert nicht einfach und es gibt auch keine höhere Instanz, die irgendwo sitzt und uns bewertet. Eine Instanz, die entscheidet, dass wir jetzt lang genug glücklich waren und daraufhin beginnt mit Steinen nach uns zu werfen. Der Gott, an den ich glaube, ist reine Liebe. Gott ist Liebe. Würde Liebe so etwas tun? Würde sie uns bestrafen fürs Glücklichsein? So funktioniert das Leben nicht. Du bist es, die ihr Leben selbst gestaltet, durch deine Entscheidungen. Dadurch wie du denkst, fühlst und handelst.

Natürlich ist Leben Dualität. Geboren werden und sterben, alles hat zwei Seiten. Doch das Leben ist nicht derart simpel gestrickt, dass auf Regen immer Sonne folgt und umgekehrt. Schon gar nicht ist Sonne immer gut und Regenwetter schlecht. In den meisten Fällen entscheidet darüber unsere Position, unser Blick darauf. Du, meine Liebe, hast die ganz besondere Gabe ein Licht für Menschen zu sein, wenn sie es brauchen. Du hast die Gabe, ihnen wieder einen Weg aus der Dunkelheit zu zeigen. Du hast mir alten Frau mit deinem Geschenk ein solch großes Gefühl von Vollständigkeit zurückgegeben. Immer habe ich meinen Vater vermisst. Habe gedacht, ich sei seiner nicht würdig. Natürlich wusste ich, dass das nicht stimmt, aber wissen ist nicht fühlen. Du hast mich dieses Wissen endlich spüren lassen. Er hat mich geliebt. So wie alle Eltern lieben.

Bene, könnte es nicht vielleicht sogar so sein, dass das Leben dir deshalb genügend Freiraum lässt, damit du anderen eine Hilfe sein kannst in großer Not? Wenn du selbst ständig mit eigenem Unglück konfrontiert wärest, hättest du dafür doch gar keine Zeit. Und in dem du anderen hilfst, sie auffängst, ihnen wieder neuen Mut und Hoffnung gibst, möchte dir das Leben zeigen, wie einzigartig, wie wichtig und wertvoll du bist. Also nimm das an und erlaube dir selbst glücklich zu sein. Glück kann und muss man sich nicht verdienen. Glück ist immer deine Entscheidung.

In Liebe Margot

**

Bene legte den Brief in ihrem Schoß ab und war regelrecht erschöpft. Ihr Gehirn musste so viele Informationen und Gedanken verarbeiten. Ihr gesamtes Glaubenskonstrukt, ihre Sicht auf die Welt, auf sich selbst warfen die Briefe um. Nichts schien mehr so zu sein, wie sie es immer geglaubt hatte. Sollte, was dort geschrieben stand, wirklich wahr sein? Konnte, durfte das alles wahr sein? Hatte Margot mit ihren Worten recht? Wie befreiend wäre das? War sie allein verantwortlich dafür, ob sie glücklich war oder nicht?

Sie dachte an die Ereignisse der letzten Wochen, daran wie glücklich sie war und daran, wann sie ihr eigenes Unglück gebaut hatte.

Womit hatte es begonnen? Jacob hatte Erfolg gehabt, durfte zur Oper fahren und sie? Sie hatte Angst neben ihm ihre Berechtigung zu verlieren. Sie war jetzt so viel kleiner als er, so uninteressant. Doch woher kam diese Annahme? Niemand hatte ihr dieses Gefühl gegeben, etwas Derartiges zu ihr gesagt. Jacob hatte sie überraschen wollen, hatte ihr eine Bene aus Schnee gebaut und sie hatte sich aus all dem Guten ihr eigenes Grab geschaufelt. Sie hatte es ganz und gar verkehrt herum gemacht.

Das Leben hatte sich von seiner wohl schönsten Seite gezeigt und sie hatte aus sich heraus eine hässliche Maske gezogen und es dem Leben aufgestülpt. Warum? Offenbar konnte sie Glück kaum ertragen, es nicht annehmen, so wie Ludwig es beschrieben hatte. Sie war scheinbar wirklich jemand, der nur geben konnte und dass, obwohl sie so viel vom Leben haben wollte. Doch was nützte das Wollen, wenn man das, was dann kam, nicht aushielt?

Sie dachte an Jacob, dachte daran, wie er mit Margot Kaffee getrunken hatte. Es war also doch er gewesen auf der Straße gestern. Sie vermisste Margot und Jacob. Alle hatte sie von sich weggestoßen, weil sie sie nicht annehmen konnte. Sie nicht glauben konnte, dieses Glück zu verdienen.

Aber war sie denn jetzt bereit dafür? Morgen war Weihnachten. Das Fest der Liebe und in unserer Zeit auch das Fest der Geschenke. Doch sie hatte keins. Sie hatte kein Geschenk für den Menschen, den sie so sehr liebte. Denn Athene, das Beste, was sie für Jacob hatte, war schon lange übergeben. Vermutlich hatte er aber etwas ganz Tolles für sie. Doch kam es darauf jetzt noch an? Sie hatte sich darüber beschwert, dass es nur um Geschenke ging, um deren Austausch, den sofortigen Ausgleich. Sie könnte morgen nichts ausgleichen. Sie müsste aushalten einzig und allein nur anzunehmen. Sie blickte auf die Briefe vor sich. Durch deren Worte war sie nicht plötzlich ein anderer Mensch geworden, aber Jacob fehlte ihr so sehr. Sie konnte ihn unmöglich noch länger leiden lassen und auch sie wollte nicht länger leiden. Wofür denn? Es machte doch überhaupt keinen Sinn.

Sie setzte sich auf die Kante des Sofas. Sie hatte kein Geschenk für Jacob. Sie würde ihm nichts übergeben können.

Sie schloss ihre Augen und dann, nach wenigen Minuten, fühlte sie plötzlich ganz genau, was er sich wünschte und ja, vielleicht war das genug.

24. Dezember

Bene vernahm mit halbem Auge den Eingang einer Nachricht von Tanja. Dafür war jetzt keine Zeit, doch deren ersten Worte ließen sie innehalten. Was war mit Jacob?

Tanja: Jacob hat mich gerade panisch angerufen und meinte, sein Plan scheine nicht aufzugehen und ich solle dir bitte schreiben, was ich in dir sehe. Was treibt ihr? Es ist mitten in der Nacht. Egal, muss ich vielleicht auch nicht verstehen. Aber ich will ihn nicht hängen lassen. Also aufgepasst:

Bene, du bist mir in der kurzen Zeit eine meiner liebsten Kolleginnen und Freundinnen geworden. Mit dir wird selbst das ätzendste Meeting lustig. Ich liebe deine heimlichen Chat-Nachrichten, wenn wir es mit anstrengender Kundschaft zu tun haben und ich finde deine Klamotten toll. Du bist so schillernd bunt. Man hat das Gefühl, mit dir kann man ständig etwas Spannendes erleben. Manchmal wäre ich gern ein bisschen mehr wie du, aber die Tatsache, dass du dich mit mir abgibst, lässt mich in meiner Haut nur besser fühlen. Da muss ich ja auch ein bisschen aufregend sein, wenn du mit mir befreundet sein willst. Danke für dieses Gefühl! Es stärkt mich jeden Tag.

So ich hoffe, das hilft. Was auch immer zwischen dir und Jacob steht, gib dem armen Kerl noch eine Chance, das kann man sich echt

nicht mit ansehen, aber wahrscheinlich bist du einfach nur wieder super bummelig. Das hab ich ihm auch gesagt. Aber ich weiß nicht, ob er das glauben konnte, also los, mach hin, bevor er Daniel auch noch zwingt, dir eine Liebeserklärung zu schreiben. Das würde seiner Freundin sicher nicht recht sein. ;o)
Kuss, Kuss.

Bene hätte Tanja dafür am liebsten sofort zurück küssen können. Für ihre Worte und dafür, wie gut sie sie inzwischen kannte. Denn sie las die Nachricht, während sie versuchte, sich die Haare zu föhnen, die Nägel zu lackieren und die Zähne zu putzen, alles mehr oder weniger gleichzeitig, natürlich. Ihr Bad sah aus, als hätte eine Bombe eingeschlagen, aber darauf konnte sie jetzt keine Rücksicht nehmen. Ihr Blick schnellte zur Uhr. Mist, es war bereits nach Mitternacht. Jacob war bestimmt schon verrückt vor Sorge, weil sie keinen Ton von sich gab, aber sie wollte ihm nach diesem wunderbaren Liebesbeweis nicht einfach nur eine schnöde SMS hinwerfen, sondern am liebsten direkt in Glanz und Gloria vor ihm stehen, aber irgendwie dauerte alles so lange und dann hatte sie auch noch eine kleine Überraschung vorbereitet und was sollte sie überhaupt anziehen? Sie war immer noch nicht weiter als bis zur Unterwäsche gekommen. Immerhin BH und Panty passten ausnahmsweise mal zusammen.

Da klingelte es an ihrer Tür. Shit. Jacob! Ihr Herz ließ einen Schlag aus. Hach, so sollte das doch nicht laufen. Sie rannte aufgeregt in Richtung Tür. Oh Gott, was wenn er es doch nicht war, überlegte sie kurz, aber wer sollte es sonst sein? Es klingelte wieder, schon stürmischer. Sie stand im Flur, immer noch nur in Unterwäsche und sah Jacobs Hemd an der Türklinke zur Küche hängen. Das war die Lösung. Sie drückte auf den Türsummer und zog sich schnell sein Hemd über. Das war lang genug und würde auch im unwahrscheinlichen Fall, dass plötzlich jemand ganz anderes die Treppen hinaufkommen würde, sie nicht völlig blamieren. Da hörte sie schon, wie schnelle Schritte zu ihr hinaufeilten. Der Besucher nahm offensichtlich zwei Stufen mit einmal.

Und dann stand er vor ihr. Mit einem Geschenk unter dem Arm. Er wirkte ganz abgekämpft und aufgelöst und war trotzdem so perfekt. Sie spürte, wie sehr sie sich nach ihm gesehnt hatte. Er betrachtete sie langsam von oben bis unten. Dabei warf sie unauffällig einen Blick zum Spiegel neben der Tür. Ihre Haare lagen super, Nagellack war trocken, Beine rasiert und sie trug sein Hemd. Sie lächelte vorsichtig.

„Es tut mir so leid. Ich wollte mich noch schön machen, ich war völlig verwahrlost. Und das hat so lang ged..."

Jacob schnitt ihr das Wort ab, trat mit einem Schritt auf sie zu und küsste sie. Bene griff nach seiner Jacke, zog ihn fest an sich und hörte, wie die Wohnungstür ins Schloss fiel. Er ließ sein Geschenk auf die Kommode fallen, während er sie gleichzeitig hochhob und ins Wohnzimmer trug.

Scheiß auf das nächste Unglück, entschied Bene in diesem Moment. Egal ob es stimmte, was Margot geschrieben hatte oder nicht, das hier war es allemal wert, daran zu glauben. Jacob legte sie auf dem Sofa ab. Sie zerrte an seiner Jacke und seinem Pullover herum. Doch als er ihr sein Hemd ausziehen wollte, hielt sie kurz inne.

„Was ist? Alles ok?", fragte Jacob ängstlich.

„Ja, ja keine Sorge, aber machen wir jetzt schon die Bescherung?"

Jacob schaute sie verständnislos an.

„Ich hatte an Sex gedacht. Nennt man das am 24. Bescherung? Dann ja!"

Sie lachte. „Nein. Ich meine, ob wir...egal." Sie winkte ab. „Also Frohe Weihnachten!" sagte Bene in offiziellem Tonfall und als er sie immer noch verwirrt ansah, setzte sie nach: „Mach weiter, und zwar genau da, wo du gerade aufgehört hast."

Darum ließ er sich nicht zweimal bitten, küsste sie und begann ungeduldig die Knöpfe ihres oder besser gesagt seines Hemdes zu öffnen.

Als sie endlich in Unterwäsche vor ihm lag, spürte er an seinem Hals, wie sich ihre Mundwinkel zu einem breiten Lächeln verzogen.

„Was ist?", fragte Jacob wieder, doch sie antwortete nicht, sondern blickte nur an sich hinab.

Und dann bemerkte er es. Bene hatte sich mit goldener Farbe eine große 24 auf ihren Bauch geschrieben.

Sie sah, wie seine Augen glänzten und zarte Tränen an die Unterkante seiner Lider stießen. Sie spürte sofort, wie sehr sie ihn hatte leiden lassen. Ihr Herz zog sich augenblicklich voller Reue und Scham zusammen. Sie schlang ihre Arme um ihn und drückte ihn so fest an sich, wie sie nur konnte.

„Das tut mir alles so leid", flüsterte sie ihm in sein Ohr.

„Das muss es nicht", entgegnete er. „Ich konnte sehen, wie es dir damit erging. Aber eins musst du mir spätestens nach dem hier versprechen." Er strich sanft über ihren Bauch. „Ich möchte nie wieder von dir hören, dass ich im Geschenke machen besser bin als du. Das hier schlägt mein Geschenk draußen im Flur um Längen und auch die Schnee-Bene. Denn wer möchte eine Bene aus Schnee, wenn er die echte haben kann?"

„Versprochen!", erwiderte Bene kleinlaut und war so froh, dass sie entschieden hatte, als Geschenk für ihn mehr als genug zu sein. Sie küsste ihn und liebte ihn und küsste ihn und liebte ihn.

Es war vermutlich schon nach eins, als sie beide still nebeneinander lagen und sich fest umschlossen in den Armen hielten. Es schien, als ob sie den anderen nie wieder würden loslassen wollen.

„Ich bin jetzt doch neugierig und irgendwie auch hungrig. Ist bei deinem Geschenk zufällig eine Tafel Schokolade mit von der Partie?", fragte Bene und strich dabei Jacob über seinen Mund.

„Oh, da muss ich dich leider enttäuschen, aber wir finden doch bestimmt irgendetwas Essbares in deiner Küche, oder?"

„Da wäre ich mir nicht so sicher. Die letzten beiden Tage war ich nicht so gut darin, meine eigene Versorgung sicherzustellen."

Jacob machte ein mitleidiges Gesicht. „Ach Bene!" Er schwang sich vom Sofa hoch und lief in ihre Küche. Sie rannte ihm sofort nach und schmiegte sich an ihn, als er ihren Kühlschrank inspizierte. Was seine Berührungen und seine Nähe anging, war sie in den letzten zwei Tagen so sehr ins Minus gerauscht, dass sie dieses Defizit erst einmal wieder ausgleichen musste, bevor sie irgendwo alleine liegen blieb.

„Damit lässt sich doch vielleicht etwas anfangen."

Jacob nahm eine halbe Gurke und einen angefangenen Becher Joghurt aus dem Kühlschrank.

„Was soll sich damit anfangen lassen? Wie wäre es noch mit Ketchup dazu?" Sie prüfte naserümpfend, was er in den Händen hielt.

„Na du bekommst die Gurke und ich den Joghurt oder umgekehrt." Er lachte und hielt ihr beide Optionen entgegen. Bene überlegte kurz und griff zur Gurke.

„Verdammt!", fluchte Jacob leise.

Bene ging zu ihrer Arbeitsplatte, nahm ein Messer und schnitt das Stück in zwei Hälften.

„Hach, womit habe ich das verdient", seufzte Jacob zufrieden.

„Womit hab ich dich verdient? Das ist ja wohl eher die Frage. Ich bin so froh, dass du wieder bei mir bist, nach den qualvollen Tagen, die ich uns zugemutet habe."

„Für dich mache ich alles, also auch zwei Tage Höllenfeuer, aber bitte nicht zu oft. Hier mit dir im Himmel ist es einfach so viel schöner. Und jetzt, wo wir durch den Gurkensnack wieder gestärkt sind, lass uns um deine Neugierde kümmern." Er lächelte vorsichtig. „Ich würde dir gern dein Geschenk geben."

Bene bekam sofort Herzklopfen vor Aufregung. Annehmen Bene, einfach annehmen, sprach sie sich bestärkend zu und bei Jacob sah es nicht besser aus. Auch er war angespannt und hoffte, dass ihr sein Geschenk gefallen würde und vor allem, dass es nicht doch wieder neue Probleme mit sich brachte. Sie liefen eng umschlungen ins Wohnzimmer zurück und Jacob nahm auf dem Weg dorthin sein Päckchen von der Kommode.

Sie setzten sich aufs Sofa und Bene bedeckte sie beide mit einer Decke.

„Ich habe zwei Sachen für dich. Aber pack erst einmal aus. Frohe Weihnachten!"

Er übergab Bene das Geschenk. Es war quadratisch, flach und etwa 40x40 cm groß, schätzte sie. Bene vermutete direkt, dass es ein Bild sein könnte und spürte, wie ihr Herzschlag schneller wurde.

Jacob hielt die Luft an, während Bene die goldene Schleife aufzog und das Packpapier auseinanderschlug.

Sie sah die Leinwand zuerst nur von der Rückseite. Darin steckte ein Briefumschlag.

Bene drehte die Leinwand um und war sofort sprachlos, überwältigt, gerührt, alles zusammen.

Das war sie oder nicht? Auf dem Bild saß eine Frau mit einem rot karierten Mantel, dickem Schal und Mütze auf einer Mauer und um sie herum flogen Tauben. Sie berührte die Oberfläche des Bildes, ihre Figur ganz vorsichtig und betrachtete jeden Millimeter seiner Kunst.

„Oh Jacob, das ist – ich weiß nicht, was ich sagen soll." Ihre Augen wollten direkt wieder eine neue Überschwemmung einleiten, doch da entdeckte sie etwas, ein Detail. Sie war völlig perplex. Wie konnte das sein? Die Frau auf dem Bild trug rote Stiefel mit einem blauen Stern an der Seite. Sie schaute ihn verblüfft an.

„Woher? Also, von wann ist das Bild?"

„Wieso fragst du?"

„Wegen der Schuhe."

„Was ist mit den Schuhen, gefallen sie dir nicht?"

„Doch, aber..."

Jacob unterbrach sie.

„Mach das zweite Geschenk auf, dann wird vielleicht einiges klarer."

Bene zog den Brief aus dem Rücken des Bildes und öffnete ihn. Sie blickte auf mehrere von ihm beschriebene Seiten Papier.

„Liest du mir vor? Bitte!", sagte sie sofort. „Ich möchte deine Worte von dir hören."

„Ok. Aber ich warne dich vor. Meine Notizen sind deutlich weniger ausschweifend als deine, und ich war weniger diszipliniert. Je näher wir uns kamen, desto weniger habe ich aufgeschrieben, aber ich könnte mir vorstellen, dass dich diese Aufzeichnungen trotzdem interessieren."

Bene strahlte ihn an, voller Überraschung und Vorfreude. Sie legte ihr Bild vorsichtig auf dem Tisch ab und kuschelte sich an Jacob heran.

„Achso, und nicht, dass du dich wunderst, ich gehe chronologisch vor, aber wir bewegen uns zeitlich zurück. Das finde ich für heute irgendwie spannender. Ich starte also mit einer Aufzeichnung vom Sommer, die du vielleicht gern hören willst, wegen Nathalia, obwohl es mich eigentlich freut, wenn du eifersüchtig bist."

Bene kniff ihn zart in die Seite, lächelte zufrieden und schloss ihre Augen.

**

14. Juni

Ich stehe auf dem Gang mit Nathalia. Sie beschwert sich über die Ideen ihres Kunden, einem nationalen Weinhändler. Dessen Vorschläge sind wohl allesamt zweideutig und sie bittet mich beim nächsten Meeting mit dabei zu sein. Ich weiß nicht wieso, aber ich spüre, dass Bene in unserer Nähe ist. Doch ich kann sie nirgendwo entdecken. Vielleicht will ich sie aber auch nur sehen, also gehe ich wenig später in die Etage, wo unsere Büros liegen und stoße dort prompt mit ihr zusammen. Sie stürzt beinah mit einem riesigen Stapel Akten und wirkt etwas durch den Wind. Ich würde gern fragen, was los ist, aber das scheint mir doch zu plump. Ich halte sie am Arm, lange, wahrscheinlich zu lange, doch es ist so schwer, sie wieder loszulassen.

**

Bene gab ein wohliges Geräusch von sich und war beseelt bei dem Gedanken daran, dass sie ihn jetzt überall berühren durfte und er sie – so lang sie wollten.

Jacob fuhr fort.

**

13. Juni
Unser erstes gemeinsames Meeting. Ihr so nah zu sein, ihr gegenüber zu sitzen und sie so genau beobachten zu können, ist einfach nur unglaublich. Hoffentlich starre ich sie nicht die ganze Zeit an. Doch ich muss mir ihr Gesicht, jede noch so kleine Besonderheit darin einprägen. Ich male sie in meinem Kopf und das, obwohl ich eigentlich gar nicht mehr malen will. Sie anzuschauen, sie sprechen und Lachen zu hören, zu sehen, wie sie ihre Unterlippe leicht nach innen in ihren Mund zieht, wenn sie nachdenkt, ist gefährlich. Sie ist wie eine unerschöpfliche Quelle der Inspiration. Wenn ich sie sehe, sehe ich Bilder, aber ich kann ihr nicht widerstehen, sondern nur hoffen, dass ich mich damit nicht unglücklich mache.

**

„Was für ein naiver Gedanke damals, aber ich bin froh, dass ich mich von meinem Gefühl habe leiten lassen."

„Na und ich erst", murmelte Bene in seinen Hals hinein und küsste ihn.

„So, und ab jetzt wird es für dich besonders spannend."

Bene setzte sich etwas aufrechter hin und starrte gebannt auf das Papier in seiner Hand.

„Ich bin ganz Ohr."

**

10. Mai

Ich stehe mit Kai im Foyer. Er erzählt mir, dass er jemand neues eingestellt hat. Eine Frau namens Bene, die auch demnächst in unserem Team arbeiten wird. Sie sei noch in der Einarbeitungsphase und daher in anderen Etagen im Haus unterwegs. Ich würde sie bald kennenlernen. Und eben, als er das sagt, läuft mein rotes Vogelmädchen zwei Etagen über uns durch die Galerie und Kai meint: „Ach, da ist sie ja." Mich trifft fast der Schlag. Wie? Das kann doch nicht sein. Mein Herz schlägt mit einem Mal so schnell, dass ich kurzzeitig befürchte, ich würde umfallen. Kai merkt davon zum Glück nichts, sondern sagt nur: „Naja, ich brülle jetzt nicht quer durchs Haus. Ihr lernt euch dann spätestens in zwei, drei Wochen kennen." Zum Glück, ich gebe in meinem Schockzustand gerade keine besonders lässige Figur ab. Aber mein Gott, sie ist hier.

**

„Du kanntest mich schon, bevor ich bei euch angefangen habe? Und wieso rotes Vogelmädchen?" Bene schaute ihn ungläubig, aber auch ganz verzückt an.

„Warte. Hör einfach weiter zu."

**

03. März
Es ist verrückt. Sie ist im Kiosk bei uns gegenüber der Agentur und wenn ich es nicht besser wüsste, würde ich sagen, sie versteckt sich vor mir. Hinter dem Zeitungsständer. Oh Gott, jetzt hat sie beinahe das Regal hinter sich leergefegt.

Bene lachte bei seinen Worten und verbarg ihr Gesicht hinter ihren Händen.

Himmel, sie ist so entzückend. Jetzt tut sie das Gleiche nochmal hinter dem Stapel mit den Eierpappen. Der Verkäufer verwickelt mich in ei-

nen Smalltalk bezüglich meines offensichtlich stark erhöhten Bedarfs an Zucker und Koffein. Sehr gut, dann kann ich noch kurz in ihrer Nähe bleiben. Doch jetzt schnell zurück zur Agentur. Ich will unbedingt sehen, wie sie den Laden verlässt.

In der ersten Etage angekommen, blicke ich nach unten und erschrecke mich fast zu Tode. Sie steht vor unserem Eingang und guckt ausgerechnet in diesem Augenblick zu mir nach oben. Doch ich mache „The Flash" Konkurrenz, so schnell verschwinde ich.

**

„Du hast mich also doch gesehen, oben am Fenster! Ich wusste es. Aber woher kanntest du mich?"

„Sei nicht so ungeduldig. Lausche weiter und staune."

**

12. Februar
Bene konnte kaum glauben, welches Datum sie hörte. Im Februar hatte sie ihn noch nicht einmal entdeckt.

Da ist sie. Ich gehe inzwischen jeden Tag in den Park, am Morgen vor der Arbeit, in der Mittagspause, am Nachmittag und noch einmal abends, wenn ich von der Agentur nach Hause gehe. Immer wieder hoffe ich, sie zu treffen. Ich dachte, ich wäre nicht besonders schüchtern, aber sie jetzt einfach so anzusprechen, das scheint mir dann doch reichlich absurd, zumal ich denke, dass sie mich bisher noch nicht einmal gesehen hat. Wie auch? Im Moment genieße ich die Rolle des heimlichen Beobachters, obwohl ich mir dabei auch ein bisschen irre vorkomme. Ich meine, wer steht denn bitte hinter einem Baum und linst vorsichtig hervor? Egal, ich kann nicht anders.

**

Bene durchfuhr eine Welle der Freude, Wärme und auch Erleichterung. Sie war nicht die Einzige, die sich höchst seltsam benommen und lächerlich gemacht hatte. Sie wollte gerade etwas sagen, aber Jacob hielt sie zurück.

„Warte, es geht noch weiter."

**

03. Februar
Ich habe das Bild des roten Vogelmädchens fertig und glaube, es ist mein bisher schönstes. Ich habe zuvor noch nie die angeblich so faszinierende und inspirierende Verbindung zwischen dem Künstler und seiner Muse verstanden, doch jetzt spüre ich sie selbst.

Ich weiß, dass ich sie wieder malen will, immer wieder. Größer, nur ihr Gesicht, ihren Körper, alles. Angezogen, nackt, lachend und weinend. Aber es ist schon jetzt so viel mehr als nur das.

Während ich sie malte, habe ich überlegt, wer sie wohl sein mag, träumte mich in ihre Gedanken und verlor mich in ihren Augen. Ich spüre – und das ist beinahe lächerlich – ich spüre genau, mein Herz ist bereits verloren, obwohl ich noch nicht ein einziges Wort mit ihr gewechselt habe.

**

Bene war so überrascht und erstaunt. Sie ein rotes Vogelmädchen. Das klang so zauberhaft verwunschen. Aber sie brachte das alles kaum zusammen. Sie hatte geglaubt ihm nachgelaufen zu sein, ihn verfolgt zu haben. Das hatte sie, aber ihr wäre nie in den Sinn gekommen, dass Jacob das Gleiche getan hatte und das schon deutlich früher. „Warum hast du mir das bisher nicht erzählt?"

Jacob überlegte einen Moment. Er hatte vermutet, dass sie diese Frage stellen würde. „Ich bin mir nicht ganz sicher, aber nachdem ich Athene weggeworfen hatte, wollte ich meine Kunst wegschieben und meine ersten Begegnungen mit dir waren so eng damit verbunden. Bei unserem Streit über die Kunst kam das erst alles hoch und nach unserer Versöhnung, wusste ich, dass ich dir dieses Bild zu Weihnachten schenken wollte.

Auch wollte ich dir unbedingt etwas Gleichwertiges, Ehrliches schenken, wie du mir mit deinem Adventskalender gebracht hattest. Also konnte ich dir zu diesem Zeitpunkt nicht alles enthüllen. Das wollte ich erst heute machen. Als du dann aber abgehauen warst, hätte ich mich selbst verfluchen können. Ich fragte mich, ob du dich mir gegenüber genauso minderwertig gefühlt hättest, wenn dir bewusst gewesen wäre, wie lange ich dir schon nachstellte. Aber da war es zu spät.

Doch warte, ein Eintrag ist noch übrig. Vielleicht klärt der deine Frage zu den roten Stiefeln.

**

12. Januar, sagte Jacob.

„12. Januar" wiederholte Bene leise. Ja, ihre Stiefel musste sie irgendwann Anfang des Jahres schweren Herzens aussortieren. Der Schuster hatte nichts mehr für sie tun können. Jacob hatte sie offenbar noch gesehen. Sie nahm sein Bild in die Hand und Jacob las weiter.

Es klingt super seltsam und extrem schmalzig, aber das ist sie. Die Frau, mit der ich mein Leben teilen will. Sie sitzt im Park auf einer Mauer mit rotem Mantel und roten Stiefeln. Sie isst ein Croissant und ist der einzige Farbtupfer weit und breit. Der Tag ist grau, das Wetter kalt und windig, aber sie sitzt da und lässt ihre Beine baumeln. Ich beobachte sie aus der Ferne und fühle mich paralysiert. Sie sieht aus, als wäre sie aus einer völlig anderen Welt in diesen Park gefallen. Nur für mich.

Ihr rutscht vor Schreck die Hälfte ihres Croissants aus den Händen. Scheinbar klingelte etwas an ihrem Telefon. Sie flucht leise, lacht dann aber, weil sofort einige Tauben angeflogen kommen, die sich ausgehungert über den abgestürzten Festschmaus hermachen.

Sie steckt ihr Telefon weg und verfolgt die Bewegungen der Vögel, die um sie kreisen. Sie strahlt und ist so schön. Ich mache ein hastiges Foto, denn diese Szenerie, dieses rote Vogelmädchen muss ich malen.

**

Jacob legte die Blätter beiseite und blickte in Benes hübsches Gesicht. Sie wusste nicht, was sie sagen sollte, sondern betrachtete ihn vollkommen verzaubert. Nichts von all dem hatte sie mitbekommen. Sie waren beide an den gleichen Orten gewesen, hatten die gleichen Dinge gesehen und gefühlt und trotzdem waren sie nur in ihrer eigenen Welt, in ihrer eigenen Realität umhergeirrt.

„Bene", sagte er, „darf ich dich zeichnen, genauso nackt und schön, wie du jetzt bei mir bist? Das wünsche ich mir schon so lange."

„Immer!", antwortete sie und ignorierte die sofort umherspukenden Zweifel. Sie vertraute ihm!

Jacob stand auf und ging in den Flur. Er holte sein Skizzenbuch und eine Schachtel mit Pastellkreiden. Aber er hatte noch mehr bei sich.

„Mein Tuch!", rief Bene und ihre Augen leuchteten. „Ich dachte, ich hätte es für immer verloren. Wo hast du es gefunden?"

„Es war dir beim Anziehen aus dem Mantel gerutscht, auf der Weihnachtsfeier. Ich hatte es aufgehoben und eingesteckt, als ich dir hinterhergerannt war. Ich war so froh, denn ich habe mich die letzten Tage daran festgeklammert. Es hatte mir schon einmal Glück gebracht, also setzte ich all meine Hoffnung in seine Kraft." Er legte das Tuch vor ihr aufs Sofa.

„Bleib einfach so wie du bist", bat er sie.

Dann setzte er sich ihr gegenüber und bewunderte sie eine Weile. Perfekt. Sie war perfekt, dieser Augenblick war perfekt. Er hatte Bene und seine Kunst. Er konnte sie beide zu etwas einzigartig Neuem verbinden. Durch sein Malen würde er sie immer weiter erforschen können. Würde tief in ihre Seele schauen. Ihr Wesen auf seine Weise sichtbar und damit vielleicht sogar auch irgendwann für sie selbst fühlbar machen.

„Erzähl mir etwas über das Tuch", sagte Jacob. Denn er wollte gern alles von ihr wissen und er wollte sie zeichnen, während sie über etwas sprach, was sie liebte.

„Ok, wo fange ich da an?" Sie überlegte kurz. „Weißt du, ich habe eigentlich keine wirklich eigenen Klamotten."

Jacob sah sie fragend an. „Wie meinst du das?"

„Naja, eigentlich ist fast alles, was ich besitze, entweder antik, Second-Hand, von Freundinnen oder meiner Mutter übernommen oder zum Beispiel von dir, so wie heute. Ich weiß nicht genau, warum, mal abgesehen davon, dass ich das Ausgefallene mag. Vielleicht hatte ich immer das Gefühl, ich würde die Aura und Geschichten von anderen brauchen, weil ich allein für mich, mit Klamotten ohne eigene Vergangenheit nicht genug war. Meine Sachen erzählen schon etwas, die sind schon wer, auch ohne mich und so bin ich auch etwas – durch sie."

Jacob überlegte und fragte dann: „Welche Geschichte hat das Tuch? Ist es auch aus zweiter Hand?"

„Nein, das ist das Besondere an ihm. Es ist das einzige Stück, das ich mir tatsächlich jemals nagelneu gekauft habe. Ich bezahlte dafür die Hälfte meines ersten Praktikantinnen-Gehalts. Ich war stolz auf mich, schämte mich aber auch dafür, dass ich ein kleines Vermögen für ein Tuch ausgab, was nicht einmal wärmte. Aber es war so voll, so bunt. Immer konnte man darauf etwas Neues entdecken. Es kam mir vor, als würde es mir das Leben zeigen, von dem ich träumte. Ein volles, buntes Leben. Es wurde für mich zu einer Art Symbol, dafür dass mein kleines Leben vielleicht doch mehr für mich bereithielt, dass ich selbst vielleicht doch spannender war oder zumindest werden konnte, als ich dachte. Dass ich allein für mich bestehen könnte. Dass ich nicht die Geschichten und Dinge anderer brauchte, sondern ich selbst meine eigene Geschichte schreiben würde. Klingt seltsam, oder?"

„Finde ich nicht." Jacob blickte sie lange an, studierte ihr Gesicht, bevor er weiter zeichnete.

Er sagte schließlich: „Wie oft verlieren wir uns in unseren eigenen Gedanken, in dem, was um uns herum geschieht. Wir vergessen, wer wir sind, wer wir sein wollen, und dein Tuch erinnert dich daran, wer du bist und sein willst. Mir war es die letzten beiden Tage die einzige Stütze. Ich hielt mich daran fest. Daran, dass es dir oft geholfen und selbst mir schon Kraft während unserer Präsentation gegeben hatte. Ich wusste, dass ich es nicht umsonst in Händen hielt. Du warst so in dir gefangen, aber ich war bereit, dich zu mir zurückzuholen. Mir war es möglich, zu agieren. Das Tuch sollte offensichtlich genau bei dem Menschen landen, der dich wieder finden konnte. Bei mir."

Er blickte sie selig an.

„Und jetzt, wo das geschehen ist, kommt es wieder zu dir zurück."

Bene ließ Jacobs Worte wohlig warm durch sich hindurchfließen und strich dabei über den zarten Stoff ihres Tuches.

Sie hingen für eine Weile ihren eigenen Gedanken nach, während nur das leicht kratzende Geräusch von Kreide auf Papier zu hören war.

Immer wieder trafen sich ihre Blicke.

Er war so schön, wenn er malte. Sie fühlte sich schön, wie sie da lag. Weg waren in diesem Moment ihre Zweifel und Ängste, denn sie spürte, mit welcher Liebe er sie betrachtete und mit welcher Hingabe er jeden einzelnen Strich aufs Papier brachte.

Irgendwann legte er die Kreiden zurück in ihre Schachtel. Wahrscheinlich war es schon nach 2 Uhr, doch egal, Zeit spielte keine Rolle.

„Bist du schon fertig?", fragte Bene gespannt.

„Willst du sehen, was ich sehe?"

Sie nickte und Jacob setzte sich zu ihr.

„Das sieht mein Herz." Mit diesen Worten reichte er ihr sein Skizzenbuch und sie nahm es ehrfürchtig entgegen.

Sie sah sich, aber so viel vollkommener, bunter und schöner, als sie sich selbst empfand. Ihr Abbild war perfekt, obwohl Jacob auch all die

Teile gezeichnet hatte, die sie meist eher abschätzig bewertete. Er hatte nichts weggelassen, nichts geschönt und trotzdem sah sie in jeder Linie, in ihrem Gesicht, in ihrem Körper seine Liebe zu ihr. Sie erkannte, dass gerade ihre vermeintlichen Unzulänglichkeiten, ihre Besonderheiten, dass was sie von anderen unterschied, sie zu dem machten, wer sie war. Vor allem durch diese Details konnte sie sich in seinem Bild erkennen. Sie sah all das Schöne von ihm, durch ihn, jetzt auch in sich.

Sie atmete dieses Gefühl ganz tief ein. Es war neu, noch immer etwas fremd, aber es machte sie so unfassbar glücklich. Für dieses Gefühl, für dieses Glück würde sie sich jeden Tag neu entscheiden. Sie würde sich jeden Tag neu für Jacob entscheiden, für den Jacob, den sie genau jetzt vor sich hatte. Oh, wie erfüllend und friedlich Annehmen doch sein konnte, wenn sie es sich nur zugestand.

„Danke", flüsterte sie. Mehr brauchte es nicht.

Danksagung

Obwohl ich dieses Buch in seiner ersten Fassung sehr schnell geschrieben habe, ist es inzwischen doch noch unzählige Male durch meine Hände und durch die Hände anderer gegangen, um schließlich das zu werden, was es heute ist.

Ich möchte mich deshalb bei all jenen bedanken, die mich auf diesem Weg begleitet haben. Ich danke dir, Kim, für deine liebevolle, inspirierende Unterstützung beim Schreiben. Ich danke Verena für das Lektorat mit wertvollen Korrekturen und Hinweisen. Ich danke Miriam, für Covergestaltung und Buchsatz. Ich danke dir, Walentina, dass du an mich und meine Geschichte geglaubt und dich mit mir gemeinsam in das Unterfangen Buchveröffentlichung gestürzt hast. Ich danke meiner Familie, meinen Kindern, meinem Mann, die mir die Zeit gegeben haben, für all das. Ich danke euch, Bene und Jacob, die ihr mich so viel habt fühlen lassen und mich dazu herausfordert, mich komplett anzunehmen – mich so zu zeigen, wie ich bin.

Und ich danke dir, liebe*r Leser*in, von ganzem Herzen, dafür, dass du das alles hier gelesen und hoffentlich in vollen Zügen genossen hast. DANKE!

♥

Stephanie Marie Steinhardt, geboren am Valentinstag 1981, studierte Kommunikation und technische Illustration an der Hochschule Merseburg. Sie arbeitet seit fast 20 Jahren als Autorin für Lernprogramme und als technische Redakteurin. Neben dem Schreiben, widmet sie sich den Bildenden Künsten, malt mit Acryl auf Papier und Leinwand und teilt ihre Bilder auf Social Media. Ihr Fokus liegt dabei auf Frauenportraits, die als Original und Druck inzwischen in 18 Ländern und 27 Bundesstaaten der USA ein Zuhause gefunden haben. Im Namen ihrer Portraits versendet sie seit einigen Jahren einen Love Letter als monatliche E-Mail, an Abonnenten in der ganzen Welt. Der Love Letter zu ihrem Portrait „Bene", gemalt im Januar 2021, inspirierte sie zu ihrer ersten Liebesgeschichte. Die Autorin und Künstlerin lebt mit ihrem Mann, ihren drei Kindern und zwei Katzen in Halle (Saale).

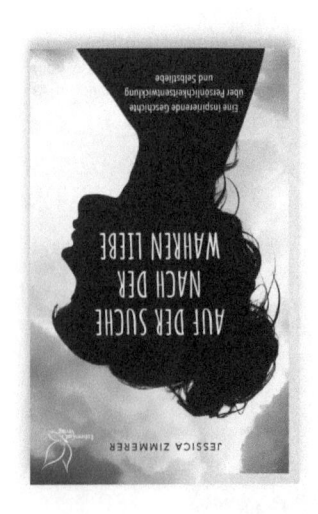

Auf der Suche nach der wahren Liebe

von Jessica Zimmerer

Eine junge Frau von einer gescheiterten Beziehung erschüttert fragt sich, ob es die richtige Entscheidung war. Ihre Zweifel quälen sie. Doch gemeinsam mit ihrer Freundin Hanna entdeckt sie neue Perspektiven. Entschlossen begeben sie sich auf eine Reise nach Argentinien, wo intensive Erlebnisse sie der wahren Liebe näherbringen.

Diese Geschichte erkundet das Gefühl, nicht gut genug zu sein, und zeigt gleichzeitig, wie erfüllende Beziehungen möglich sind. Sie verdeutlicht, dass wir in Beziehungen wachsen und unsere eigene Selbstfindung für Glück entscheidend ist.

Entdecke eine Geschichte über Selbstliebe, Sehnsucht und tiefe Erkenntnisse. Ein Buch für alle, die nach mehr Erfüllung, Liebe und Sinn suchen. Tauche ein und finde neue Inspirationen für dein Leben. „Auf der Suche nach der wahren Liebe" bietet den Leserinnen eine inspirierende und erfüllende Leseerfahrung, die ihnen helfen kann, tiefere Einsichten über Liebe, Beziehungen und ihre eigene Selbstentwicklung zu gewinnen.

Schmetterlinge fallen nicht vom Himmel

von Gabriele Feile

Wofür bin ich hier? Was ist der Sinn meines Lebens? Wie führe ich ein erfülltes Leben?

Wenn du dir diese Fragen hin und wieder stellst, bist du in bester Gesellschaft. Es gibt Zeiten im Leben, in denen diese Fragen drängender werden. „Das kann doch nicht alles gewesen sein", denkst du vielleicht regelmäßig. Und du hast vermutlich recht.

Die wenigsten von uns tun jeden Tag das, wofür sie auf der Welt sind. Der Grund: Sie kennen dieses Wofür nicht. Doch tief in sich spüren sie: Das, was sie tun, erfüllt sie nicht.

Gabriele Feile nimmt uns mit auf ihre persönliche Selbstfindungsreise. Sie erzählt, was alles passieren musste, bis sie sich vollkommen ent-falten konnte. Dabei erlebte sie außergewöhnliche Situationen, die ihre Sichtweise auf das Leben und die Welt restlos verwandelten. Der Höhepunkt: Sie entdeckte die Schmetterlingsfrequenz, jene magische Schwingung, auf der Menschen vollkommen sie selbst sind.

Kommst du mit dorthin und lässt dich inspirieren?

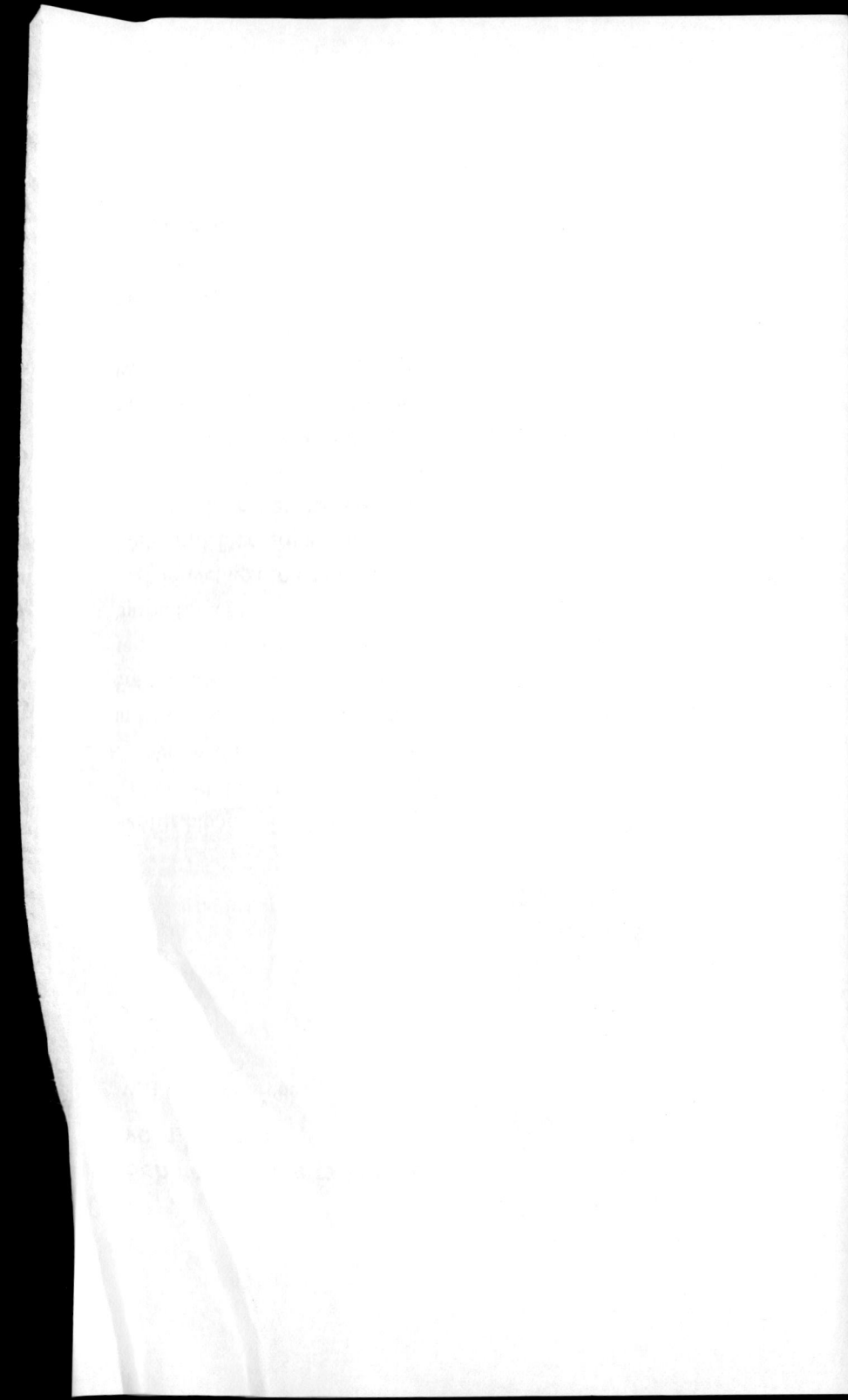